À PROPOS DE L'AUTEUR

Dès sa scolarité dans un pensionnat religieux du Yorkshire, Carol Townend développe une passion pour l'histoire médiévale, qui la mènera au Royal Holloway College de Londres. Primée à la parution de son premier roman, elle poursuit l'écriture en prenant un plaisir tout particulier à voyager dans les lieux romantiques qu'elle choisit pour ses histoires.

La fille cachée du comte

CAROL TOWNEND

La fille cachée du comte

Traduction française de
MARIE PASCAL

Les Historiques

HARLEQUIN

Collection : LES HISTORIQUES

Titre original :
UNVEILING LADY CLARE

Ce roman a déjà été publié en 2016.

HARPERCOLLINS FRANCE
83-85, boulevard Vincent-Auriol, 75646 PARIS CEDEX 13
Service Lectrices — Tél. : 01 45 82 47 47

www.harlequin.fr

ISBN 978-2-2804-4340-1 — ISSN 1159-5981

Les mythes et les légendes arthuriens sont populaires depuis plusieurs centaines d'années. Des chevaliers pleins de panache courtisent de belles dames, se battent pour leur honneur, et parfois le perdent ! Certaines versions de ces histoires, parmi les plus anciennes, ont été écrites au xiie siècle par un poète très influent appelé Chrétien de Troyes. Troyes était la capitale fortifiée du comté de Champagne, où vivait et travaillait Chrétien. Sa protectrice, la comtesse Marie de Champagne, était une princesse. C'était la fille du roi Louis VII et de la légendaire Aliénor d'Aquitaine. La splendide cour artistique de la comtesse Marie à Troyes rivalisait avec celle de la reine Aliénor à Poitiers.

Ces livres appartenant à la série des Chevaliers des terres de Champagne ne sont pas une énième variation sur le thème des mythes et des légendes arthuriens. Ce sont des romances originales, qui ont pour point commun de se passer à la cour de Champagne. J'ai voulu raconter les histoires des seigneurs et des dames qui avaient pu inspirer Chrétien, et j'ai eu à cœur de donner aux femmes un rôle plus actif, quand les héroïnes de Chrétien peuvent paraître un peu passives aux lecteurs contemporains.

Mis à part le comte Henri et la comtesse Marie, qui apparaissent brièvement, tous les personnages sont imaginaires. Je me suis servie du décor de la cité médiévale pour créer ma propre ville de Troyes, mais ces livres sont avant tout des œuvres de fiction.

Chapitre 1

Janvier 1174. Quartier des marchands à Troyes, capitale du comté de Champagne.

Le temps était doux pour un mois de janvier, et les volets étaient ouverts pour laisser entrer le plus de lumière possible. Alors que Claire l'aidait à aller de sa couche au banc situé près de la table, Nicole lui adressa un sourire plein de chaleur. Le cœur de Claire se gonfla de joie : Nicole était faible, et ses sourires, précieux.

— Je vois que vous avez eu de la visite pendant que j'étais au marché.

En étouffant un petit gémissement, Nicole s'appuya contre le mur de planches.

— En effet, et il ne s'agissait pas de n'importe qui. C'est un noble seigneur qui est venu me voir. Un noble seigneur avec un présent. Je n'en aurai pas l'usage, mais Hélène et toi pourriez en profiter. Je voulais t'en parler avant d'annoncer la nouvelle à Hélène. Il ne sert à rien de lui donner de fausses joies si tu refuses de l'emmener. Je sais l'inquiétude qui te ronge chaque fois que tu sors de la maison.

— Un présent ? demanda Claire en déposant une couverture sur les genoux de Nicole.

Quel qu'ait été le mystérieux visiteur — peut-être le comte Luc —, il lui avait de toute évidence fait le plus grand bien. Cela faisait des mois que les yeux de Nicole n'avaient pas tant brillé ; elle semblait presque heureuse.

Claire attendit. Nicole confirmerait bientôt l'identité de son visiteur. Depuis la mort de Geoffroy, elles étaient devenues très proches l'une de l'autre.

— Etes-vous bien installée ? Si vous êtes dans un courant d'air, je peux fermer ce volet.

— Mon Dieu, non ! Laisse-le ouvert. Il y a si peu de lumière en cette période de l'année !

Claire ôta le voile de lin tout simple qu'elle portait toujours lorsqu'elle allait au marché et l'accrocha à la patère, par-dessus sa cape. Une mèche de cheveux lui caressa la joue. Tout en la replaçant dans sa tresse, elle jeta un coup d'œil au feu. Il se consumait doucement. Un petit halo bleuâtre montait péniblement vers le conduit de la cheminée.

— Voulez-vous que je nourrisse davantage le feu ?

— Je n'ai pas froid, Claire. Garde du bois pour ce soir.

En acquiesçant, Claire ramassa son panier et le posa sur la table pour le vider. De la farine, du fromage, quelques poires, des oignons, des haricots secs et, grâce à la générosité du comte Luc, le suzerain de Geoffroy, un peu de porc salé et de poisson séché.

— Pas d'œufs ? demanda Nicole.

— Leur prix était pure folie. Je réessaierai demain, même si je crains qu'ils restent chers jusqu'au printemps.

Elle adressa un petit regard à Nicole.

— Eh bien ? Quel est ce mystérieux présent ?

Nicole fouilla dans sa bourse et posa une pièce sur la table.

— De l'argent.

Malgré elle, Claire avait prononcé ces mots d'une voix morne.

— Le seigneur d'Aveyron est revenu vous voir, ajouta-t-elle.

Chaque fois que Claire songeait à Luc Vernon, comte d'Aveyron, elle ne pouvait s'empêcher de repenser à la folie commise par Geoffroy. A son intrépidité. Il avait passé un pacte diabolique avec une bande de voleurs. Claire savait qu'il l'avait fait pour aider sa mère. Avant de mourir, il lui avait tout avoué. Elle savait également qu'il avait aussitôt amèrement regretté son acte et qu'il avait voulu se racheter. Mais en cherchant à se libérer de cet accord, il avait signé son propre arrêt de mort. Les voleurs l'avaient tué.

Le comte Luc savait lui aussi que Geoffroy s'était associé à des brigands. Ce n'était en revanche pas le cas de Nicole qui vivait dans l'ignorance de l'erreur de jugement qui avait été fatale à son fils. Et Claire estimait que c'était bien mieux ainsi. Dans l'état où elle était, apprendre la vérité la tuerait certainement. Jusqu'à présent, le comte n'avait soufflé mot des méfaits de Geoffroy, mais Claire redoutait ses visites. Geoffroy avait été l'un des chevaliers de la garde personnelle du comte, et elle craignait qu'un jour celui-ci ait une parole malheureuse.

— Ce n'est pas la peine de prendre cet air dédaigneux, dit Nicole en poussant la pièce vers Claire. Le comte est un homme bon, et il honore la mémoire de Geoffroy en veillant sur sa mère. Ce n'est pas de l'argent. Regarde mieux.

Après avoir disposé les poires dans une coupe de bois, Claire prit la pièce. En fait, ce n'en était pas une. L'objet était plus grand qu'un sou et en plomb, non en argent.

— C'est un jeton.

— Oui.

La massive silhouette du château de Troyes figurait côté face. Côté pile, on pouvait voir un chevalier en armure en train de charger. L'estomac de Claire se contracta douloureusement alors qu'elle reposait bruyamment le jeton sur la table.

— J'espère que ce n'est pas ce que je crois.

Les yeux de Nicole perdirent de leur lumière.

— Ce jeton permet d'accéder aux gradins pour assister aux joutes de la Douzième Nuit. Il s'agit des places assises situées juste à côté de celles des nobles dames. Claire, je pensais…

Elle s'interrompit un instant.

— … enfin, j'espérais que tu aurais envie d'y aller. Surtout en étant assurée d'avoir une place juste à côté des dames. Tu y serais en sécurité.

Claire observa le jeton en réprimant la brusque envie de reculer de plusieurs pas. Les joutes de la Douzième Nuit. Depuis le début de cette nouvelle année, tout le monde en ville ne parlait que de cela.

— Je ne peux pas y aller.

— Cela te ferait du bien. Les seules fois où tu sors de la maison, c'est pour aller au marché. Je pensais que…

— Nicole, je vais au marché parce que nous mourrions de faim, sinon. Pas parce que j'aime cela.

— Tu as encore peur de sortir, même après tout ce temps ?

Claire leva le menton.

— N'auriez-vous pas peur, à ma place ?

Nicole secoua la tête et soupira.

— Si. Non. Je ne sais pas.

Son regard s'aiguisa.

— Ce que je sais, en revanche, c'est que tu es jeune et que tu ne peux pas rester cachée jusqu'à la fin de tes jours. Je croyais que tu étais heureuse ici.

— Je le suis. Mais…

— Tu es ici chez toi. Et tu n'as rien à craindre à Troyes.

— Je vous remercie d'avoir pensé à moi, mais je ne veux pas y aller.

Claire tapota le jeton du bout de l'ongle.

— Nicole, vous pourriez en tirer un bon prix. Les gens se battent pour obtenir une place au tournoi.

Les yeux de Nicole s'embuèrent.

— Hélène adorerait assister aux joutes de la Douzième Nuit. Tu sais qu'elle est heureuse dès qu'elle voit des chevaliers. Ils lui rappellent Geoffroy.

Claire plissa les yeux. C'était un coup bas, et Nicole le savait.

— Hélène peut y aller avec quelqu'un d'autre. En parlant d'elle, où est-elle, d'ailleurs ?

— Elle est partie apporter la laine filée à Aimée.

— Aimée ne pourrait pas l'emmener aux joutes ?

Nicole leva une main implorante.

— Je préférerais vraiment qu'elle y aille avec toi.

Claire, je t'en prie… Hélène est une enfant et j'ai peur qu'en grandissant elle oublie Geoffroy. Je veux qu'elle puisse se souvenir de lui. Si elle voit les joutes, cela servira de support à sa mémoire.

— Comment cela ?

— Pendant que vous assisterez aux joutes, tu pourras lui parler de son frère. Lui expliquer la vie des chevaliers, lui montrer qu'elle peut être fière de lui, un simple garçon du peuple qui a réussi à s'élever au rang de chevalier. Je veux qu'elle puisse s'en souvenir comme de celui qui n'a pas oublié sa mère quand elle était dans le besoin.

Sur la table, le jeton de plomb brillait comme un œil menaçant. Le regret et le chagrin empêchaient Claire de parler. Cela commençait à devenir gênant. Il ne restait plus grand-chose à Nicole, hormis la fierté qu'elle éprouvait pour son fils, et Claire n'allait surtout pas lui ôter cela. Elle sentit sa réticence faiblir.

Geoffroy avait commis de nombreuses erreurs mais, pour elle, il s'était montré d'une générosité extrême. Il lui avait offert un toit alors qu'elle n'était qu'une parfaite inconnue. Il lui avait fait suffisamment confiance pour la laisser veiller sur sa mère. Malgré tous ses défauts, Geoffroy avait toujours chéri et honoré sa mère, et Claire savait qu'il aurait aimé qu'elle exauce ses souhaits.

Emmener Hélène aux joutes de la Douzième Nuit n'était, en apparence, qu'une petite faveur.

En apparence…

— Nicole, et si le tournoi lui faisait trop forte impression ? Il y aura peut-être quelques effusions de sang.

Claire réprima un frisson. Il était vrai que les joutes de la Douzième Nuit étaient réputées s'apparenter davantage à un spectacle qu'à une bataille — un spectacle présenté pour les dames de Champagne. Elles n'en demeuraient pas moins des joutes. Il y aurait des combats, et elle ne supportait pas la vue du sang. Cela lui faisait penser à… à des choses qu'elle préférait oublier. Les repoussant aux tréfonds de sa mémoire, elle dut déglutir avant de pouvoir continuer.

— Hélène pourrait se souvenir que son frère a perdu la vie au cours d'un tournoi.

— Geoffroy n'a pas été tué pendant qu'il était en lice. Le comte Luc a bien expliqué qu'il avait péri en voulant défendre la comtesse Isabelle, que quelqu'un avait essayé d'attaquer. C'est entièrement différent, et Hélène le sait. Je t'en prie, Claire, emmène-la. Elle serait vraiment très heureuse d'y aller avec toi.

— Les joutes de la Douzième Nuit..., murmura Claire en secouant la tête. Sainte Vierge, ayez pitié de moi !

Ce que Nicole lui demandait n'était pas rien. En plus de détester sortir, Claire ne savait pas comment elle réagirait si elle se trouvait confrontée à une explosion de violence. L'image d'une tunique d'homme baignée de sang s'imposa à elle. Elle pourrait s'évanouir ou, plus vraisemblablement, vomir. Si le sang coulait, elle était certaine d'attirer l'attention.

— S'il te plaît, Claire. S'il te plaît.

Elle prit le jeton et, avec un haut-le-cœur, le rangea dans sa bourse.

— Très bien. Pour vous, j'emmènerai Hélène aux joutes de la Douzième Nuit.

Le visage de Nicole s'éclaira.

— Merci, ma très chère enfant. Je suis certaine que, une fois que tu y seras, tu seras très contente. Passe-moi mon fuseau et la laine, veux-tu ? Je n'aime pas être inutile.

Bientôt le cliquetis et le ronronnement de la fusaïole emplirent la pièce. Les doigts de Nicole n'étaient plus aussi agiles qu'avant, et elle se fatiguait vite. Les pelotes qu'elle confectionnait comprenaient de nombreuses irrégularités et imperfections, mais Claire savait qu'elle puisait du réconfort dans son travail. Et ce n'était pas comme si ses pelotes étaient inutilisables. La voisine de Nicole, Aimée, les employait pour tisser une étoffe qui leur servait beaucoup. Evidemment, ce n'était pas du brocart de Damas, mais les vêtements confectionnés avec les pelotes imparfaites de

Nicole possédaient une texture particulière que ses défauts mêmes rendaient attrayante. Bien entendu, ils ne plairaient pas aux nobles dames que Claire côtoierait le temps des joutes, mais elle-même était plus qu'heureuse de pouvoir les porter.

Tandis que Claire observait les doigts noueux de Nicole en train de tordre la laine, elle eut une pensée étrange. Si toutes les imperfections étaient bannies de ce monde, ce dernier perdrait beaucoup de sa valeur.

Sire Arthus Ferrer, capitaine de la garde du comte Henri, se tenait sous son pavillon vert pendant que son écuyer nouait son gambison. Il laissa échapper un soupir. Il avait attendu des années pour posséder son propre pavillon, et maintenant que c'était chose faite, que découvrait-il ? Que la compagnie de ses amis chevaliers, l'ambiance de franche camaraderie et de rivalité bon enfant qui régnait entre eux lui manquaient.

— Enfer…, murmura-t-il, en passant la main dans ses cheveux sombres.

Son écuyer, Yves, leva les yeux.

— C'est trop serré, messire ?

Arthus remua les épaules et sourit.

— Non, c'est parfait. Mille mercis, Yves.

Depuis la fin de la foire d'hiver, la ville s'était vidée et il y avait moins de fauteurs de troubles à surveiller. Malgré cela, Arthus restait sur ses gardes. Sans qu'il puisse se l'expliquer, il ne se sentait pas tranquille. Ce n'était pas qu'il n'avait rien à faire. Les rues de Troyes étaient loin d'être débarrassées de tous les brigands qui y traînaient et, la nature humaine étant ce qu'elle était, le jour n'était pas près de se lever où il pourrait dormir sur ses deux oreilles. Mais…

La tente s'ouvrit tout à coup et une tête aussi blonde que celle d'Arthus était noire apparut dans l'entrée.

— Gauvain !

D'humeur aussitôt plus légère, Arthus lui fit signe d'approcher.

— Bienvenue !

Gauvain se baissa pour entrer et s'approcha du râtelier, où il examina avec attention les armes d'Arthus.

— J'ai vu la licorne sur le pennon, et j'ai compris que c'était toi.

Il saisit l'épée damassée d'Arthus et la soupesa.

— C'est celle que ton père a fabriquée ?

Arthus se crispa, et dut faire un effort pour se détendre. Gauvain était un ami et il n'y avait aucune moquerie dans sa voix, mais on ne pouvait jamais être sûr.

— Oui.

— C'est une belle épée, merveilleusement équilibrée. Est-ce que tu vas t'en servir ?

— Pas aujourd'hui. Je la réserve pour de vrais combats. Participes-tu au tournoi ? Je n'ai pas vu ton pavillon.

— Je partage celui de Luc, ce qui est une erreur. Il y a déjà un monde fou, là-dedans.

— Si tu es prêt à supporter une compagnie un brin moins exaltée, tu es le bienvenu dans le mien.

— Je te remercie, et j'accepte volontiers ta proposition. Donne-moi une seconde, je vais chercher mon écuyer.

Gauvain quitta la tente et revint accompagné de son écuyer, avant qu'Arthus ait eu le temps de fixer son épée à sa ceinture.

— J'ai à parler avec Luc, dit Arthus, tandis qu'Yves faisait de la place sur le râtelier pour les armes de Gauvain. Comment les choses se présentent-elles à la Corbelière ? Pas de problème particulier ?

Sire Gauvain était le régisseur de la Corbelière, le château que le comte Luc d'Aveyron possédait dans la région. Arthus avait occupé cette fonction jusqu'à récemment, avant qu'il ne la quitte pour rejoindre l'ordre des gardes-chevaliers du comte de Champagne.

— Tout se passe plutôt bien, à vrai dire.

Gauvain avait répondu d'un ton léger mais sa bouche,

dont les commissures étaient tombantes, laissait penser qu'il ne disait pas toute la vérité.

Arthus l'observa avec plus d'attention. Gauvain donnait l'impression de n'avoir pas dormi depuis plusieurs nuits.

— J'ai entendu dire que la comtesse Isabelle serait la reine du tournoi.

— Oui. C'est elle qui remettra les prix, répondit Gauvain en regardant l'herbe d'un air morne. Je ne me souviens pas si je te l'ai déjà demandé, Arthus, mais aurais-tu par hasard vu Elise, la servante de la comtesse Isabelle ?

— Elise ? Je ne pense pas la connaître.

Gauvain jura tout bas.

— Une fille aux cheveux noirs. Timide…

— Ce n'est pas ton genre d'égarer une femme.

Arthus en aurait volontiers dit plus, mais quelque chose dans l'expression de Gauvain le retint.

Il n'avait jamais vu son ami si taciturne. Il ne se serait tout de même pas épris d'une servante ? Ce n'était pas possible.

— Ce dont tu as besoin, mon ami, c'est d'une petite visite au Sanglier noir. Une nouvelle fille vient d'arriver, une certaine Gabrielle…

Gauvain éclata d'un rire qui paraissait un peu forcé.

— Tu connais son nom ? Elle doit être douée.

— Douée ? Elle est fabuleuse, Gauvain. Très inventive. La nourriture est toujours aussi mauvaise, mais ils viennent juste de recevoir une barrique de vin provenant du domaine du comte Henri. Il faut que je le goûte un peu mieux.

Gauvain acquiesça.

— Au Sanglier noir ce soir ? Très bien.

— Les mêmes règles que d'habitude ?

— Oui. Paiera celui qui, à la fin du tournoi, aura obtenu le moins de points.

Arthus ricana.

— C'est tout à fait cela, bravo ! Gauvain, mon ami, il me tarde d'alléger ta bourse.

Claire agrippa la main d'Hélène lorsque la foule les poussa vers les gradins. De l'autre côté de la lice, les murailles du château de Troyes se dressaient comme une paroi rocheuse, scintillant sous le givre. Le ciel était clair, l'air vif. Les couleurs du comte Henri, bleu, blanc et or, flottaient au-dessus des remparts parmi une nuée de pigeons. Des gardes y étaient postés. De nombreux hommes avaient pris place dans les créneaux, d'où ils surveillaient le terrain d'affrontement.

— Vous avez le droit de vous asseoir au premier rang, ma demoiselle, dit le jeune garçon auquel Claire venait de donner son jeton.

Il portait une tunique bleue barrée d'une bande blanche en diagonale. Le bas de ses manches était rehaussé de broderies de fil d'or. Lui aussi arborait les couleurs du comte Henri ; il devait s'agir de l'un des pages du château. D'autres pages portant la même tenue s'acquittaient de tâches similaires sur toute la longueur des gradins.

Claire se faufila jusqu'à un banc où elle s'assit, accompagnée d'Hélène qui frétillait comme un petit poisson dans un filet. Craignant que cette dernière ne froisse la robe de leur voisine, Claire accrocha le regard de la dame en question et murmura un mot d'excuse.

A sa grande surprise, la dame adressa un sourire indulgent à Hélène.

— Est-ce son premier tournoi ?

— Oui.

Claire n'aimait pas parler aux étrangers. Ils avaient tendance à s'exclamer à propos de ses yeux étranges et, parfois, cela les amenait à poser des questions auxquelles elle ne pouvait pas répondre. Elle sourit donc et détourna le regard vers le terrain des futurs affrontements.

Les pavillons des chevaliers étaient rassemblés en deux groupes, à chaque extrémité de la lice. Une forêt de pennons dansait au vent — bleus, verts, rouges, violets… L'équipe de chevaliers placée à droite représentait les Troyennes, tandis que celle de gauche était constituée des visiteurs, c'est-à-dire des invités du comte Henri, auxquels s'étaient ajoutés, pour faire nombre, quelques volontaires parmi ses hommes. Un parfum douceâtre et écœurant flottait dans l'air, concurrencé par d'autres odeurs, comme celle de la sueur, de la fumée, de la viande grillée.

Hélène lui donna un coup de coude dans les côtes.

— La tente bleue, c'est bien celle du seigneur d'Aveyron ?

Tout en acquiesçant, Claire attira l'attention d'Hélène sur le pennon qui flottait au-dessus du pavillon bleu.

— Vois-tu le corbeau noir représenté sur le pennon du comte Luc ? Les chevaliers ont tous des couleurs et des emblèmes différents afin de pouvoir se reconnaître quand les visières de leurs casques sont baissées.

— Oui, je le vois !

Hélène se mit à pointer son index dans toutes les directions.

— Sur le pennon de la tente voisine, il y a un loup. Et regarde, là-bas il y a un pennon vert avec une licorne ! A qui appartient-il ? J'adore les licornes.

— Je ne connais pas le nom du chevalier, mais j'ai vu ses couleurs en ville. C'est peut-être l'un des gardes du comte Henri.

— Le pennon de Geoffroy était bleu, avec des traits blancs ondulés, dit Hélène d'un air triste et rêveur. Il m'a dit que le blanc représentait l'argent.

Claire la serra contre elle.

— Ses amis participent au tournoi.

Hélène garda le silence pendant quelques instants puis retrouva le sourire. Ses yeux avides se promenaient partout, pendant que les deux équipes se préparaient.

— Voilà les chevaux ! Regarde, Claire, ils portent des couleurs eux aussi !

— Les destriers portent un caparaçon aux couleurs des chevaliers qui les montent.

Hélène semblait captivée. Elle paraissait si heureuse que Claire en fut émue.

— Mon frère était un chevalier.

Incapable de tenir en place, Hélène s'était levée pour

s'appuyer sur la rambarde devant elles. Sa voix était emplie de fierté et de joie.

Les enfants sont extraordinaires, songea Claire. La plupart du temps, ils réagissaient à la mort bien mieux que les adultes. Du moins en apparence. Par la grâce de Dieu, la mort de Geoffroy n'affecterait pas trop durement sa petite sœur.

Elle était heureuse de l'avoir emmenée. La petite fille avait besoin de voir tout cela. Nicole avait eu raison d'insister pour qu'elles viennent.

Arthus, qui attendait près des râteliers à lances, tapota le cou blanc d'Acier. Rien de tel qu'un tournoi pour aiguiser son esprit. La lassitude qui s'était emparée de lui un peu plus tôt avait disparu, comme c'était le cas chaque fois qu'il se retrouvait en selle. Le sang ne coulerait pas aujourd'hui, ou très peu. En tout cas, personne ne mourrait ; le comte Henri avait décrété que les joutes de la Douzième Nuit seraient données en l'honneur de ces dames. Un événement en demi-teinte comme celui-ci valait toutefois mieux que rien. Cela faisait toujours un entraînement.

Un léger tintement lui fit tourner le regard vers l'un des chevaliers de la garde personnelle du comte Henri, sire Gérard, qui était venu compléter les rangs de l'équipe adverse. Mais ce tintement, qu'était-ce ? Des clochettes ? Etrange… Mais pourtant oui, des clochettes étaient bel et bien attachées à la crinière de son cheval. Arthus éclata de rire.

Sire Gérard était l'un des favoris des dames de la cour de Champagne. Au signal du maréchal, lorsque les trompettes sonnèrent, indiquant aux chevaliers qu'ils devaient se ranger pour la revue, il fit en sorte que son cheval caracole puis s'incline devant l'estrade principale, où étaient assises les comtesses Marie de Champagne et Isabelle d'Aveyron.

Les dames pouffèrent et soupirèrent à sa vue. Arthus échangea un regard avec Gauvain avant de lever les yeux au ciel. Pour Gérard, faire la cour était tout un art, et il n'était pas homme à laisser passer une occasion de se pavaner devant toute une assemblée de gentes dames.

La comtesse Isabelle portait la couronne très élaborée qui la désignait comme reine du tournoi. La couronne était cependant factice, tout comme la joute qui ne serait que spectacle. De fausses pierreries en verre coloré scintillaient à chaque mouvement de la comtesse, et de fausses perles brillaient. Malgré ses faux atours, la comtesse Isabelle était magnifique. Blonde et pâle comme un ange, gracieuse. Le seigneur d'Aveyron avait toutes les raisons d'être fier de sa nouvelle épouse.

Un roulement de tambour arracha à la foule des cris d'impatience, rappelant à Arthus qu'il s'agissait également d'un spectacle pour le peuple. Il jeta un coup d'œil aux habitants de la ville qui se pressaient contre la corde qui délimitait la lice.

— Le comte Henri aurait dû être commerçant, murmura-t-il.

Gauvain fronça les sourcils.

— Que veux-tu dire par là ?

— Il sait qu'un tournoi attire du monde et fait marcher le commerce. Il organise cet événement après la foire d'hiver, dès que la ville s'est vidée. Très intelligent de sa part.

Les clochettes tintèrent dans la crinière du cheval de sire Gérard, ce qui fit glousser les dames. A la périphérie de son champ de vision, Arthus vit une étole bleue voleter dans les gradins.

— Sire Gérard, portez ma faveur, je vous en prie !

— Non, messire, n'en faites rien ! S'il vous plaît, portez la mienne.

— Non, non ! La mienne !

Les rires reprirent de plus belle dans la tribune des dames. Les clochettes étincelaient dans le soleil hivernal. Arthus secoua la tête puis se souvint qu'il participait à un divertissement.

A ce moment précis, alors que les trompettes retentissaient pour la revue, un homme courut jusqu'au premier rang de la tribune des dames. Tout en menant Acier à sa place dans la file, Arthus l'observa. L'homme était bien habillé ; il portait une cape bordée de fourrure par-dessus une tunique qui serrait un peu un ventre proéminent. Il s'agissait d'un marchand, sans doute. Son capuchon était baissé et son crâne en partie chauve luisait. Quel qu'il soit, cet homme n'avait rien à faire sur le terrain. Un page l'avait vu et s'adressait à lui en criant.

— Messire ! Messire ! Regagnez les gradins !

Le marchand n'obéit pas. Il se dirigea droit vers une jeune fille installée au premier rang. Vêtue fort simplement, elle parut vaguement familière à Arthus. Elle était assise non loin de la comtesse Isabelle, dont il voyait bien la couronne qui brillait au soleil. Cela signifiait donc que cette fille devait être liée d'une façon ou d'une autre au comte Luc mais, même en cherchant bien, il ne parvenait pas à la remettre.

Les trompettes sonnèrent à nouveau. Arthus talonna Acier et avança le long de la lice. Alors que le héraut commençait à annoncer les noms des chevaliers et leurs rangs, Gauvain vint prendre place à son côté.

Arthus regarda de nouveau les tribunes. Deux pages du château encadraient à présent le marchand, le pressant de quitter le terrain. L'homme les repoussa et prit la main de la jeune fille pour lui parler. Arthus redoubla d'attention. La fille passa son bras libre autour des épaules d'une enfant. Curieusement, le geste paraissait plus défensif que protecteur. Quoi que l'homme ait pu être en train de dire, elle ne voulait pas l'entendre.

— Messire Arthus Ferrer !

Le cri du héraut le ramena à la réalité du tournoi.

Il leva le bras en guise de salut, et la foule gronda. Sire Gérard avait peut-être la faveur des dames, mais Arthus aimait penser que, des deux, il était le plus populaire. Lorsqu'il eut fini sa parade le long des lices et qu'il revint près des tribunes principales, les pages avaient dû parvenir à se faire entendre, car le marchand avait disparu.

Ebranlée, Claire serra Hélène contre elle et regarda fixement devant elle alors que les chevaliers défilaient. Heureusement, le chevalier à la licorne était en train d'approcher pour saluer la reine du tournoi, et Hélène l'observait, des étoiles plein les yeux. De toute évidence, elle l'avait choisi comme champion, et l'échange que Claire avait eu avec le marchand lui avait totalement échappé. Dieu merci, un chevalier chevauchant un destrier blanc caparaçonné de soie verte était bien plus intéressant que n'importe quelle conversation entre Claire et un inconnu.

Le marchand, qui s'appelait Paolo da Lucca, avait traversé le terrain depuis l'autre bout de la lice. Cela avait été aimable de sa part de venir l'avertir, mais elle aurait souhaité ne jamais le revoir. Avec une seule petite phrase : « Des marchands d'esclaves ont été aperçus à Troyes », il avait réussi à lui glacer le sang.

Des marchands d'esclaves ! songea-t-elle, horrifiée. Leur échapperait-elle jamais ?

Il semblait bien que non. La dernière fois qu'elle avait vu Paolo, c'était lorsqu'il avait accepté de la cacher dans l'une de ses carrioles qui transportaient des marchandises depuis le duché des Pouilles. Paolo se dirigeant vers Paris, ils s'étaient séparés aux abords de Troyes. Grâce à Dieu, c'était là que le jeune chevalier Geoffroy de Troyes l'avait trouvée. Elle n'aimait pas penser à ce qui aurait pu lui arriver si Geoffroy ne l'avait pas rencontrée. Elle n'avait alors ni argent ni amis, et le logis de Nicole était devenu sa maison, sa première véritable maison. Ses yeux s'embuèrent. Si les marchands d'esclaves étaient à Troyes, elle devrait s'en aller.

Or, elle voulait rester. De toutes ses forces.

L'idée de quitter Nicole et Hélène lui était insupportable.

Hélène agitait une bande d'étoffe tissée par Aimée en direction du chevalier à la licorne. Des faveurs de toutes les couleurs de l'arc-en-ciel flottaient vers lui mais, de façon assez extraordinaire, le chevalier avait remarqué Hélène.

Claire sentit son regard la balayer, puis sa monture se tourna vers elles.

— Il m'a vue ! s'écria Hélène, toute tremblante d'excitation. Il vient vers nous !

Elle dansait sur place, en agitant l'étoffe à la manière d'une dame bien née offrant sa faveur à son chevalier préféré.

— Messire ! Messire chevalier ! Acceptez ma faveur !

Claire soupira. Un grand chevalier comme celui-là allait forcément ignorer une petite fille. Il prendrait la faveur de soie de l'une des nobles dames assises derrière elles, et elle devrait passer le reste de la journée à essuyer les larmes d'Hélène.

A sa grande surprise, le cheval gris — Claire se souvint que les chevaliers qualifiaient les chevaux blancs de gris — s'arrêta à la barrière juste face à elles. Le pennon vert du chevalier claquait au vent ; la licorne représentée sur son blason était d'une luminosité presque aveuglante.

— Messire chevalier ? fit Hélène d'une voix hésitante, tout en fixant des yeux les naseaux frémissants du destrier.

Elle tendit l'étoffe. Elle était simple, ordinaire, et légèrement élimée sur les bords.

Le chevalier, qui avait relevé sa visière, inclina la tête devant Claire. Il était si proche qu'elle pouvait voir ses yeux, sombres comme la nuit. Il sourit à Hélène et prit son étoffe. Le destrier fit un pas de côté vers Claire.

— Ma dame ? demanda le chevalier, en se penchant et en tendant le bras. Voulez-vous bien m'aider ?

Claire n'était pas une dame. Elle hocha néanmoins la tête et noua la bande de tissu autour du bras cuirassé du chevalier.

— Mille mercis, dit-il en l'observant attentivement.

Il regardait ses yeux ; c'était ce que tout le monde faisait.

Les éperons étincelèrent sous le soleil puis l'homme et sa monture, à la vitesse de l'éclair, retournèrent sur le terrain. Derrière Claire, quelqu'un soupira.

— Sire Arthus n'a jamais pris ma faveur, dit une femme d'une voix peinée. Et maintenant, le voilà qui accepte celle d'une enfant !

Claire sentit qu'on tirait sur ses jupes.

— Il a pris ma faveur ! Il a pris ma faveur !

Hélène contemplait le chevalier qui s'éloignait.

— Est-il l'un des amis de Geoffroy ?

— C'est probable. Je crois qu'il fait partie de la garde du comte de Champagne. C'est quelqu'un de très important.

Claire se souvenait que Geoffroy avait évoqué à plusieurs reprises un chevalier prénommé Arthus qui était le régisseur du domaine de la Corbelière. Il devait s'agir de lui. Il était possible que le comte Luc lui ait demandé de veiller sur elles.

— Je me demande comment il s'appelle, dit Hélène.

— Si tu écoutais le héraut, tu entendrais les noms des chevaliers. Il a été présenté comme messire Arthus Ferrer.

Les trompettes retentirent et d'autres chevaliers commencèrent leur parade. Les faveurs passaient de main en main.

Le comte Luc chevaucha vers les tribunes pour saluer son épouse, la reine du tournoi.

— Regarde Hélène, voici le suzerain de Geoffroy.

— Il va prendre la faveur de la comtesse Isabelle, annonça Hélène, sûre d'elle.

Claire acquiesça tout en balayant du regard la foule qui se pressait derrière la corde fermant la lice. Paolo da Lucca se trouvait-il parmi tous ces gens ? Elle reconnut certains visages, mais ne vit pas le sien. Elle aurait dû lui poser davantage de questions au sujet des marchands d'esclaves mais, prise de court par cette nouvelle, elle n'avait pas eu la présence d'esprit de se renseigner convenablement. Hélas ! elle ne savait pas comment le retrouver pour l'interroger. Elle ignorait l'endroit où il logeait ; elle avait laissé passer sa chance.

Tout à ses pensées, elle n'eut que vaguement conscience du passage du comte Luc, et du petit salut qu'il adressa à Hélène. Cette dernière poussa un cri de joie et sauta sur place, les joues rouges d'excitation. Claire rendit machinalement son sourire au comte. Il avait été très aimable de trouver une place à la tribune des dames pour la sœur de Geoffroy.

Alors que les chevaliers s'alignaient à chaque extrémité

de la lice, se préparant aux premières épreuves d'adresse, Claire parcourut de nouveau fébrilement la foule des yeux.

Si seulement elle pouvait trouver Paolo !

Elle soupira. Elle était fatiguée de devoir regarder derrière elle, fatiguée de se demander quand elle sentirait cette tape sur son épaule qui lui annoncerait que ses jours de liberté étaient terminés.

C'était comme si elle était toujours l'esclave qu'elle était à son arrivée. Serait-elle jamais libre ? Certains jours, les doutes et l'angoisse la tenaillaient. Et, malheureusement, elle était en train de vivre l'un de ces jours. Quoi qu'elle fasse et malgré tous ses efforts, ses tentatives pour passer inaperçue étaient vouées à l'échec. Les gens ne pouvaient s'empêcher de remarquer ses yeux.

Ses yeux vairons, l'un gris et l'autre vert, étaient très difficiles à cacher.

Chapitre 2

Arthus immobilisa son cheval et regarda droit devant lui. Pour l'instant, les concurrents étaient à égalité. Son équipe, les Troyens, menée par le comte Luc, avait remporté autant de points que sire Gérard et les visiteurs. L'on s'apprêtait à disputer les dernières épreuves décisives des affrontements individuels. Par égard pour les dames, les lances étaient épointées, et il n'y aurait pas de mêlée au cours de ce tournoi. Malgré cela, le comte Henri avait décidé que la comtesse Marie était trop délicate pour assister à un tel spectacle. Il se murmurait qu'elle attendait un enfant.

Arthus était impatient de voir qui serait son adversaire lors des prochaines passes d'armes. Lorsque sire Gérard se présenta sur le terrain et que son écuyer lui tendit sa lance, il sourit. Il serait amusant de voir comment Gérard réagirait s'il était désarçonné et mordait la poussière. Il s'agissait là d'une ambition raisonnable, et Arthus disposait de trois tentatives pour la concrétiser.

Le maréchal n'avait pas donné le signal du départ et, pendant qu'Arthus attendait, il eut l'impression d'entendre un léger tintement de clochettes à l'autre bout de la lice. En périphérie de son champ de vision, il vit la petite fille dont il avait pris la faveur s'agiter avec impatience dans la tribune des dames.

Il lui envoya un baiser. *Celui-ci est pour toi, petite*, songea-t-il. L'enfant rougit violemment. Elle s'agrippait à la rambarde comme si sa vie en dépendait. Comme elle était mignonne ! Elle voulait vraiment qu'il gagne.

L'espace d'un instant, il rencontra les yeux fascinants et dépareillés de sa voisine. Ils étaient extraordinaires. Un gris et un vert. Il n'en avait jamais vu de semblables. A moins que…

Au fin fond de sa mémoire, un vague souvenir essayait de faire surface.

Voyons… Il avait déjà dû voir ces yeux quelque part. Ils lui rappelaient…

Mais le souvenir ne se précisa pas. Trop lointain, trop fugace. Pourtant, il était certain maintenant d'avoir déjà vu ces yeux. Alors qu'il réfléchissait, le maréchal de lice donna le signal du départ.

Arthus saisit sa lance et chassa de son esprit tout ce qui ne concernait pas le tournoi. Les trompettes sonnèrent et Acier partit au galop, ses sabots martelant le sol dans un grondement de tonnerre. Pour marquer des points, l'idéal serait de désarçonner sire Gérard dès la première passe. Sans écouter les hurlements des dames qui encourageaient son adversaire, Arthus garda l'œil fixé sur sa cible.

Dix mètres, puis cinq…

Sa lance ricocha sur le bouclier de son adversaire et vola en éclats. Sans doute distrait par les cris des dames, Gérard, qui avait manqué Arthus, vacilla sur sa selle.

Le point est pour moi, je pense, se dit Arthus.

Acier pila net en bout de course et fit demi-tour. On tendit une nouvelle lance à Arthus et, une seconde plus tard, il chargeait de nouveau Gérard. Des mottes de terre et des touffes d'herbes volaient des deux côtés.

Arthus ne fit pas de quartier. C'était presque trop facile. Sa lance heurta de nouveau l'écu de Gérard qui, cette fois, tomba de sa selle et atterrit sur le sol avec un bruit sourd. Son cheval continua sa course sans son cavalier, accompagné d'un léger tintement de clochettes.

La moitié du public gémit, l'autre moitié hurla de joie. C'en était terminé pour sire Gérard, qui s'assit en grognant, avant de retirer son casque. Il était peut-être populaire auprès des dames de la cour, mais il l'était moins auprès des habitants de la ville. C'était Arthus que la foule acclamait.

Il remonta sa visière puis leva la main en signe de remerciement. Derrière les barrières de corde, les Troyens tapaient des pieds, sifflaient et hurlaient. Et il n'était pas sans soutien féminin non plus. Sa petite demoiselle était fidèlement en train de hurler de joie, sautant d'un pied sur l'autre comme si elle était sur des braises. La jeune femme aux yeux vairons sourit à la petite fille. Puis elle tourna le regard vers lui et l'applaudit. Il était beaucoup trop loin pour voir ces yeux étranges mais, au même moment, le vent souleva le bord de son voile, découvrant une chevelure qui brillait comme du cuivre dans la lumière hivernale. Une impression de déjà-vu s'empara de nouveau de lui.

Qui était-elle ? Ils n'avaient jamais été présentés, et pourtant il connaissait ces yeux. Qui était-elle ?

Au moment où la reine du tournoi se leva pour remettre les prix, Arthus avait retrouvé où il avait déjà vu la jeune femme.

C'était aux funérailles de Geoffroy.

Geoffroy avait fait partie des chevaliers attachés au service du comte Luc, et Arthus le connaissait bien. Il avait été tué alors qu'il tentait de protéger dame Isabelle, durant un tournoi qui s'était tenu au Champ des Oiseaux. La jeune femme assise dans la tribune des dames avait assisté à l'enterrement. Après la mise en terre, elle avait été la dernière à partir. Elle était restée longtemps devant la tombe, frêle silhouette rousse vêtue d'un habit de toile un peu grossière. Tout au long de la cérémonie funéraire, elle avait semblé sur le point de vouloir prendre la fuite. Une femme sensible et effarouchée, avait-il alors songé. Ce jour-là, il s'était tenu trop loin d'elle pour remarquer ses yeux étranges. C'étaient donc ses cheveux qui avaient dû lui donner la sensation de la connaître. Il s'agissait de la même personne, aucun doute possible. D'après Luc, ce n'était pas une parente de Geoffroy. Avait-elle été sa maîtresse, alors ?

Le singulier échange verbal auquel il avait assisté un peu plus tôt lui revint à la mémoire. Que lui avait dit le marchand ? De toute évidence, elle en avait été perturbée. L'avait-il menacée ? Si oui, pourquoi ? Il aurait donné sa solde d'une journée pour savoir ce qu'ils s'étaient dit. Etait-ce lié, de près ou de loin, à la mort de Geoffroy ?

Le comte Luc nourrissait quelques doutes au sujet de l'honnêteté de Geoffroy. Avant Noël, il avait laissé entendre qu'il le soupçonnait d'être impliqué dans le vol d'une relique survenu à l'abbaye. A l'époque, Arthus n'y avait pas prêté grande attention, et il avait eu tort. Une bande de hors-la-loi était réputée sévir dans les parages. Cette fille pouvait être liée à eux. Si c'était le cas, en tant que capitaine de la garde du comte Henri, il allait devoir s'intéresser de près à elle. Le comte Henri voulait débarrasser la Champagne des brigands, et c'était dans ce but précis qu'il avait fondé l'ordre des gardes-chevaliers. Le premier devoir d'Arthus était de rendre routes et chemins sûrs pour les honnêtes gens.

La foire d'hiver était terminée et, après le tournoi, la ville retrouverait son calme. C'était le meilleur moment pour chasser les bandits une bonne fois pour toutes. Si la fille avait un quelconque lien avec eux, il fallait qu'il le sache. Dès qu'il le pourrait, il irait la trouver et jugerait par lui-même de ses éventuels rapports avec les bandits. Le comte Henri n'en attendait certainement pas moins du capitaine de sa garde.

Le son d'une trompette coupa court aux bavardages de la foule et le tira de ses pensées. Le terrain était envahi par les pennons bleus, et la comtesse Isabelle se préparait à remettre les prix. Son époux, le comte Luc, avait gagné le prix individuel, et ses hommes, les Troyens, avaient remporté le prix par équipe.

Alors que le comte Luc chevauchait vers sa comtesse à la couronne étincelante, Arthus donna de la voix avec les autres. Il était bon de se battre aux côtés des gagnants. Lui et Gauvain célébreraient cette victoire lors de leur visite au Sanglier noir.

Le lendemain, en fin de matinée, Nicole était assoupie sur sa couche auprès du feu. Claire avait envoyé Hélène porter de nouvelles pelotes de laine chez Aimée, et cela faisait un moment déjà qu'elle était partie. Sans s'inquiéter outre mesure, car Aimée avait deux filles dont Hélène appréciait la compagnie, Claire regarda à travers les volets entrebâillés si les enfants se trouvaient dans la rue. Généralement, la fillette revenait d'elle-même juste avant l'heure du déjeuner.

Claire perçut un mouvement vers la gauche, comme un éclair vert fugitif. Quelqu'un approchait de la maison. Elle crispa les poings et, bien qu'elle s'y attendît, le coup sourd contre la porte la fit sursauter. Le cœur battant la chamade, elle posa une main sur le bois rugueux et regarda par un petit interstice entre deux planches.

— Qui est là ?

Elle aperçut une tunique couleur crème sur un large torse, et une épingle en argent fermant une cape verte.

— Bonjour, ma dame. Sire Arthus Ferrer, pour vous servir.

Le champion d'Hélène. Claire jeta un coup d'œil vers la couche d'où provenait un léger ronflement. Nicole avait souvent du mal à trouver le sommeil, et elle ne voulait surtout pas la déranger. Sans doute n'y avait-il rien à craindre de la part de sire Arthus. La veille au soir, elle avait appris qu'il avait bien juré allégeance au comte Luc avant de devenir chef de la garde. Sire Arthus avait connu Geoffroy. Elle pouvait sans risque lui parler à l'extérieur de la maison, cela ne prendrait qu'un moment. De toute façon, se dit-elle pour se rassurer, il n'était pas possible que ce chevalier sache ce qui l'avait conduite jusqu'à Troyes. Elle mit donc sa cape et ouvrit la porte. Elle ne portait pas de coiffe. Ce n'était pas nécessaire, elle n'en aurait pas pour longtemps.

— Bonjour, sire Arthus, dit-elle en s'inclinant légèrement.

Les cheveux du chevalier étaient bruns, épais et brillants. Il portait son épée à la ceinture, mais ni son écuyer ni son cheval n'étaient en vue. Il avait dû, supposa Claire, venir à pied depuis la caserne, qui ne se trouvait pas loin.

— Veuillez m'excuser, messire, de ne pas vous faire entrer, mais nous n'avons qu'une pièce et Nicole est en train de dormir.

— Vous voulez parler de la mère de Geoffroy ?

— Oui. Elle dort si mal d'ordinaire que je ne veux pas la réveiller.

Elle s'interrompit, espérant qu'il lui dirait tout de suite ce qui l'amenait. Avec désolation, elle vit son regard sombre passer de ses yeux à ses cheveux. Aussitôt, elle releva son capuchon. Son apparence était une véritable malédiction. S'il fallait une preuve de l'ironie de Dieu, la couleur de ses yeux et de ses cheveux en était une. Il lui donnait toutes les raisons de vouloir passer inaperçue, puis il la maudissait avec ces cheveux d'un roux flamboyant et ces yeux étranges, songeait-elle souvent, presque révoltée.

— C'est le comte Luc qui vous a demandé de venir nous trouver, messire ?

Il la regarda droit dans les yeux.

— Quel est votre nom ?

— On m'appelle Claire.

Elle ignorait totalement si elle avait été baptisée ; Claire était le prénom qu'elle s'était choisi après s'être enfuie des Pouilles.

— Claire, répéta sire Arthus, en scrutant ses yeux. Je pensais que votre nom m'évoquerait quelque chose, mais…

— Mon seigneur ?

Il contracta légèrement la mâchoire.

— Je suis un chevalier, ma dame, et non un seigneur.

— Messire ?

— Mais peu importe…, répondit-il en tapotant la poignée de son épée. Votre accent ne m'est pas familier. Vous n'êtes pas née à Troyes.

— Non, messire.

Son regard sombre la scrutait toujours. Puis, à la grande surprise de Claire, il lui tendit le bras.

— Vous allez venir faire un petit tour avec moi, voulez-vous ?

Claire hésita. Elle ne faisait pas confiance aux hommes, et l'idée de se promener dans les rues avec un chevalier de la garnison ne lui plaisait pas. Cependant, elle savait reconnaître un ordre quand elle en entendait un. En essayant de se persuader qu'un chevalier qui avait juré allégeance au seigneur d'Aveyron ne s'en prendrait jamais à elle en plein jour, elle posa légèrement ses doigts sur son bras et il l'emmena en direction de la place. Elle se mit à prier.

Mon Dieu, faites que Paolo se soit trompé !

Si les marchands d'esclaves étaient en ville et la voyaient…

— Je ne peux pas rester partie trop longtemps, messire. Hélène pourrait rentrer et…

— Hélène ?

Le beau visage du chevalier se détendit.

— La petite fille qui m'a donné sa faveur ?

— Oui.

— Nous n'allons pas nous éloigner. Je veux juste discuter d'un point avec vous sans que la mère de Geoffroy nous entende.

Il y eut comme un coup de tonnerre dans les oreilles de Claire, et un frisson glacé lui courut dans le dos. Sire Arthus voulait-il lui parler de Geoffroy ou avait-il découvert son secret ? Ses anciens maîtres avaient-ils fini par trouver où elle se cachait ?

L'esclavage était interdit en Champagne. C'était la raison pour laquelle elle était venue à Troyes. Mais, avec ce qui était arrivé à Geoffroy, elle avait appris que l'injustice n'en était pas bannie pour autant. Elle vivait dans l'angoisse du moment où quelqu'un frapperait à la porte, et où elle apprendrait que le marchand d'esclaves appelé le Véronais l'avait retrouvée.

Jamais elle n'y retournerait. Jamais !

— Sire Arthus, vous…

Elle s'interrompit pour prendre une grande inspiration.

— Vous êtes le capitaine de la garde du comte, n'est-ce pas ?

C'était ce que Nicole lui avait dit la veille au soir, quand elle était rentrée avec une Hélène au comble de la joie. Volubile, l'enfant n'avait cessé de parler de « sire Arthus, son chevalier ». Il était miraculeux qu'elles aient finalement réussi à trouver le sommeil toutes les trois.

Sire Arthus acquiesça et elle se répéta une fois de plus qu'elle n'avait rien à craindre de lui. Ce n'était pas chose aisée que de s'en persuader. Cet homme était un étranger et, jusqu'à ce que Geoffroy l'amène chez sa mère, les étrangers n'avaient jamais été obligeants avec elle.

La place s'ouvrait devant eux, presque déserte. Quelques poules grattaient la terre devant la taverne. Deux femmes pliaient des draps devant l'une des hautes maisons à colombages, et un jeune garçon chancelait sous le poids d'un énorme seau d'eau, dont il renversait un peu le contenu à chaque pas.

— Etiez-vous l'épouse de Geoffroy ? demanda abruptement sire Arthus.

Elle cligna des yeux.

— Non.

Geoffroy avait été bon avec elle, plus que bon même. Bien qu'il n'aurait eu aucun intérêt à épouser une esclave fugitive, il lui avait proposé le mariage, pensant que cela la protégerait si jamais le Véronais venait à la retrouver. Mais, aux yeux de Claire, le mariage ne valait guère mieux que l'esclavage, et il avait compris ses réticences. Même si elle avait eu envie de devenir sa femme, elle aurait refusé sa demande en mariage. Comme elle refuserait celle de n'importe quel homme. Se marier ? Jamais.

— Etiez-vous amants ?

Elle se raidit et le regarda droit dans les yeux.

— Je ne vois pas pourquoi je devrais répondre à cette question, messire. Cela ne vous regarde pas.

Il esquissa un sourire qui la charma. Quand il abandonnait son air sévère, sire Arthus était d'une beauté à couper le souffle.

— Vous avez sans doute raison. Mes excuses, ma dame. Ou bien peut-être devrais-je dire ma demoiselle ?

— Comme vous préférez, messire.

— Alors ce sera ma demoiselle. Ma demoiselle Claire. Hier, durant le tournoi, un homme vous a approchée dans les tribunes. Que vous voulait-il, au juste ?

— Il… Je… Je ne le connais pas bien, messire.

— Cela ne m'apprend rien.

Le regard sombre du chevalier était rivé sur elle. Il fronça les sourcils.

— J'ai eu l'impression que vous aviez peur de lui.

Elle se mordit la lèvre. Son instinct lui disait qu'elle pouvait lui faire confiance, mais cela ne signifiait pas qu'elle était prête à lui avouer qu'elle était une esclave fugitive.

Et cela ne signifiait certainement pas qu'elle allait lui dire ce qui s'était passé entre elle et Sandro…

— Je pense avoir compris que cet homme était un marchand étranger, reprit-il. J'apprécierais que vous me rapportiez les propos qu'il vous a tenus.

— Il s'appelle Paolo, Paolo da Lucca, et il est en effet marchand. Il n'a rien dit d'important.

L'expression de sire Arthus devint plus sévère.

— Ma demoiselle, j'aimerais que vous me disiez ce que vous savez de lui.

Les larges épaules se soulevèrent.

— Sinon, continua-t-il, je serai dans l'obligation de croire que vous me cachez quelque chose.

Claire ferma brièvement les yeux mais, quand elle les rouvrit, sire Arthus était toujours là. En train de l'observer. De la juger. Elle donna un coup de pied dans une pierre du bout de sa botte tout en regrettant d'être une aussi piètre menteuse.

— Je ne vous cache rien du tout.

— Ce Paolo da Lucca sait-il que Geoffroy s'est associé à des voleurs ?

— Vous voulez parler de l'affaire de la relique ?

Soudain, il apparut à Claire qu'elle avait peut-être mal interprété le sens des questions de sire Arthus. En fait, elles n'avaient rien à voir avec la présence de marchands d'esclaves à Troyes. Il la soupçonnait d'être liée d'une façon ou d'une autre à des brigands.

— En effet, répondit-il en plissant les yeux. Cet homme était-il en train de vous menacer ?

— Non, messire.

Prenant une grande inspiration, Claire soutint son regard.

— Je… Je connais Paolo depuis plusieurs mois. C'est un homme d'une grande bonté, et il ne m'a jamais menacée.

— Que disait-il, alors ?

Les yeux sombres étaient soucieux.

— Je sais que Geoffroy était en contact avec des voleurs.

Claire grimaça.

— Le comte Luc a juré qu'il n'en parlerait jamais ! Messire, il faut que vous compreniez que Nicole ne doit pas l'apprendre. Elle est si fière de son fils, si fière qu'il ait été fait chevalier ! Si elle apprenait la disgrâce de Geoffroy, elle en mourrait.

— N'ayez aucune crainte, le comte Luc s'est montré très discret. Et, à part hier soir où j'ai volontairement abordé le sujet avec lui, je ne lui ai jamais posé aucune question au sujet de Geoffroy. Le comte fait tout ce qui est en son pouvoir pour que la mémoire de Geoffroy ne soit pas ternie et respecter ainsi votre volonté.

Ils se trouvaient à présent devant le Sanglier noir, la taverne à l'extrémité de la place. L'établissement avait une réputation douteuse. L'une des filles qui y travaillaient était assise sur un banc près de l'entrée. Un morceau d'étoffe jaune vif étalé sur les genoux, elle cousait, ou faisait semblant de coudre. En réalité, elle faisait commerce de ses charmes, qui étaient nombreux. Ses yeux brillaient, son sourire était plein d'audace, et ses lèvres fardées. Le corsage de sa robe était lacé de façon à laisser deviner sa poitrine généreuse.

Elle sourit à sire Arthus et, mine de rien, releva sa robe pour dévoiler une cheville fine et un mollet galbé.

— Bonjour, sire Arthus.

Il sourit à son tour.

— Bonjour, Gabrielle.

Ainsi, ils se connaissaient ?

Le regard de Gabrielle glissa sur Claire puis se reporta sur le chevalier.

— Aurai-je l'honneur de vous voir tantôt, messire ?

Il leva un sourcil, sans cesser de sourire. Claire ne savait où poser les yeux. Malgré son passé honteux, elle était innocente. A dire vrai, sa fuite loin des Pouilles où elle était réduite en esclavage avait été précipitée après que le fils de son maître, Sandro, eut tenté d'abuser d'elle. Elle frissonna et regarda sa main, s'attendant presque à la voir maculée du sang de Sandro. Jamais elle ne se donnerait à un homme, quel qu'il soit.

Sire Arthus s'éclaircit la voix, lui prit la main et la replaça sur son bras puis l'entraîna d'un pas décidé loin de la taverne.

— Ma demoiselle, j'aimerais que vous me disiez ce que vous savez à propos de ces voleurs. Le comte Henri est déterminé à les pourchasser sans relâche.

Claire sentit son estomac se contracter légèrement. Ce n'était pas assez fort pour être de la peur, mais le capitaine du comte Henri la rendait nerveuse. Sa bouche était sèche.

— Je ne sais presque rien, répondit-elle, tout en se demandant anxieusement combien elle pouvait lui en dire.

Mieux valait en révéler le moins possible. Juste assez pour qu'il s'en aille et la laisse tranquille.

— Geoffroy était très secret, mais je sais qu'il voulait s'amender. Il avait honte de ce qu'il avait fait.

— Et je le comprends. Ce n'est guère glorieux, pour un chevalier, de s'associer à des voleurs.

Elle se mordit la lèvre. Sire Arthus était un chevalier, comme Geoffroy, et elle voulait qu'il comprenne ce qui l'avait conduit à se déshonorer. Il n'avait pas agi à la légère.

— Le comte Luc vous a peut-être dit que la mère de Geoffroy, Nicole, est très malade. Les remèdes sont coûteux.

— Il était à court d'argent ?

Claire acquiesça.

— Geoffroy aimait sa mère, il voulait qu'elle soit soignée le mieux possible.

Sire Arthus étouffa un juron.

— Bon sang ! Il lui était déjà arrivé de m'emprunter de l'argent, il aurait pu recommencer. J'aurais accepté de l'aider.

— Il n'aimait pas avoir de dettes.

— Par fierté ?

Il soupira.

— Au fond, cela ne m'étonne pas. Geoffroy détestait faire aveu de faiblesse.

— Je ne puis rien vous dire de plus, messire, dit Claire en regardant à dessein vers l'endroit d'où ils étaient venus. Si vous n'avez rien d'autre à me demander, il me semble que je devrais rentrer. Je ne peux pas laisser Nicole seule trop longtemps.

Et, songea-t-elle, *si les marchands d'esclaves sont en ville, je ne peux pas courir le risque qu'ils me voient.*

— Chaque chose en son temps, ma demoiselle. Je n'ai pas fini. Vous en savez peut-être plus que vous ne le pensez vous-même. Par exemple, quand Geoffroy parlait des voleurs, lui arrivait-il de mentionner quelque nom ?

Elle le regarda de nouveau.

— Messire, je ne vois pas l'intérêt d'une telle question. Je croyais que le voleur avait été tué. C'est ce qu'a dit le comte Luc, me semble-t-il.

Sire Arthus acquiesça.

— En effet. Mais il serait surprenant qu'il ait agi seul. Qui a tué le voleur ? Et pourquoi l'a-t-on supprimé ?

L'estomac de Claire se noua. Elle ne voulait pas penser à cela. Elle avait déjà assez de sujets d'inquiétude. Comment allait-elle faire, si le Véronais était bel et bien à Troyes, pour s'occuper de Nicole ? Comment ferait-elle pour aller au marché ? Le Véronais pourrait l'y voir ! Inquiète, elle jeta un coup d'œil derrière elle. La dernière chose dont elle avait besoin était d'être associée malgré elle aux ennuis de Geoffroy. Geoffroy était mort, et elle en était profondément désolée, mais son assassin avait payé.

— D'après moi, justice a été rendue quand le voleur a été tué, répondit-elle à voix basse.

— Et cela vous suffit ? Mais s'il y avait d'autres victimes ? Voudriez-vous vivre avec cela sur la conscience ?

Au ton de sa voix, elle comprit qu'il n'abandonnerait pas l'affaire. Le bon capitaine pensait qu'elle était susceptible de l'aider, et il ne serait pas facile de l'en dissuader.

Il y avait quelque chose qu'elle devait pouvoir lui dire, songea-t-elle.

— Il est arrivé à Geoffroy d'évoquer un autre homme, commença-t-elle, mais il n'a jamais dit son nom. Seulement…

Sire Arthus était si près qu'elle aurait presque pu compter ses cils. Ils étaient longs et sombres et, lorsqu'elle le regarda dans les yeux, son cœur s'emballa. Le capitaine des gardes du comte avait des yeux magnifiques. Dans cette lumière, ils n'étaient pas aussi foncés qu'elle l'avait d'abord cru. De petits points gris parsemaient ses iris marron.

— Seulement… ?

— C'est une chose que Geoffroy a évoquée devant moi lorsqu'il m'a dit qu'il allait racheter sa faute.

— Vous affirmez encore que Geoffroy avait l'intention de rompre avec les voleurs ? demanda-t-il avec une moue sceptique.

Elle leva le menton.

— Je vois que vous ne me croyez pas, messire, mais je vous jure que c'est la vérité.

— Si c'est le cas, il est possible qu'il ait été tué parce qu'il voulait revenir sur son accord avec les brigands, dit-il, songeur. Et non en essayant de protéger la comtesse Isabelle comme l'a annoncé le comte Luc.

Il scrutait pensivement une allée sombre. L'air s'était rafraîchi et, dans l'abreuvoir près d'eux, l'eau commençait à prendre en glace sur les bords.

— Cela ne nous dit toutefois pas qui a supprimé le voleur. Ni pourquoi, marmonna-t-il.

— Je me suis moi-même posé la question. N'aurait-il pas pu être tué par un autre brigand furieux que la relique lui ait échappé ?

— C'est une possibilité.

Sire Arthus croisa les bras sur sa poitrine et lui adressa un regard interrogateur.

— Avez-vous autre chose à ajouter ?

— Ce n'est peut-être pas important, mais Geoffroy a évoqué un rendez-vous dans un souterrain.

Le regard du chevalier s'aiguisa.

— Un souterrain ? Où cela ?

— Je suis désolée, messire. Geoffroy s'est contenté de parler d'un souterrain, sans plus de précision.

— Dommage.

En secouant la tête, il lui offrit son bras et ils rebroussèrent chemin.

Ils arrivèrent bientôt dans la rue de Claire, où les hautes maisons de bois étaient appuyées les unes contre les autres, comme pour se soutenir. Le quartier était modeste et délabré, mais c'était chez elle.

— Ma demoiselle, si par hasard d'autres souvenirs vous revenaient, je vous serais reconnaissant de m'en informer.

— Oui, messire, bien entendu.

Elle souriait, mais elle n'avait en réalité aucune intention de revoir cet homme. Tout ce qu'elle voulait, c'était la liberté, pour vivre sa vie en paix.

— Et si vous ou dame Nicole avez besoin d'aide, vous ne devez pas hésiter à faire appel à moi. Faites-moi envoyer un message à la porte de la caserne…

Il s'interrompit brusquement.

— D'où avez-vous dit que vous veniez ?

Le cœur de Claire s'arrêta de battre un instant. Le regard du chevalier avait beau être bienveillant, elle n'avouerait jamais qu'elle était une esclave en fuite. Les hommes, comme elle l'avait appris à ses dépens, réagissaient mal lorsqu'ils découvraient la vérité. Même les meilleurs d'entre eux essayaient d'abuser d'elle. Et sire Arthus, comme l'avait prouvé le court échange avec la fille devant le Sanglier noir, n'était pas différent des autres. C'était un homme qui aimait les femmes.

Geoffroy, paix à son âme, était différent. Il n'avait jamais essayé d'abuser d'elle, et c'était pour cette raison qu'elle l'avait aimé. Elle lui serait reconnaissante jusqu'à la fin de ses jours.

— J'ai passé de nombreuses années dans des contrées étrangères, messire. Je ne sais pas vraiment où je suis née.

Elle lui adressa un grand sourire.

— Je suis très probablement une bâtarde.

Il la parcourut encore de son regard sombre, qui s'arrêta un moment sur une mèche de cheveux dépassant de son capuchon, puis scruta ses yeux. D'abord le gris, ensuite le vert.

— Je n'étais certainement pas à ma place dans la tribune des dames, ajouta-t-elle avec un rire léger.

— Le comte Luc vous a invitée. Votre présence y était donc tout à fait légitime.

La main du chevalier glissa le long de son bras, et un frisson la parcourut. La sensation était dérangeante et… excitante. C'était très curieux car, d'ordinaire, elle détestait que les hommes la touchent. Il s'inclina de la plus courtoise des façons.

— Je suis heureux d'avoir fait votre connaissance. Même si…

Il s'interrompit un instant.

— Même si vos traits me paraissent familiers. Je jurerais que nous nous sommes déjà rencontrés.

— Vous avez dû me croiser à l'enterrement de Geoffroy.

— Je n'ai pas vu vos yeux, ce jour-là, et pourtant ils me sont familiers…

Claire secoua la tête.

— Vous devez vous tromper.

Tout en s'inclinant à son tour pour le saluer, elle vit Hélène qui se dirigeait vers la maison.

— Voilà Hélène qui rentre à la maison, messire, je ferais mieux d'y aller.

— N'oubliez pas ce que je vous ai dit. Prévenez-moi si vous avez besoin d'aide.

Il se pencha vers elle.

— Et prévenez-moi si vous vous souvenez de quoi que ce soit que Geoffroy ait pu dire.

— Je n'oublierai pas, messire.

Sur ce, elle tourna les talons et se dépêcha de descendre la rue.

Cet homme l'avait perturbée. Il voyait trop de choses ! Et s'il pensait qu'elle laisserait des messages pour lui à la porte de la caserne, il faisait erreur. Tout ce qu'elle voulait, c'était la paix et la tranquillité. Attirer l'attention du capitaine de la garde était la dernière chose dont elle avait besoin.

Chapitre 3

Tout en s'en retournant au château de Troyes, Arthus ne réussissait pas à chasser cette fille, Claire, de son esprit. Son image restait gravée en lui : petite et menue, avec des cheveux cuivrés et des yeux vairons. Ah, ces yeux vairons… Qui était-elle ? Pourquoi lui semblait-il qu'en cherchant mieux il serait capable de retrouver qui elle était ? Pourquoi avait-il l'impression que quelque chose d'essentiel lui échappait ?

Il ne trouva pas la réponse, même si les boucles cuivrées continuaient de s'emmêler dans ses pensées pendant qu'il se dirigeait vers les écuries et appelait son écuyer. Quand ce fut fait, des paroles, prononcées d'une voix un peu rauques, lui revinrent à la mémoire.

« Geoffroy a parlé d'un souterrain. »

Un souterrain ? Il y avait bien une carrière de craie, non loin de Troyes…

— Yves ?

— Messire ?

— Selle nos chevaux. Je pars patrouiller, et tu m'accompagnes.

— Oui, messire. Où allons-nous ?

— Je veux inspecter les abords de la carrière, au sud de la ville.

— Dois-je aller chercher votre cotte de mailles ?

— Je n'ai besoin que de mon épée. Autant ne pas attirer l'attention. C'est une initiative personnelle. Sire Raphaël est parti avec la patrouille officielle.

Les pensées d'Arthus étaient parasitées par des tresses

d'un roux flamboyant qui luisaient dans le soleil hivernal tandis qu'il trottait en compagnie de son écuyer vers les portes de la ville. Mais il n'y avait pas que les cheveux de Claire qui le hantaient. Il y avait ses yeux, aussi. C'était comme si les champs et les vignobles qu'ils traversaient étaient perdus dans le brouillard, et que la seule réalité était ces yeux, l'un vert et l'autre gris.

Il avait déjà vu ces yeux quelque part. Mais où ?

Aucune réponse ne vint pendant qu'il inspectait le terrain aux abords de la carrière, à la recherche de traces ou de restes de feux. Il ne trouva rien d'intéressant mais, curieusement, sa conviction se renforça. Il avait déjà vu cette fille.

— Cela me reviendra, murmura-t-il.

— Vous avez dit, messire ?

— Yves, as-tu remarqué à quel point notre mémoire nous joue des tours ? Parfois, lorsqu'on essaie de se souvenir de quelque chose, cela nous échappe. Et au moment où l'on abandonne — il claqua des doigts — la réponse arrive.

Arthus eut l'impression de rougir. Son écuyer devait le prendre pour un fou.

Mais Yves se contenta d'acquiescer sagement.

— Oui, messire.

— Il vaudrait mieux que je la chasse de mon esprit.

— Sans doute, messire.

Malgré tout, l'image de Claire était restée en lui, l'accompagnant sur le chemin du retour en ville et jusqu'aux écuries. Elle était aussi restée dans un recoin de son esprit pendant qu'il se rendait dans la grande salle du château pour son entrevue quotidienne avec le comte Henri. Et elle était toujours là le soir, lorsqu'il poussa la porte du Sanglier noir et que Gabrielle s'approcha de lui, œil de velours et sourire enjôleur.

— Sire Arthus ! Quel plaisir de vous voir !

Le plus agaçant de tout, c'était que l'image de Claire

ne le quitta même pas lorsqu'il passa le bras autour de la taille fine de Gabrielle et qu'il se pencha pour l'embrasser.

Bon sang ! Pourquoi n'arrivait-il pas à se souvenir ?

La réponse vint le lendemain. Elle surgit alors qu'Arthus s'était rendu au château afin de discuter avec le comte Henri du redéploiement de ses hommes.

Il trouva le comte dans son cabinet de travail, assis à une table couverte d'encriers et de plumes, et jonchée de parchemins.

— Asseyez-vous, sire Arthus, lui dit le comte en lui indiquant un siège.

— Mille mercis. Mon seigneur, je pense qu'une bande de brigands se cache quelque part hors de l'enceinte de la ville, commença Arthus, qui avait décidé d'aller droit au but. Puisque les joutes de la Douzième Nuit sont passées, la ville va progressivement retrouver son calme. Nous pouvons donc patrouiller un peu plus loin que d'habitude, jusqu'à étendre nos recherches à l'ensemble du comté.

Le comte Henri le regarda attentivement.

— Vous avez entendu parler de quelque chose ?

Arthus secoua la tête.

— Rien de réellement fiable, mon seigneur. Une connaissance m'a dit que des brigands pouvaient se cacher dans un souterrain, aux abords de Troyes.

— Une connaissance ?

Arthus préférait ne pas nommer Claire. Elle lui avait fait comprendre qu'elle ne voulait pas être mêlée à cette affaire ; il ne pouvait le lui reprocher. Geoffroy avait été tué, et cette disparition laissait trois femmes sans protecteur.

— La personne en question apprécie la discrétion.

Le comte Henri acquiesça et trempa la plume qu'il tenait dans l'encrier.

— Je comprends. Avez-vous assez d'hommes ?

— Oui, mon seigneur.

— Très bien. Prévenez-moi si vous trouvez quoi que ce soit.

— Bien sûr.

Comme il se levait pour partir, un nom lui vint tout à coup à l'esprit. Un nom et des yeux ressemblant de façon troublante à ceux de Claire.

— Le comte Myrrdin de Fontaine…, murmura-t-il.

Mon Dieu ! Claire pouvait-elle la fille du comte Myrrdin ? La fille illégitime, bien sûr.

Le comte Henri jouait machinalement avec sa plume.

— Le comte Myrrdin ? Pourquoi parlez-vous de lui ? Il y a des années que je ne l'ai pas vu.

Arthus secoua la tête. Son regard était posé sur la plume que le comte faisait tourner entre ses doigts, mais il ne la voyait pas. Ce qu'il voyait, c'était ces yeux vairons.

— Ce sont ses yeux…, dit-il.

— Ses yeux ?

Le comte Henri fronça les sourcils, puis son visage s'éclaira.

— Ah oui ! Je me souviens. Le comte Myrrdin a des yeux étranges. Un bleu et un gris.

— Un vert et un gris, en fait, mon seigneur.

Le comte Henri le regarda, un peu perplexe.

— Il fut en son temps un vaillant combattant, mais j'ai entendu dire qu'il vivait à présent comme un reclus. Cela fait des années qu'il n'a plus quitté la Bretagne. Qu'est-ce qui a pu vous faire penser à lui ?

— Il y a une jeune fille, ici même à Troyes, qui a ses yeux. Je l'ai vue aux joutes.

La plume s'immobilisa entre les doigts du comte qui se pencha en avant, le front plissé.

— Une jeune fille ? Etes-vous certain qu'elle a les yeux du comte Myrrdin ?

— Elle pourrait être sa fille illégitime, affirma Arthus, dont la conviction s'affermissait. Je pensais l'avoir déjà rencontrée, et il m'a fallu du temps pour établir le lien.

Mais ce n'était pas elle que j'avais rencontrée, c'était son père. Elle est la fille du comte Myrrdin, je le sais.

— Quel âge a-t-elle ?

— Mon Dieu, je n'en ai aucune idée. Dix-huit ou dix-neuf ans, peut-être.

— J'ai du mal à croire que le comte Myrrdin ait pu avoir un enfant illégitime. Il n'était pas réputé pour la légèreté de ses mœurs. Et depuis la mort de sa femme, c'est un peu comme s'il était entré dans les ordres : il est aussi chaste qu'un moine.

Le comte reposa sa plume et s'appuya contre le dossier de sa chaise.

— Je veux voir cette jeune fille. Amenez-la ici.

Arthus hésita. Il était à peu près certain que Claire ne voudrait pas paraître devant le comte Henri.

— Mon seigneur, est-ce nécessaire ? Si le bruit venait à se répandre qu'elle est une enfant illégitime, elle pourrait s'en trouver gênée.

Le comte Henri se rembrunit.

— Pour qui me prenez-vous ? Je ne veux pas faire honte à cette demoiselle, je veux l'aider. Avant de vivre en ermite, Myrrdin de Fontaine était l'un des plus honorables chevaliers de toute la chrétienté. Si cette demoiselle est sa fille, illégitime ou non, il voudra certainement savoir où elle se trouve. Où habite-t-elle ?

— Elle loge en ville. Dans le quartier des marchands.

— Amenez-la ici. Une fois que je l'aurai vue, je déciderai de la conduite à tenir.

Le comte prit un parchemin et le déroula devant lui.

— Capitaine ?

— Mon seigneur ?

— Trouvez la fille de Myrrdin avant d'aller fureter autour de ces souterrains.

— Mais, mon seigneur, les brigands…

Le comte soupira.

— Sire Raphaël peut emmener une troupe aux souterrains. Vous, vous connaissez la jeune fille. Amenez-la moi.

— Oui, mon seigneur.

Son panier au bras, Claire rentrait du marché avec Hélène. Elle avait passé la journée à tenter de se persuader que Paolo s'était trompé en croyant voir les marchands d'esclaves, et elle y était presque parvenue jusqu'à ce qu'elle aperçoive deux hommes se tenant sous l'avant-toit de l'une des maisons voisines de celle de Nicole.

A leur vue, elle sentit son sang se glacer dans ses veines. A son côté, Hélène continuait de sautiller et de babiller à propos de tout et de rien, mais c'était à peine si Claire l'entendait. A vrai dire, elle n'entendait rien, à part son pouls qui cognait à ses oreilles.

Elle baissa la tête, pivota sur ses talons et fit semblant de s'intéresser de près aux sculptures d'un linteau tout proche. L'un des deux hommes lui était inconnu, mais l'autre… L'autre…

Mon Dieu ! Elle était près de défaillir.

L'autre, sans aucun doute possible, était Lorenzo da Verona, plus communément connu sous le nom du Véronais. Elle ignorait qu'il se déplaçait si loin mais, au fond, cela ne l'étonnait pas. Le Véronais tissait une immense toile pour capturer des esclaves. Ce n'était pas le fait qu'il soit interdit d'en vendre ou d'en posséder en Champagne qui allait freiner son commerce diabolique. On pouvait trouver des esclaves n'importe où, elle le savait. Dans les Pouilles où vivait son maître, elle en avait croisé qui avaient été capturés en France, en Bretagne, en Aquitaine…

Ce commerce ne connaissait pas de frontières. La seule préoccupation de Lorenzo da Verona était de faire un bon profit. Le maître de Claire — enfin, son ancien maître — avait acheté de nombreux esclaves, y compris elle, à l'homme qui se tenait en ce moment même à moins de douze pas.

Elle n'avait aucun souvenir de sa prime enfance. Si elle connaissait le rôle qu'y avait joué da Verona, c'était uniquement parce que, un jour que son maître venait de lui acheter de nouveaux esclaves, on lui avait appris qu'elle aussi avait été achetée au Véronais.

Tout à coup, le temps sembla s'écouler très lentement.

Il ne fallait pas que da Verona la voie. Sinon, il s'emparerait d'elle et la ramènerait à son maître ! Elle devait quitter Troyes immédiatement, mais n'était-il pas déjà trop tard ? Sainte Vierge ! se lamenta-t-elle. Qu'allait-il advenir de Nicole ? Et d'Hélène ? Comment allaient-elles se débrouiller seules ?

— Claire, tu ne m'écoutes pas ! lança Hélène en tirant sur ses jupes.

— Je suis désolée, trésor. Je viens de me rendre compte que j'ai oublié d'acheter du sel. Sois gentille et ramène le panier à la maison, tu veux bien ? Je te rejoindrai dès que j'aurai réparé cet oubli.

Ces hommes parlaient d'elle, se dit-elle, affolée. Elle en était certaine. Dieu seul savait comment le Véronais l'avait retrouvée, mais il savait désormais où elle habitait. Il n'y avait pas de temps à perdre ; elle devait partir.

Elle avait espéré pouvoir rester à Troyes jusqu'à ce qu'Hélène soit capable de se débrouiller sans sa mère. Car Nicole était en train de mourir, cela ne faisait pas l'ombre d'un doute. Il devenait chaque jour un peu plus difficile pour elle de quitter son lit, et chaque jour elle était plus éteinte, plus grise. Combien de temps lui restait-il à vivre ? Quelques jours ? Quelques semaines ? Nul n'aurait pu le dire. Claire aurait voulu rester près d'elle jusqu'à la fin. Elle aurait voulu que la petite Hélène puisse vivre une vie à peu près normale le plus longtemps possible.

— Je peux aller acheter le sel avec toi, proposa Hélène.

S'efforçant de refouler ses larmes, Claire lui tendit le panier.

— Merci, mais ce n'est pas nécessaire. Ta maman attend les courses que nous avons faites. Une fois que tu seras à la maison, j'aimerais que tu commences à préparer la soupe.

Sans oublier les hommes qui se trouvaient derrière elle, elle se pencha pour regarder Hélène dans les yeux.

— Tu peux faire cela pour moi, trésor ? Tu te souviens de la fois où nous avons préparé de la soupe d'orge ?

— Je me souviens.

— Est-ce que tu penses que tu peux y arriver toute seule ?

— Oui !

— C'est bien, tu es une gentille fille.

Pauvre Hélène ! ne put s'empêcher de songer Claire. D'abord elle perdait son frère et, bientôt, elle allait perdre sa mère.

Elle aurait donné n'importe quoi pour pouvoir passer quelques semaines supplémentaires avec Nicole et Hélène. Vivre avec elles était le seul semblant de vie de famille qu'elle ait connu, et elle aurait volontiers prolongé l'expérience. Hélas ! Dieu semblait en avoir décidé autrement. Elle déglutit péniblement, et réussit à sourire.

— Allez, vas-y vite. Commence à préparer la soupe. Si je suis en retard, n'hésite pas à servir son repas à ta maman. Et…

Elle marqua une pause.

— … c'est important, trésor. Si tu as du mal avec la recette, si tu as le moindre souci, va tout de suite trouver Aimée. Aimée t'aidera. Elle t'aidera *toujours*.

Hélène la regarda comme si elle divaguait.

— Je le sais bien. Pourquoi est-ce que tu me dis cela ?

En ayant beaucoup de mal à garder le sourire, Claire se redressa et la chassa d'un petit geste.

— A tout à l'heure ! lança Hélène en s'éloignant.

La gorge serrée, Claire la regarda partir. Puis, en gardant la tête baissée et le capuchon rabattu, elle contourna prestement les deux hommes et s'engagea dans une ruelle qui séparait deux maisons. Humide et sombre, la venelle ressemblait davantage à une rigole qu'à une ruelle. La mousse qui recouvrait le sol le rendait glissant. Ses pensées se bousculant dans sa tête, elle hâta le pas.

Elle savait exactement ce qu'elle avait à faire.

Il lui restait un peu d'argent des courses. Nicole ne lui en voudrait pas si elle l'utilisait. Tout d'abord, elle trouverait un scribe et lui dicterait une missive pour sire Arthus. Il veillerait à ce qu'il n'arrive rien de fâcheux à Nicole et Hélène. Ensuite, elle achèterait du pain et elle partirait.

Ce qu'elle ignorait, en revanche, c'était où aller. C'était le mois de janvier et il faisait froid, mais elle pouvait s'estimer chanceuse : elle était sortie avec sa cape.

Arthus traversait la cour située devant le corps de garde de la caserne quand une sentinelle le héla.

— Capitaine Ferrer, il y a un message pour vous.

L'homme entra dans le corps de garde pour en ressortir quelques instants plus tard, un morceau de vélin à la main.

— Je vous remercie.

Arthus fronça les sourcils. Il avait dit à Claire de le faire prévenir si elle avait besoin d'aide, mais il n'avait pas cru un instant qu'elle s'adresserait à lui. Il ne voyait toutefois personne d'autre susceptible de le contacter par ce biais.

— Avez-vous vu qui a apporté ceci ?

— Le scribe de la ville, messire. Pierre Chenay.

Il déroula le vélin. Il s'agissait d'une lettre brève, d'à peine quelques lignes. En regardant le bas du texte, il vit qu'elle avait bien été envoyée par Claire. Le message commençait de façon formelle. Il avait de toute évidence été rédigé par un scribe, même si le style était sans la moindre fioriture. Claire n'avait sans doute pas assez d'argent pour cela.

Mon très honoré chevalier,

Vous vous êtes montré très bon envers Hélène lors des joutes de la Douzième Nuit, et je vous en remercie. J'espère pouvoir de nouveau compter sur votre bonté. Je quitte Troyes ce jour. Comme vous le savez, la mère d'Hélène est très malade. Je pense qu'elle va bientôt quitter ce monde et rejoindre d'autres horizons plus célestes. Le comte et la comtesse d'Aveyron ont très gracieusement aidé Nicole et Hélène par le passé, et je vous écris pour vous demander de les prévenir que je ne pourrai plus m'occuper d'elles. Le comte Luc et la comtesse Isabelle pourvoiront à leurs besoins, je le sais.

Je vous adresse mes plus sincères remerciements,
Tous mes vœux vous accompagnent,
Votre servante,

Claire.

A côté de l'endroit où le scribe avait écrit le nom de Claire se trouvaient une croix maladroitement tracée et une grosse tache d'encre. Elle ne devait pas avoir l'habitude de tenir une plume, c'était certain.

Stupide créature ! songea-t-il, agacé. Que lui prenait-il de quitter la ville, alors que la famille de Geoffroy avait tant besoin d'elle ? Avait-elle été contrainte, pour une raison ou pour une autre, au départ ?

Il froissa le message et le glissa dans sa besace. Il y avait une boule glacée dans son estomac, comme un mauvais présage.

— Quand cette missive est-elle arrivée ? demanda-t-il.

— Il y a moins d'une demi-heure, messire.

Arthus s'obligea à se détendre. Une demi-heure. Elle était à pied et, en si peu de temps, elle ne pouvait pas être allée bien loin. Il pourrait sans trop de mal retrouver sa trace, quelle que soit la route qu'elle avait prise. Il s'apprêtait à faire demi-tour pour prévenir le comte Henri de ce contretemps lorsqu'il songea qu'il était possible qu'elle ne soit pas encore partie de chez elle.

Arthus s'arrêta devant la maison de Nicole. A l'intérieur, un enfant pleurait. Hélène. Dieu du ciel ! Il frappa à la porte et les pleurs cessèrent aussitôt. Un verrou grinça et la porte s'ouvrit. Le visage Hélène, bouffi de larmes, apparut.

— Sire Arthus !

Elle renifla et s'essuya le nez du revers de la main.

— Salut à toi, Hélène.

Au visage défait de l'enfant, Arthus comprit que Claire était déjà partie, mais il voulut en avoir le cœur net.

— Puis-je parler à Claire ?

— Elle n'est pas là, répondit la fillette dont les yeux

s'emplirent aussitôt de larmes. Maman dit qu'elle est partie. Maman dit…

— Hélène ? l'interrompit une faible voix. Laisse entrer sire Arthus, je te prie.

Arthus baissa la tête pour ne pas se cogner contre le linteau et entra. Cela faisait longtemps qu'il n'avait pas mis les pieds dans une demeure aussi modeste. La cheminée située dans le fond de la pièce dégageait une épaisse fumée. Une bouilloire était posée dans l'âtre, et une marmite en terre cuite, dont le contenu cuisait à petits bouillons, était calée, légèrement de travers, au milieu des braises. Des vêtements étaient étendus sur un séchoir bancal.

Nicole, la mère d'Hélène, reposait sur un lit de fortune installé près du feu. Et elle semblait vraiment malade. La lumière était faible, mais pas au point qu'Arthus ne puisse distinguer ses yeux profondément enfoncés dans leurs orbites. La peau de ses pommettes était si fine qu'elle laissait presque deviner ses os.

Ses mains tachées par l'âge s'accrochèrent aux couvertures.

— Vous êtes sire Arthus Ferrer ?

— Pour vous servir, ma dame. Comme vous avez sans doute entendu, je cherche Claire.

Les lèvres de Nicole se mirent à trembler.

— Je crains que vous ne l'ayez manquée. Elle est… partie.

Hélène surgit, les poings serrés, et s'interposa entre eux.

— Non, elle n'est pas partie ! Elle est allée chercher du sel.

Une petite main agrippa la tunique d'Arthus.

— Sire Arthus, Claire m'a dit qu'elle allait acheter du sel.

Arthus regarda Nicole. Il n'avait pas l'habitude des enfants et, même si celle-ci paraissait particulièrement attachante, il se sentait désarmé face à ses larmes.

— Nous avons bien assez de sel, messire, expliqua Nicole en désignant un pot situé près du feu. Claire ne reviendra pas.

Les petits doigts se crispèrent sur la tunique d'Arthus.

— Si ! Elle reviendra ! Elle a oublié qu'il nous restait du sel, c'est tout. Elle sera bientôt là, j'en suis sûre.

— Hélène, fit Nicole d'une voix qui, bien que faible, sut se faire impérieuse. Tu n'étais pas censée surveiller notre soupe ?

L'enfant lâcha la tunique et, en reniflant, se dirigea vers le feu.

— Je savais que ce moment viendrait, messire, poursuivit Nicole. J'espérais qu'elle resterait mais, dans le fond de mon cœur, je savais qu'elle nous quitterait un jour.

Hélène était allée chercher une cuillère en bois. Arthus l'observa tandis qu'elle mélangeait la soupe.

— Savez-vous si Claire était menacée ? demanda-t-il à voix basse.

Grâce aux remords de Geoffroy, une relique d'une valeur inestimable avait échappé aux voleurs. Il était plus que probable qu'ils en aient conçu une grande rancune. Avaient-ils demandé réparation ? Avaient-ils décidé de se venger sur Claire ?

— Menacée ? Par qui, Grand Dieu ? dit Nicole en jetant un regard inquiet vers le feu. Il n'est toutefois pas impossible qu'elle m'ait caché quelque chose… Quand Geoffroy l'a ramenée ici, pauvre petite vagabonde efflanquée ramassée sur le bord de la route menant à la Corbelière, j'avoue que je me suis posé des questions à son sujet.

Arthus la regarda fixement.

— Sire Geoffroy l'avait trouvée au bord de la route ?

— Oui, messire. Elle n'avait nulle part où aller, donc il l'a ramenée ici. Mon Geoffroy lui a offert le gîte et le couvert à condition qu'elle accepte de s'occuper de nous.

Les yeux de Nicole s'embuèrent de larmes ; sa voix n'était plus qu'un souffle.

— Elle s'est montrée forte comme le roc, à la mort de Geoffroy. Mais, au-delà de cela, je me suis réellement attachée à elle. Elle est restée plus longtemps que je n'osais l'espérer.

— Savez-vous où elle a pu partir ?

— Non, messire. Allez-vous…

Son visage s'éclaira.

— Allez-vous essayer de la retrouver ?

Arthus se montra hésitant.

— Je le pourrais, mais j'ai juré de servir le comte Henri.

Il se dirigea vers la porte.

— Vous êtes le capitaine de la garde, et vous devez en toutes circonstances suivre les ordres du comte, c'est cela ?

— Oui, tel est mon devoir.

— Peut-être, messire, que si vous demandiez la permission au comte Henri…

Arthus posa la main sur la poignée de la porte. Mon Dieu ! La dernière chose qu'il souhaitait, c'était quitter Troyes, en particulier pour se lancer à la poursuite d'une fille croisée par hasard, même si elle pouvait être la fille illégitime du comte Myrrdin. C'était un honneur d'être le capitaine de la garde du comte Henri, un honneur conquis de haute lutte et n'était pas de tout repos. De nombreux chevaliers n'attendaient que l'occasion de prendre sa place, comme le jeune Raphaël de Reims pour n'en citer qu'un.

Si Arthus devait quitter Troyes, même avec la bénédiction du comte, la charge de capitaine de la garde pourrait lui échapper à jamais.

Cependant, il n'était pas prudent pour une femme de courir les routes sans protection. Même en plein hiver, il y avait des gredins partout, et il pouvait arriver n'importe quoi. Un nœud se forma dans son estomac. Il devait la trouver.

— Cela dépendra du comte Henri, ma dame. Mais rassurez-vous, je l'informerai de la disparition de Claire. Tout comme j'en informerai le seigneur d'Aveyron.

Nicole leva la tête dans un mouvement qui rappela Geoffroy à Arthus.

— Je vous remercie, messire. Mais il n'est nul besoin de parler au seigneur d'Aveyron.

D'après Claire, Nicole ne savait rien de la sombre affaire dans laquelle Geoffroy avait trempé avant sa mort. Etait-il sage de la laisser dans l'ignorance ? Si, comme il le soupçonnait, Claire avait quitté Troyes pour échapper à une bande de hors-la-loi, ces derniers pouvaient-ils s'en prendre à Nicole et à sa fille ? Il fallait qu'il reparle de tout cela avec le comte Henri.

En même temps, il ne voulait pas inquiéter Nicole plus que nécessaire. Il sourit.

— Ma dame, selon moi, le comte Luc voudra savoir que Claire a quitté Troyes. Il était le suzerain de Geoffroy et votre sort lui tient à cœur. Il enverra également une des servantes du château pour qu'elle s'occupe de vous. Bonne journée.

Nicole le regarda une dernière fois avant de se laisser retomber sur ses oreillers. Leur conversation l'avait épuisée.

— Je vous remercie, sire Arthus. Bonne journée à vous.

Le comte Henri le reçut dès son retour au château. Durant l'absence d'Arthus, les parchemins et les rouleaux semblaient s'être multipliés sur sa table de travail.

— Eh bien ? demanda-t-il en repoussant sa plume et en croisant ses doigts tachés d'encre.

Il regarda derrière Arthus et fronça les sourcils en ne voyant personne dans l'embrasure de la porte.

— Où est-elle ?

— Mon seigneur, j'ai peur de l'avoir manquée. Elle a quitté Troyes.

Arthus sortit la lettre de sa besace.

— Cette missive m'attendait au corps de garde.

Le comte Henri parcourut la lettre avant de la lui rendre.

— C'est fâcheux. Je me demande où elle a pu aller. Une idée ?

— Non, mon seigneur. Je suis allé trouver la femme chez qui elle logeait, mais elle n'a pas pu m'aider.

— Je suppose qu'elle…

— Elle se prénomme Claire.

Le comte Henri plissa les yeux.

— Claire. J'imagine que Claire ne connaît pas l'identité de celui que nous supposons être son père.

— Je pense en effet qu'elle l'ignore, mon seigneur.

Le comte Henri regarda par la fenêtre d'un air pensif, avant de désigner un siège à Arthus.

— Asseyez-vous, chevalier, pour l'amour de Dieu. Pensez-vous vraiment que cette femme puisse être la fille de Myrrdin ?

— Mon seigneur, je ne saurais le jurer. Tout ce que je puis dire, c'est que la seule fois où j'ai vu des yeux similaires, c'était ceux du comte Myrrdin de Fontaine. J'aimerais que vous m'autorisiez à la retrouver et à la ramener à Troyes. Elle n'est pas en sécurité sur les routes.

Le comte Henri saisit une plume avec laquelle il se mit à jouer. Sans doute ses pensées étaient-elles déjà retournées à ses registres de comptes.

— Très bien. Vous allez sans doute la retrouver rapidement. Elle ne peut pas être allée bien loin.

Arthus se leva.

— Dois-je vous l'amener ?

— Mon Dieu, non. J'ai regretté de vous l'avoir demandé, tout à l'heure. Je ne saurais que faire d'elle. Une fois que vous l'aurez retrouvée, vous pourrez la conduire tout droit chez le comte Myrrdin, en Bretagne.

« La conduire tout droit chez le comte Myrrdin » ? En… Bretagne ? Avait-il bien entendu ?

— La conduire en Bretagne, répéta-t-il, stupéfait. Mais, mon seigneur…

— Myrrdin saura s'il s'agit de sa fille ou non. Il pourra décider du sort qui doit lui être réservé.

Armé d'un couteau, le comte Henri entreprit de tailler sa plume.

Arthus était glacé d'effroi.

— Mon seigneur…

— Y a-t-il un problème, capitaine ?

— Il…

Arthus s'éclaircit la voix.

— Il me faudra plusieurs semaines pour m'acquitter de cette mission.

— Et ?

— Les gardes vont-ils rester sans capitaine pendant tout ce temps ? Mon seigneur, je vous prie de bien vouloir réfléchir à ce que vous venez de me demander. Ne serait-il pas mieux de la ramener ici, une fois que je l'aurai retrouvée ? Nous pourrions ensuite faire prévenir le comte Myrrdin.

Le comte Henri secoua la tête en regardant sa plume, la mit de côté et en choisit une autre.

— Non, non, vous êtes le meilleur de mes hommes et, par conséquent, le mieux placé pour escorter la fille de Myrrdin jusqu'à Fontaine. Sire Raphaël vous remplacera à la tête des gardes jusqu'à votre retour. C'est un garçon prometteur, à qui cette nouvelle responsabilité fera le plus grand bien.

Arthus serra les dents.

Pas Raphaël, Dieu tout-puissant ! Pas Raphaël !

Sire Raphaël de Reims était tout ce qu'Arthus ne serait jamais : le benjamin d'une ancienne et vénérable lignée. Arthus Ferrer, comme personne ne l'ignorait à Troyes, n'avait pas une goutte de sang noble dans les veines.

Il avait espéré que le comte Henri saurait récompenser un homme selon ses mérites et non selon son ascendance. Raphaël était le fils d'un comte et lui celui d'un armurier — et illégitime. Quelles chances avait-il face au fils d'un comte ? Etait-ce la façon qu'avait trouvée le comte Henri de lui annoncer qu'il le destituait de sa charge ?

Le comte roula un morceau de vélin sur lequel il venait d'écrire quelque chose et le lui tendit.

— Passez au Trésor avec ceci. On vous donnera l'argent nécessaire pour couvrir vos dépenses. Ne perdez pas de temps, capitaine, ajouta-t-il en regardant par la fenêtre. Le soleil ne tardera pas à se coucher. Vous feriez bien de vous hâter si vous voulez la retrouver avant la nuit.

Chapitre 4

La lumière baissait déjà quand Arthus fut prêt à partir. Il avait expliqué la situation à son écuyer, ce qui n'empêcha pas le jeune garçon d'être surpris par ce départ précipité.

— Nous partons à cette heure ? demanda-t-il. Avant le souper ?

— Nous trouverons une auberge plus tard, répondit Arthus, en serrant si brusquement la sangle de sa selle qu'Acier fit un petit bond de côté et piaffa dans sa stalle.

Il était d'humeur sombre. Pourquoi diable Claire l'avait-elle mis dans une position telle qu'il se retrouvait contraint de partir à sa recherche ? Il était évident qu'il avait dû se passer quelque chose pour qu'elle prenne la fuite si précipitamment, et il en était désolé pour elle, mais tout aurait été plus simple si elle était venue solliciter son aide comme il le lui avait recommandé ! Et, pis encore, il était très déçu par le comte Henri qui lui avait trouvé un remplaçant aussi facilement.

— Raphaël, marmonna-t-il. Raphaël…

Bon sang !

Le comte n'avait même pas eu besoin de réfléchir, il avait immédiatement su à qui il allait demander de le remplacer au poste de capitaine. C'était presque comme si tout avait été prévu.

De vieux doutes refirent surface.

C'était à cause de sa naissance, se répéta-t-il. Le comte Henri semblait juste et équitable, mais il préférait récompenser un noble plutôt qu'un fils d'artisan né hors mariage.

Yves mena l'un des castillans, une jument noire du comte Henri, dans la cour. Le comte avait insisté pour qu'il l'emmènent avec eux, afin que la fille du comte Myrrdin — si tel était bien son état — ait sa propre monture. Pour Arthus, la jument allait faire le voyage pour rien ; il était assez peu probable que Claire sache monter.

Il n'y croyait toujours pas. Il allait devoir chevaucher jusqu'en Bretagne. En plein mois de janvier, pour escorter une fille qui, selon toute vraisemblance, n'avait jamais posé son séant sur la selle d'un cheval, même à l'arrêt !

— Yves ?

— Messire ?

— As-tu fait tes adieux à ta mère ?

— Oui, messire.

— A-t-elle compris que nous ne serons peut-être pas de retour avant de longues semaines ? Une fois que nous aurons trouvé cette jeune femme, nous devrons la conduire jusqu'à Fontaine.

Les yeux d'Yves brillaient.

— Oui, messire.

Pour Yves, cette mission était une aventure. Arthus aurait aimé partager son point de vue.

Ils quittèrent Troyes par la porte de Paris. Arthus avait appris bien vite d'une des sentinelles postées aux portes de la ville qu'une femme dont la description correspondait à celle de Claire avait été emmenée par un marchand de vêtements pressé de rejoindre la foire de Lagny. Elle avait été vue assise à l'arrière d'une charrette, sur une balle de tissu.

Maudite fille !

Il lança Acier au trot.

— Nous devrions l'avoir rattrapée à la tombée de la nuit. Je suis sûr qu'ils se dirigent vers l'auberge du Héron.

Il fouilla dans sa sacoche, d'où il tira un morceau de pain.

— Tiens, si tu as faim, avale cela.

— Je vous remercie, messire.

Le temps lugubre et gris ne faisait rien pour arranger l'humeur d'Arthus. Une bruine fine mais drue se mit à tomber peu après leur départ, et ils atteignirent l'auberge du Héron un peu plus tard qu'ils ne l'avaient prévu. Le ventre d'Arthus grondait et, malgré sa cape doublée de fourrure, ses vêtements froids et humides lui collaient à la peau. Son écuyer devait être dans le même état. Maudite fille ! Sans elle, ils seraient en ce moment même installés tout près du feu, dans la grande salle du château, en train de dîner tranquillement.

Des torches éclairaient la cour de l'auberge. Dans le sol meuble, constellé de grosses flaques dans lesquelles rebondissaient les gouttes de pluie, les roues des carrioles avaient creusé des sillons fangeux. Signe de vie faible mais bienvenu, la salle de l'auberge était éclairée.

— Messire, fit Yves en pointant une silhouette du doigt. Serait-ce la dame en question ?

Dans une remise près de l'étable, il y avait un gros chariot recouvert d'une bâche. Claire était assise juste à côté, sur une botte de paille. Elle offrait un bien triste spectacle. Si elle était partie avec sa coiffe sur la tête, elle l'avait perdue en route. Ses cheveux roux tombaient comme des algues mouillées de part et d'autre de son visage, et elle essayait de les peigner avec ses doigts. Elle avait le nez rouge. Près d'elle, une cape élimée pendait lugubrement à un crochet ; ladite cape et Claire semblaient aussi trempées qu'Arthus. Malgré sa mauvaise humeur, il sentit son cœur se serrer pour elle.

— C'est bien elle, répondit-il. Trouve une stalle pour les chevaux, s'il te plaît. Fais-toi aider, et ensuite commande à souper pour trois.

— Oui, messire.

Arthus mit pied à terre et laissa Yves s'occuper des chevaux. Comme il approchait de la remise, les yeux vairons s'écarquillèrent.

Soudain, Claire se leva d'un bond.

— Sire Arthus !

— Bonsoir, ma demoiselle.

Rejetant ses cheveux en arrière, elle lui adressa un regard troublé.

— Que faites-vous ici ?

Il croisa les bras.

— J'étais à votre recherche.

Elle recula d'un pas.

— Pourquoi ?

— Ce sont les ordres du comte Henri.

Il s'inclina légèrement devant elle et regarda droit dans ces yeux vairons.

— Je suis ici pour vous escorter jusqu'à celui que nous pensons être votre père.

Elle devint soudain très pâle.

— Mon... mon père ?

Arthus attendit, curieux d'entendre ce que, spontanément, elle allait lui dire.

— Mon père ?

Tout en parlant, elle refit un pas en avant.

— Messire, puisque je vous ai déjà dit que je ne savais pas où j'étais née et que je devais être une bâtarde, vous devez être en train de vous moquer de moi. Je ne connais pas mon père. Et il ne me connaît pas.

— Je pense avoir deviné qui il peut être...

— Messire ?

Elle semblait avoir du mal à respirer. Cette fille avait-elle été l'amante de Geoffroy ? Arthus aurait donné n'importe quoi pour le savoir. Ces yeux extraordinaires étaient très expressifs et l'avidité avec laquelle elle le regardait, curieusement émouvante. Elle semblait à la fois sur ses gardes, pleine d'espoir et apeurée, remarqua-t-il. Sans doute n'avait-elle pas l'habitude de ressentir de l'espoir, et cela la terrifiait.

— Je pense que votre père est un gentilhomme riche et puissant. Il est breton et se nomme Myrrdin de Fontaine. Le comte Myrrdin de Fontaine.

Le regard de Claire n'exprima rien, comme si elle n'avait jamais entendu parler du comte Myrrdin de Fontaine ce qui, étant donné qu'il s'agissait de l'un des hommes les plus puissants de Bretagne, était plutôt étrange.

— Vous ne connaissez pas le comte Myrrdin ?

Elle secoua lentement la tête.

— Non, messire.

Elle regarda au loin avant de poursuivre.

— Comme je vous l'ai dit, j'ai passé de nombreuses années en terre étrangère. Redites-moi où se trouve Fontaine.

— Très loin d'ici, vers l'ouest, dans le duché de Bretagne. Le comte Myrrdin vit retiré du monde mais, en son temps, il était connu pour être un homme d'honneur. Je ne pense pas qu'il vous rejetterait, ajouta-t-il d'une voix plus douce.

— Sire Arthus, pour la plupart des hommes, l'existence d'une fille illégitime représenterait un grand embarras. Ils auraient honte. Qu'est-ce qui vous fait croire que le comte Myrrdin me reconnaîtra ?

— Il est veuf depuis plusieurs années. Il a un grand sens moral et, si vous êtes son enfant, il lui importera de le savoir. Le comte Henri est du même avis que moi, et c'est pour cela qu'il m'a confié cette mission. Incidemment, cela vous intéressera peut-être de savoir que le comte Myrrdin a une autre fille.

— Légitime, je présume.

— Oui. Et grâce à son mariage avec le comte des Iles, elle est comtesse. Il s'agit de la comtesse Fanny des Iles.

— Comment pouvez-vous être sûr que le comte Myrrdin est mon père ?

Arthus la prit par les épaules. Bien qu'il la touchât à peine, elle se dégagea. Les sourcils froncés, il lui tourna doucement le visage vers la lumière des torches.

— A cause de vos yeux, murmura-t-il.

Ils étaient véritablement fascinants. Le vert contenait des pépites grises et argentées, et le gris avait de petites taches noires près de la pupille.

— Vous avez un œil vert et l'autre gris, exactement comme le comte Myrrdin. C'est si rare ! Vous êtes sa fille, je le sais.

Elle baissa ses longs cils, et voulut détourner la tête. Arthus la lâcha. Aussitôt, elle s'écarta. C'était comme une danse. Un pas en avant, un pas en arrière, un pas en avant…

Elle avait peur des hommes, comprit-il.

Il désigna l'auberge de la tête.

— Comment est la nourriture ?

— Je ne saurais dire.

— Vous n'avez pas mangé ?

— Pas encore, messire, dit-elle en détournant le regard.

Arthus désigna la cape suspendue derrière elle.

— Aviez-vous l'intention de manger, ce soir ?

— Je… Je… Oui, bien sûr. Je mangerai plus tard.

Elle mentait, et il fut heureux d'avoir demandé à Yves de commander à manger pour trois. Soudain, il vit la botte de paille et comprit.

— Vous vous apprêtiez à dormir ici, dehors. Grand Dieu, ma demoiselle, vous vous exposiez à de graves périls ! Venez, je vous offre à souper.

— Oh non, messire, c'est impossible !

Il la contourna, ignorant la façon qu'elle eut de s'écarter de lui comme pour se protéger, et décrocha sa cape. D'une légèreté à faire peur, elle ne devait être d'aucune utilité contre la pluie et le froid.

— Bien sûr que si, c'est possible.

Puis, en souriant, il ajouta :

— D'autant que c'est le comte Henri qui paie notre souper.

Elle insista.

— Sire Arthus, je ne peux pas. Vous ne comprenez pas ! J'ai promis de dormir ici. Je garde la carriole, ce soir.

— Vous ? Garder la carriole ?

— Le marchand voulait me faire payer lorsque je lui ai demandé de me prendre avec lui, expliqua-t-elle en haussant les épaules. Je n'ai pas beaucoup d'argent, et quand je le lui ai dit, il a répondu qu'il consentait à m'emmener si je surveillais sa marchandise.

— Toute la nuit ?

— Oui. Sinon il refusait de m'emmener.

Arthus jura.

— C'est ce que nous verrons.

La saisissant fermement par le coude, il lui fit traverser la cour boueuse jusqu'à l'auberge.

A l'intérieur, il se tourna vers elle.

— Où est votre marchand ? Comment s'appelle-t-il ?

La salle était mal éclairée, enfumée et bondée, mais le fils du marchand était un grand garçon avec une touffe de cheveux rouges, ce qui aida Claire à les repérer, lui et son père. Elle désigna du doigt une table juste à côté du passe-plat.

— Il est là-bas, dit-elle. C'est l'homme qui porte la tunique brun orangé. Il s'appelle Gilbert de Paris.

Arthus se dirigea droit vers lui.

— Gilbert ? Gilbert de Paris ?

L'homme le détailla de la tête aux pieds, et son regard s'attarda un instant sur son épée.

— Messire ?

— Si vous voulez que quelqu'un surveille votre carriole cette nuit, vous devriez revoir vos arrangements initiaux. Cette dame n'est plus en position de vous aider. Et même si elle l'était encore, il est honteux de profiter d'une femme forcée de voyager seule !

Le marchand adressa un regard renfrogné à Claire, grommela et donna un coup de coude à son fils.

— Renan ?

Le garçon grimaça.

— Père ?

— Va souper dehors. C'est toi qui gardes le chargement cette nuit.

En voyant le garçon roux se lever, Claire avait retenu un soupir de soulagement. Quel bonheur de se retrouver à l'abri ! Dans la grange, elle gelait.

Sire Arthus la rejoignit et lui désigna une table située à quelques mètres de la cheminée. Elle en choisit une autre, placée dans l'ombre d'une énorme poutre en chêne. Elle préférait ne pas s'exposer aux regards des autres clients Ne pas se faire remarquer était une vieille habitude, dont il était difficile de se défaire.

Le chevalier regardait ses cheveux trempés.

— Vous n'aimeriez pas mieux être assise plus près du feu ?

— Je suis très bien ici, je vous remercie.

De hautes flammes dansaient dans l'âtre, mais elle resta à sa place, dans l'ombre. Etre au chaud était déjà inespéré. Sire Arthus suspendit leurs capes et alla trouver un jeune garçon, sans doute son écuyer, près du passe-plat. Elle remua ses doigts qui se réchauffaient peu à peu et commençaient à picoter. Troublé par les révélations de sire Arthus, son esprit vagabondait.

Il pensait que son père était un comte ! Ce ne pouvait être vrai. Et pourtant… si ça l'était…

Etait-il possible qu'elle ait hérité ses yeux — ces maudits yeux qui avaient attiré l'attention sur elle partout où elle allait alors qu'elle aurait voulu passer inaperçue — de son père ?

Son père serait un comte breton ?

Cela semblait tellement improbable. Et pourtant…

Pourtant, c'était possible. D'aussi loin qu'elle puisse se souvenir, elle s'était toujours interrogée sur ses parents. Elle en était arrivée à la conclusion qu'ils ne pouvaient pas avoir été mariés. Depuis plusieurs années maintenant elle pensait que son père avait dû abandonner sa mère, et la laisser seule donner naissance à leur enfant. C'était assez courant. Après cela, il avait pu se passer n'importe quoi. Sa mère avait pu mourir, ou elle avait pu abandonner son enfant. Et ensuite, par quelque obscur cheminement qu'elle n'avait jamais espéré pouvoir retracer, elle avait fini esclave. Ses premiers souvenirs remontaient à son arrivée dans la maison de son maître dans les Pouilles, un endroit qui se situait à l'opposé de la Bretagne. Avant cela, elle ne se rappelait rien.

Et voilà que sire Arthus lui apprenait qu'elle était peut-être la fille d'un comte breton…

Elle se réjouit intérieurement. Pour la première fois, elle avait la possibilité de découvrir son passé. Elle avait un endroit où aller et une raison d'espérer que ses errances et sa fuite allaient peut-être prendre fin. Se pouvait-il qu'elle soit enfin sur le point de rentrer chez elle ?

Bien sûr, de nouvelles épreuves l'attendaient. Qu'est-ce que son père penserait d'elle ? Sire Arthus avait tant d'honneur qu'il ne pouvait concevoir qu'un homme refuse de reconnaître son enfant. Mais son expérience lui disait tout autre chose. Le comte Myrrdin de Fontaine pourrait aisément la rejeter. Sans compter que sa fille légitime, cette comtesse Fanny, pourrait voir d'un très mauvais œil l'apparition d'une sœur illégitime et la détester.

Sa route était semée d'embûches. Cependant, pour la première fois depuis une éternité, elle avait une raison d'espérer et un endroit où aller.

Bonne Vierge, mère de Dieu, faites que le comte Myrrdin soit mon père, pria-t-elle. *Faites qu'il me reconnaisse.*

Elle vit Sire Arthus se frayer un chemin entre les tables, portant un pichet de vin et des gobelets en terre cuite. En s'installant sur le banc en face d'elle, il lui adressa un petit signe de tête, puis il remplit un gobelet et le poussa vers elle.

— Je vous remercie, messire.

Dans un style rude et martial, Sire Arthus était assez beau. Il était le chevalier d'Hélène, il ne fallait pas l'oublier. L'arête de son nez formait une légère bosse, comme s'il se l'était cassé lors d'un tournoi. Ses yeux bruns étaient perçants, sombres et pénétrants. Elle le connaissait à peine, mais elle avait déjà vu la bonté dans son regard. C'était une qualité rare, en particulier chez un chevalier. Il avait fait preuve d'une grande délicatesse envers Hélène lorsqu'elle lui avait offert sa faveur. Un homme moins gentil que lui aurait ignoré la petite fille, ou se serait moqué d'elle.

Ce soir, ses cheveux étaient décoiffés par sa cavalcade sous la pluie, et ses mèches épaisses et brillantes capturaient la lumière d'une manière saisissante. Sa bouche — elle s'empressa de regarder ailleurs lorsqu'elle se rendit compte qu'elle la contemplait depuis trop longtemps — avait une jolie forme même si, en ce moment précis, il ne souriait pas. Une barbe de quelques jours ombrait sa mâchoire carrée. S'il avait fallu choisir un seul mot pour le décrire, elle aurait dit « fort ». Sauf que ce qualificatif ne lui rendait pas justice. Il était si grand, si large… Ah ! quelle largeur d'épaules ! Assise en face de lui, elle se sentait toute petite.

Sire Arthus était le capitaine de la garde du comte Henri et il était incroyable de penser que, pendant les jours prochains, il l'escorterait. Par tous les saints ! Elle avait un chevalier pour l'escorter ! Comme la vie était étrange… Pendant toute son existence, elle avait eu besoin d'aide et, dernièrement, deux chevaliers avaient volé à son secours. D'abord Geoffroy, son bon samaritain, et maintenant Arthus. Sire Arthus, se corrigea-t-elle. Bien sûr, Geoffroy s'était révélé loin d'être parfait, mais sire Arthus, qu'elle examina discrètement une fois de plus, semblait fait d'une étoffe différente.

Il vida son gobelet de vin et s'en servit un autre. Toujours sans sourire.

Il était mécontent, se dit-elle. Le comte Henri lui avait demandé de l'escorter, et cela lui déplaisait.

Cette pensée la mit mal à l'aise. Sire Arthus estimait-il qu'il avait bien mieux à faire que veiller sur une fille qui pouvait être la bâtarde du comte Myrrdin ? Dans ce cas, elle n'osait imaginer sa réaction s'il découvrait qu'elle était une esclave fugitive.

— Messire ?

Les yeux sombres se tournèrent vers elle et son estomac se contracta. Les regards sévères du chevalier étaient dangereusement séduisants, et elle ne voulait surtout pas qu'il sache qu'il la troublait.

— Combien de temps nous faudra-t-il pour arriver jusqu'à Fontaine, messire ?

Il grimaça.

— C'est le pire moment de l'année pour voyager, donc

il est difficile d'être précis. Tout dépendra du temps. Mais je suppose que nous en aurons pour des jours.

— Des jours ? Mais encore ?

— Trois semaines. Peut-être même un mois.

Il leva un sourcil, avant de poursuivre.

— Si vous savez monter à cheval, cela prendra un peu moins de temps.

Elle se mordit la lèvre.

— Je ne sais pas monter à cheval, messire.

— Je m'en doutais, mais le comte Henri a tenu à mettre à votre disposition une de ses petites juments. Si vous souhaitez apprendre, vous pourrez l'essayer demain. Sinon, il vous faudra monter en croupe avec moi.

Vu son ton brusque, il était clair que cette perspective ne l'enchantait pas.

— Très bien, messire, j'essaierai le poney demain. Sire Arthus ?

— Oui ?

— Auriez-vous préféré rester à Troyes ? Cela vous déplaît-il de me conduire en Bretagne ?

Il joua un instant avec son gobelet de vin.

— J'ai à faire à Troyes, répondit-il en haussant les épaules. Néanmoins, mon suzerain m'a ordonné de vous mener en Bretagne, et je dois lui obéir.

Le cœur de Claire se serra. Cela ne faisait aucun doute, il n'avait aucune envie de l'escorter jusqu'à Fontaine. Etait-ce parce qu'elle était une bâtarde, ou y avait-il autre chose, qu'elle ignorait ?

Sous la table, elle serra les poings. Cet homme s'était montré bon envers elle. Et son empressement à partir à sa recherche après qu'elle lui eut envoyé cette lettre avait été bien mal récompensée : il avait été chargé d'une mission qui lui pesait.

— Je m'excuse pour ces contrariétés, messire.

Il jeta un coup d'œil à ses cheveux mouillés.

— Ce n'est pas la meilleure période de l'année pour prendre la route, comme vous vous en êtes déjà rendu compte. Nous allons tout faire pour nous hâter afin d'arriver à destination au plus vite.

Il regarda le feu, et le silence s'installa.

Claire soupira. Quel dommage qu'il la voie comme un fardeau ! Hélas ! elle n'y pouvait pas grand-chose. Et mille questions se pressaient dans sa tête. Elle desserra les poings et prit son gobelet de vin.

— Messire ?

— Ma demoiselle ?

— Je me tairai si vous le souhaitez, mais j'aurais beaucoup de questions à vous poser, et…

— Je vous en prie, répondit-il en lui faisant signe de poursuivre. Je suis ici pour vous servir.

— Messire, vous avez dit que le comte Myrrdin était veuf. Quand sa femme est-elle morte ?

— Je n'en suis pas certain, mais je crois qu'elle est morte en donnant naissance à sa fille, la comtesse Fanny.

Claire se pencha en avant.

— Si le comte me reconnaît, la comtesse Fanny sera ma demi-sœur. Depuis combien de temps est-elle mariée ?

— Depuis deux ou trois ans, me semble-t-il.

— Au comte des Iles ?

— Qui est également connu sous le nom de Tristan le Beau.

Son gobelet de vin toujours à la main, Claire enregistra l'information. Tristan le Beau. Un autre grand seigneur dont elle allait devoir retenir le nom. Pourtant, elle n'en avait jamais entendu parler.

— Et, comme mon père, il est comte, murmura-t-elle. Comte et breton, lui aussi ?

— Le comte Tristan possède des terres en Bretagne et en Aquitaine.

Donc, si sire Arthus avait raison, elle avait une sœur — une comtesse ! — qui possédait des terres en Bretagne et en Aquitaine. Elle ouvrit la bouche pour poser une autre question, mais la conversation fut interrompue par l'arrivée du jeune garçon que Claire avait vu plus tôt. Il s'agissait de l'écuyer de sire Arthus, qui s'appelait Yves. Une fois les présentations faites, un garçon de salle apparut. Des écuelles fumantes remplies de ragoût de mouton ainsi que plusieurs tranches de pain furent posées devant eux.

Claire saliva. Elle n'avait pas déjeuné et ne se souvenait pas de la dernière fois où elle avait mangé de la viande. Son estomac se mit à gronder.

— Je meurs de faim ! s'exclama Yves en empoignant sa cuillère.

Sire Arthus fit de même, et Claire les imita. Les questions se bousculaient dans sa tête, mais elle n'avait pas envie d'évoquer sa possible condition de bâtarde devant Yves.

Une question pratique, cependant, s'imposa à elle, et ne voulut plus la quitter.

Où allait-elle passer la nuit ?

L'estomac bien rempli et le corps réchauffé, Arthus reposa sa cuillère. Quand il l'avait retrouvée, Claire paraissait à demi morte, pâle et perdue, avec ses hardes mouillées et ses cheveux trempés collés à son front. Ce n'était plus le cas. Ses joues avaient repris des couleurs et de petites boucles serrées, lumineuses comme du cuivre, encadraient son visage. Elle avait vidé son écuelle et épongeait les dernières gouttes de sauce avec un morceau de pain.

— En voulez-vous encore ? demanda-t-il, sans hausser la voix.

— Non, merci.

Elle se redressa en soupirant.

— Cela me change de manger quelque chose que je n'ai pas préparé, et c'est bien agréable.

Ses traits étaient finement dessinés. Elle était jolie, un peu à la manière d'un elfe. Arthus essaya de se remémorer le visage du comte Myrrdin, mais il ne l'avait pas vu depuis des années. Ses yeux étaient la seule chose qu'il se rappelait clairement. Il gardait le vague souvenir d'un homme massif au visage assez anguleux. Claire devait tenir sa délicatesse d'elfe et ses cheveux de feu de sa mère.

Heureusement, elle n'était pas du genre à minauder. Elle était gracieuse et pas hautaine. Il ne goûtait guère les femmes hautaines. Et elle était courageuse, aussi. Peut-être même un peu trop.

— Qu'est-ce qui a pu vous faire quitter Troyes avec une telle précipitation, ma demoiselle ? Pourquoi n'êtes-vous pas plutôt directement venue me trouver ? Je vous avais dit que j'étais prêt à vous aider.

Les beaux yeux vairons vacillèrent un instant avant de se poser sur le feu.

— Je n'en ai pas eu le temps, murmura-t-elle. Les choses devenaient urgentes.

— Cela a-t-il un quelconque rapport avec des hors-la-loi ? Avec des voleurs ?

Elle hésita.

— Des hors-la-loi… Oui, on peut dire que des hors-la-loi ne sont pas étrangers à ma fuite.

Arthus recula pour mieux l'observer. Dans son discours, quelque chose sonnait faux. Pourquoi s'était-elle sentie tout à coup menacée alors que la mort de Geoffroy remontait à plusieurs semaines ?

— Vous avez vécu plusieurs mois sans vous cacher chez Nicole. Je peine à comprendre quelle urgence a pu vous pousser à la fuite sans même que vous preniez le temps d'aller prendre vos effets personnels.

— Je n'ai pas laissé grand-chose derrière moi, vous savez.

Il la regarda dans les yeux.

— Vous avez laissé deux amies éplorées, des amies qui auraient aimé vous dire adieu. Ah ! d'ailleurs, cela me fait penser…

Il ouvrit sa bourse, et en sortit les quelques pièces d'argent que la mère de Geoffroy lui avait confiées.

— C'est de la part de Nicole. Avant de quitter Troyes, je suis allé la prévenir que je partais à votre recherche, et elle m'a demandé de vous remettre ceci.

— Oh ! elle n'aurait pas dû ! souffla Claire d'une faible voix, tout en observant les pièces. Elle ne possède guère plus que cela.

— Elle m'a dit que cet argent appartenait à Geoffroy et qu'il aurait voulu qu'il vous revienne.

Elle cligna rapidement des yeux.

— Nicole aurait dû le garder.

Arthus essaya de capter son regard. Il était certain qu'il y avait autre chose que cette histoire de voleurs de relique.

— Claire ?

— Messire ?

— Que cachez-vous ?

Avec vigueur, elle secoua la tête. Ses boucles brillantes s'agitèrent autour de son visage.

— Rien, messire. Rien du tout.

Arthus savait reconnaître un mensonge. Il étouffa un soupir. Il était évident que Claire avait connu une existence troublée, peuplée par de nombreux démons. Avec le temps, elle apprendrait peut-être à lui faire confiance. Pour le moment, il devait se borner à obéir aux ordres reçus, c'était le mieux qu'il puisse faire. Sa mission consistait à la conduire saine et sauve au comte Myrrdin. Et si, lorsqu'ils seraient arrivés à Fontaine, elle ne s'était toujours pas ouverte à lui, il n'aurait qu'à abandonner l'affaire et s'en retourner à Troyes. Ce serait au comte Myrrdin de s'occuper des démons de Claire.

Sa mission était de conduire cette femme au comte Myrrdin, se répéta-t-il. Et c'était tout.

Plus vite il la mènerait à Fontaine, plus vite il pourrait rentrer. Il avait été nommé au poste de capitaine de la garde grâce aux recommandations du comte Luc, recommandations dues à des années de bons et loyaux services. Il refusait d'être supplanté par Raphaël de Reims et ses semblables.

Soudain mal à l'aise, il songea qu'il lui restait encore à aborder le sujet délicat de leurs arrangements nocturnes. Du sang noble courait peut-être dans les veines de Claire mais, Dieu merci, elle ne se comportait pas en petite fille gâtée.

Il ne l'imaginait pas demandant une femme de chambre ou un édredon en plumes. Toutefois, il ne fallait pas être particulièrement malin pour voir qu'elle se méfiait des hommes. Il lui jeta un coup d'œil ; elle semblait inquiète. Comment allait-elle réagir quand il lui apprendrait qu'elle allait devoir passer la nuit dans la chambre commune en compagnie de tous les autres voyageurs ?

— Ma demoiselle, au sujet des arrangements pour la nuit…

Elle se raidit.

— Oui, messire ?

— Avez-vous compris que vous allez devoir dormir avec les autres clients de l'auberge ?

Quand elle acquiesça, il ne put réprimer un petit soupir de soulagement.

— J'ai réservé les emplacements situés à l'extrémité de la chambre. Ce sera assez exigu, mais j'ai pensé que vous vous y sentiriez davantage en sécurité.

D'un geste, il désigna la salle.

— Vous auriez pu vous installer ici, mais il y aura d'incessantes allées et venues. Et plus de courants d'air, ajouta-t-il avec une grimace.

— Je vous remercie, messire, je préfère en effet la chambre commune. Y dormirez-vous aussi ?

— Si cela vous agrée. Yves et moi-même serions très heureux de veiller sur votre sommeil, mais si notre présence vous gêne, nous pouvons rester ici.

— Non. Je me sentirai plus tranquille si vous êtes près de moi. C'est…, bredouilla-t-elle en rougissant, c'est la première fois que je dors dans une auberge.

Cette remarque, prononcée de cette voix rauque et avec cette pointe d'accent, suscita chez Arthus de nouvelles interrogations à propos du passé de Claire.

Avant de partir, il avait posé quelques questions rapides aux autres chevaliers de la garde, mais personne n'avait rien pu lui dire sur sa vie avant qu'elle ne s'installe chez Nicole. Les yeux de Claire le renseignaient sur son ascendance, mais quel genre d'existence avait-elle menée entre sa naissance et son emménagement chez la mère de Geoffroy ? Il secoua la tête. Cela ne le regardait pas. Ce qui devait lui importer, en revanche, c'était de gagner sa confiance. Heureusement, il semblait jouir d'une assez bonne image à ses yeux, assez bonne en tout cas pour qu'elle accepte sa protection pour la nuit dans cette auberge.

— Messire… ? dit-elle en tordant ses mains.

— Oui ?

— Je n'ai pas de quoi dormir.

— Ne vous tracassez pas à ce sujet. J'ai demandé à Yves de prendre un tapis et une couverture supplémentaires.

Sur ce, il se leva.

— Nous nous levons à l'aube. Permettez-moi de vous conduire à l'étage.

— Je vous remercie, messire, vous êtes très aimable.

Arthus fut agréablement surpris lorsqu'elle le laissa lui prendre la main pour la mener jusqu'à l'escalier. Sa main était très petite et, bien que fine, ce n'était vraiment pas la main d'une noble demoiselle. Sa peau était abîmée par les travaux ménagers et légèrement crevassée. L'envie de passer son pouce sur ses doigts délicats meurtris le prit par surprise, mais il la contint.

— Je m'excuse de tout le mal que vous vous donnez pour moi, messire. Me conduire chez le comte Myrrdin doit vous causer bien des désagréments.

— Ce voyage ne me cause aucun désagrément, ma demoiselle.

Et, alors qu'elle lui adressait un petit sourire d'elfe, Arthus crut presque ce qu'il venait de dire.

Les bruits de la chambre n'étaient pas les mêmes que ceux auxquels Claire était habituée à Troyes. Ils étaient plus gênants. Les autres clients mirent une éternité à s'installer. Le calme se fit enfin, mais quelqu'un se leva peu après et se dirigea à tâtons dans la pénombre vers l'escalier. Les lieux d'aisances se trouvaient dehors, et les marches de bois grinçaient terriblement. Un bébé se mit à gémir et à renifler ; une femme murmura quelques mots à son mari.

Allongée près du mur, Claire se sentait suffisamment en sécurité pour tourner le dos au reste de la pièce. Avec Yves, l'écuyer de sire Arthus, allongé à ses pieds comme un chien de garde et sire Arthus installé, tel un rempart, entre elle et les autres voyageurs, il aurait été difficile de ne pas se sentir en sécurité. La proximité du corps massif du chevalier était rassurante.

Mon chevalier. Elle fut surprise d'avoir une telle pensée. Après ce qui s'était passé avec Sandro dans les Pouilles, elle n'aurait jamais imaginé pouvoir faire confiance à un homme qu'elle connaissait à peine. Et en particulier à un homme qui, comme elle l'avait découvert en se promenant avec lui dans les rues de Troyes, aimait les femmes.

Sire Arthus n'était cependant pas le premier venu, et c'était sans doute pour cela qu'elle n'en avait pas peur. Geoffroy disait le plus grand bien de lui, en insistant sur sa loyauté envers le comte Luc dans des situations critiques. Ce qu'avaient été ces « situations critiques », elle ne l'avait jamais su, mais le comte Luc n'était pas le seul grand seigneur à avoir accordé sa confiance et son estime à Arthus.

Sire Arthus Ferrer était digne de confiance, se répéta-t-elle. Il utiliserait sa force pour la protéger, et jamais pour lui nuire.

Elle ferma les yeux et laissa son esprit vagabonder alors qu'elle essayait de se détendre pour s'endormir. Le prénom qu'il portait avait une telle résonance… *Arthus.* Plusieurs fois, elle l'avait entendu dans la bouche de ménestrels et de troubadours chantant la vie des chevaliers et des dames à la cour du roi Arthus. C'était peut-être son prénom qui suffisait à lui inspirer confiance. Il fallait malgré tout qu'elle reste prudente : elle ne le connaissait pas depuis longtemps.

S'il était difficile de croire que sire Arthus pensait qu'elle pouvait être la fille du comte Myrrdin de Fontaine, il était plus difficile encore de croire que le comte serait heureux de l'accueillir. Elle passa le doigt le long d'une fissure dans l'enduit du mur. Le comte Myrrdin accepterait-il réellement de la reconnaître ? Cela semblait improbable. Pourtant, sire Arthus pensait vraiment que ce serait le cas. Il avait parlé du grand sens de l'honneur de son supposé père. Dans l'esprit de Claire, sire Arthus parlait en son nom. Il avait un sens de l'honneur si développé qu'il imaginait que le monde entier partageait ses valeurs.

Peut-être avait-il raison au sujet du comte Myrrdin mais, selon elle, il y avait de grandes chances qu'il se trompe. Le comte pourrait très bien la rejeter. En attendant, elle était plus qu'heureuse de profiter de la compagnie de sire Arthus durant ce voyage vers la Bretagne. Plus elle s'éloignait du Véronais, mieux elle se portait. Et ce n'était pas comme si elle avait eu un meilleur endroit où aller. Jamais elle n'aurait espéré voyager un jour en compagnie d'un vaillant chevalier comme sire Arthus. Dans le pire des cas, le voyage en lui-même serait intéressant.

Naguère, elle avait vu en Geoffroy la personnification même de l'honneur. Or, elle s'était trompée. Malgré son bon cœur, il avait trop facilement oublié ses principes. C'était une erreur que sire Arthus ne commettrait jamais.

Mais il ne fallait surtout pas qu'elle oublie, se reprit-elle tout de suite, qu'elle venait à peine de le rencontrer.

Elle bascula sur le dos et fixa les poutres des yeux. Comme le visage de cette fille du Sanglier noir s'était illuminé quand elle l'avait vu ! Même s'il s'agissait d'une prostituée, son sourire avait été sincère, son salut chaleureux. Sire Arthus aimait les femmes, et les femmes l'aimaient. Il n'essaierait jamais d'en prendre une par la force, elle en était sûre. Il devait être doux, respectueux. De ses robustes mains, il ôterait les rubans de ses cheveux, puis ses vêtements…

Effrayée par la direction que prenaient ses pensées, elle retint son souffle. Que lui arrivait-il ? Ces divagations n'étaient pas pour elle !

Elle ferma les yeux et remonta la couverture. Juste avant de sombrer dans le sommeil, elle se demanda pourquoi un chevalier aussi charmant allait chercher son plaisir au Sanglier noir.

Quelqu'un comme sire Arthus pouvait sans aucun doute avoir toutes les femmes — et toutes les *dames* — qu'il voulait.

Chapitre 5

Quelque chose avait changé. Arthus la remarqua quand il secoua doucement Claire pour la réveiller. Elle lui sourit spontanément.

— Bonjour, sire Arthus.

Son sourire était timide et charmant. Il illuminait la chambre. La pauvre créature égarée et échevelée de la veille semblait avoir disparu, et la femme qui l'avait remplacée, bien que d'apparence toujours frêle, paraissait plus forte. Plus confiante. Stupéfait par cette transformation — Claire soutenait à présent son regard sans peine —, il l'observa pendant qu'ils étaient attablés au rez-de-chaussée, en train de prendre leur petit déjeuner. Elle souriait toujours.

Etait-ce parce qu'elle avait appris que son père pouvait être le comte Myrrdin de Fontaine ? Sans doute. C'était comme si un poids avait été ôté de ses épaules. Il fallait espérer qu'elle ne pâtirait pas de son illégitimité mais, normalement, une fille de comte, même bâtarde, ne devrait plus jamais avoir la moindre inquiétude quant à son avenir. Peut-être cette pensée la rendait-elle plus légère. Quoi qu'il en soit, Arthus aimait le changement qui s'était opéré en elle. Il lui allait bien.

Dehors, la pluie avait cessé. A l'horizon, le soleil levant soulignait le contour d'un bouquet d'arbres, entre lesquels filtraient de pâles rais de lumière. Les branches formaient des ombres longues et découpées.

Quand Arthus alla à l'écurie pour seller Acier, il remarqua que Claire saluait le fils du marchand qui avait pris sa place dans la remise durant la nuit. C'était un grand garçon dégingandé et, quand elle lui adressa la parole, il devint rouge comme une pivoine. Une fois la conversation finie, il la suivit des yeux, et son regard s'attarda sur ses cheveux, sa silhouette.

Arthus ne pouvait le lui reprocher. Claire n'était pas grande, elle lui arrivait tout juste à l'épaule, mais son joli corps d'elfe était très féminin. Même cette robe assez grossière ne parvenait pas à dissimuler ses charmes. Ses épaules bien dessinées surmontaient sa poitrine petite et haute ; puis son corps s'incurvait agréablement pour former une taille fine, avant que la courbe ne s'inverse pour dessiner ses hanches. Des hanches joliment rondes.

Alors qu'elle attachait sa cape, Arthus ressentit comme une pointe d'intérêt, au plus profond de son être. Il la réprima avec fermeté. Son devoir se bornait à l'escorter jusqu'à Fontaine.

Il veillait à ce que ses rapports avec les femmes restent superficiels. Simples. C'était pour cela qu'il fréquentait le Sanglier noir. Ses relations avec Gabrielle ne reposaient que sur un simple échange commercial. Elle ne se méprendrait jamais sur leur teneur, en les considérant par exemple comme quelque chose de durable.

Dans sa position, en tant que chevalier sans terre qui ne vivait que des services qu'il rendait à son seigneur, il ne pouvait prétendre à rien d'autre. De toute façon, la mort prématurée de son frère lui avait appris qu'il n'avait rien de permanent à offrir à une femme. Il avait eu beau se hisser dans la société jusqu'à un rang qui n'était pas le sien au départ, la vie n'en restait pas moins un jeu de hasard. Cela avait été une dure leçon qu'il n'était pas près d'oublier.

Tout en fixant ses affaires à la selle d'Acier pendant qu'Yves sellait la petite jument avant de l'emmener dans la cour, il observa Claire.

— Etes-vous prête à essayer de monter, ma demoiselle ? demanda Yves.

Claire s'approcha en souriant de la jument noire. Dans

le soleil matinal, ses cheveux découverts formaient un halo flamboyant autour de sa tête. Elle les avait attachés en une tresse qui descendait bien en dessous de sa taille, et de petites mèches scintillantes s'en étaient libérées. L'image de Claire, le corps uniquement dissimulé par ces longs cheveux roux et ondulés, s'imposa à lui, paralysant momentanément sa langue.

Elle était terriblement jolie quand elle souriait. Son visage en était transformé. Pour la seconde fois en une heure, Arthus ressentit une poussée de désir.

Finalement, ce voyage en Bretagne ne serait peut-être pas si pénible, songea-t-il. Il se pourrait qu'il y ait certaines compensations auxquelles il n'avait tout d'abord pas pensé. Non seulement cette Claire qui souriait était assez jolie pour qu'il ait envie d'enfreindre les règles qu'il s'était fixées afin d'éviter les complications avec les femmes mais, en plus de cela, il se sentait si attiré par elle qu'il était tenté de renoncer à sa décision de ne jamais fréquenter une femme de noble ascendance.

Seigneur ! Ce voyage s'annonçait comme un défi plus grand qu'il ne l'avait imaginé.

Laissant Acier dans sa stalle, il se dirigea vers la cour. Claire observait la jument noire, le regard inquiet. Il s'éclaircit la voix.

— Vous avez dit que vous ne saviez pas faire de cheval, mais êtes-vous déjà montée sur un cheval ?

— Non, messire.

Une petite main se tendit et caressa timidement l'encolure de l'animal. La jument hennit doucement et se tourna vers Claire, qui retira précipitamment sa main.

Arthus la saisit au vol et, incapable de résister, la garda dans la sienne.

— Elle est parfaitement dressée et docile, elle est juste curieuse de faire votre connaissance.

Avec précaution, il reposa leurs mains jointes sur le cou de la jument. Des sensations violentes se diffusèrent de la main de Claire à la sienne. C'était une chose qu'il avait si rarement éprouvée que la tentation fut forte de prolonger le contact.

Il la relâcha cependant et, stupéfait, s'empressa de reculer. Il ne pouvait se permettre de nouer le moindre lien avec elle ; elle était peut-être noble. Bien sûr, en tant qu'enfant illégitime, elle ne serait jamais noble au sens strict du terme. Néanmoins, il savait sans avoir besoin de poser la question qu'elle se sentirait insultée s'il lui proposait le même type d'arrangements qu'à Gabrielle. Cette fille n'était pas à vendre.

— A-t-elle un nom, messire ?

Arthus regardait la main qui caressait doucement la jument. La manche de Claire, remontée, laissait voir un poignet délicat et un bras fin. Aurait-elle la force de chevaucher toute la journée ?

— Messire ?

— Hmm ?

— La jument… Comment s'appelle-t-elle ?

Arthus adressa un regard interrogateur à son écuyer.

— Yves ?

— Je ne suis pas certain qu'elle ait un nom, messire.

Le sourire de Claire disparut.

— Il lui faut un nom. Je vais l'appeler Foudre.

— Foudre ? répéta Arthus en réprimant un sourire, car la petite jument était connue pour sa nature placide. Pour savoir si elle est vive comme la foudre, encore faudrait-il la voir trotter. Personnellement, cela ne m'est jamais arrivé.

Claire le fixa de ses yeux extraordinaires et retrouva tout son sourire.

— Messire, vous ne pouvez pas savoir à quel point je suis heureuse de vous l'entendre dire. Si j'arrive à rester en selle sans tomber pendant qu'elle est immobile, ce sera déjà miraculeux.

Avec douceur, Arthus l'accompagna à côté de la jument. Il flottait autour de Claire une délicate senteur, florale et discrète. Féminine.

— Nous verrons. Venez… Prenez les rênes dans votre main gauche. Non, pas comme cela. Comme ceci…

Leurs doigts se frôlèrent sur les rênes et, de nouveau, un picotement parcourut son bras. Ils étaient si proches l'un de l'autre qu'il sentait la chaleur de son corps. Si proches qu'il entendait sa respiration légèrement saccadée. Alors qu'il replaçait la main de Claire, il sentit comme une trépidation dans son bas-ventre. Il serra les dents.

Il ne fallait surtout pas qu'il s'approche davantage de cette fille, se mit-il en garde.

La jument secoua alors la tête.

— Yves, tiens lui la tête, commanda-t-il.

Il referma sa main sur celle de Claire.

— C'est cela. Tenez les rênes de cette façon pendant que vous grimpez en selle. Une fois que vous serez installée, nous les réajusterons.

Arthus se pencha et croisa les mains pour lui faire la courte échelle. Au bout d'un moment, comme rien ne se passait, il leva les yeux vers elle. Elle le regardait en se mordant la lèvre, toute sa belle confiance envolée.

— Oh ! non, messire. Je… Je suis désolée. Je ne crois pas que je…

Il se redressa.

— Mais bien sûr que si.

En souriant, il la prit par la taille et, ignorant son cri de protestation, la hissa en selle.

Ses progrès étaient douloureusement lents. Bien plus lents que Claire ne l'aurait imaginé. Sire Arthus guidait la petite jument au moyen d'une corde mais, malgré cela et malgré l'allure qui ne dépassait jamais le pas, il avait fallu toute sa concentration pour qu'elle ne tombe pas. Quelques instants après leur départ de l'auberge, elle avait compris qu'elle allait devoir mobiliser toutes ses ressources ne serait-ce que pour rester en selle. Elle n'avait pas le loisir de penser, et parler était hors de question.

A midi, sire Arthus décida qu'il était temps de faire une halte dans une nouvelle auberge. Elle était si épuisée qu'elle en aurait pleuré.

Il mit pied à terre, tendit ses rênes à Yves et s'approcha.

— Vous vous êtes bien débrouillée, dit-il en tendant les bras pour la faire descendre.

A sa grande surprise, elle dut lutter contre la tentation de se laisser aller contre lui et de poser sa tête sur ce large torse couvert d'une cotte de mailles. En se raidissant car elle ne sentait plus ses jambes, elle s'efforça de sourire.

— Menteur ! Un escargot aurait été plus rapide.

— Vous n'êtes pas tombée et vous ne vous êtes pas plainte. C'est un début prometteur. Est-ce que tout va bien ?

A travers ses vêtements, elle sentait la chaleur de ses mains, qu'il avait laissées autour de sa taille. Lorsqu'elle acquiesça, il la lâcha.

— Un peu raide, peut-être ?

— Un peu, répondit-elle en grimaçant. Et vous allez sans doute me dire que cela risque d'empirer.

— C'est très probable, en effet. Venez, allons voir ce que nous pouvons manger ici.

Sur ce, il prit son bras et ils entrèrent dans l'auberge.

Ce fut ainsi qu'une routine se mit en place. Ils mangèrent à l'auberge, elle fut de nouveau hissée sur Foudre — l'ironie de ce choix de nom ne lui échappait plus désormais —, et ils chevauchèrent. Ils s'arrêtèrent à une autre auberge, s'installèrent pour la nuit et, le lendemain, tout recommença.

Sire Arthus devait la soulever — elle était plus raide et courbatue qu'elle ne l'aurait cru possible — pour la déposer sur Foudre. Ils chevauchaient. Ils s'arrêtaient à l'auberge…

A la fin du deuxième jour, cependant, la corde de guidage avait disparu.

Au cours du troisième jour, ils essayèrent le trot. Ce fut l'enfer, un enfer silencieux, car ils chevauchaient sans mot dire. Claire ne savait pas si messire Arthus se taisait parce qu'il lui déplaisait de devoir l'escorter jusqu'à Fontaine ou s'il voulait juste l'aider. Il n'était pas stupide, et savait qu'elle avait besoin de se concentrer. Aucune de ces deux raisons possibles n'était plus réjouissante que l'autre.

Ils avançaient sur une route étroite bordée de part et d'autre de grands arbres et de buissons de ronces. De temps en temps, Claire apercevait la tache rousse et fuyante d'un écureuil dans les branchages.

Au bout d'un moment, elle décida de rompre le silence.

— Je ne pense pas être douée pour l'équitation, sire Arthus, et je m'en excuse. A cause de moi, vous n'allez pas pouvoir regagner Troyes avant longtemps.

Il lui adressa un petit regard en biais.

— Arthus, dit-il. Puisque nous allons être compagnons de route pour un bon moment encore, vous devriez m'appeler Arthus.

— Je vous remercie.

— Vous êtes de plus en plus à l'aise à cheval. Nous finirons par faire de vous une véritable cavalière.

Sire Arthus — ou plutôt Arthus — trouvait qu'elle avait l'air à l'aise ?

— Si vous saviez à quel point je me sens raide, vous ne diriez pas cela !

Malgré tout, en son for intérieur, elle était assez fière de ses progrès. La veille encore, faire la conversation était la dernière chose qu'elle avait en tête. Craignant que le Véronais puisse les suivre, elle n'avait eu qu'une obsession : fuir aussi vite et aussi loin que possible.

A présent, toute conversation serait la bienvenue. En parlant avec sire Arthus… Arthus, elle pourrait gagner son amitié. Et l'amitié de cet homme était sans aucun doute quelque chose de précieux. Il se conduisait avec honneur et prenait ses responsabilités au sérieux : il ferait un ami loyal. Avant tout, elle avait envie de l'interroger à propos de Nicole et d'Hélène. Elle s'en voulait de les avoir quittées et avait besoin d'entendre qu'elles s'en tireraient sans elle. Aussi se lança-t-elle.

— Messire… Arthus, je voulais vous poser une question au sujet du comte Luc. Est-il quelqu'un de fidèle à sa parole ?

Un sourcil sombre se leva.

— Comment cela, « fidèle à sa parole » ?

Ce matin-là, Arthus s'était dispensé d'enfiler sa cotte de mailles. Claire avait vu Yves la ranger dans son paquetage. Il n'en était pas moins chevalier. Sous sa cape verte, il portait une simple tunique grise recouverte d'un gambison de cuir en guise de protection. Son casque pendait au pommeau de sa selle, et son bouclier était accroché à sa gauche.

En attendant qu'il poursuive, elle observa la licorne. Pourquoi avait-il choisi une licorne pour emblème ? Il était étrange qu'un homme raisonnable et qui semblait avoir les pieds bien sur terre ait jeté son dévolu sur une créature chimérique.

— Le comte Luc est l'un des hommes les plus loyaux que je connaisse, répondit-il. Pourquoi me posez-vous cette question ?

— J'espère que lui et la comtesse Isabelle continueront à rendre visite à Nicole.

— Ils le feront, il n'y a pas à en douter. J'ai fait savoir à la Corbelière que Nicole était de plus en plus faible. La comtesse Isabelle ira lui rendre visite, c'est certain. Je leur ai aussi envoyé une servante du château de Troyes afin qu'elle les aide.

— Voilà qui est fort bon de votre part, et je vous en remercie.

Le harnais d'Acier cliqueta.

— Il se peut que la comtesse Isabelle leur propose de les loger à la Corbelière.

— Je doute que Nicole accepte. Elle est peut-être malade, mais elle tient farouchement à son indépendance. Elle a passé toute sa vie à Troyes et ne voudra pas en bouger.

Arthus acquiesça.

— Mon père était pareil quand il a commencé à vieillir.

— Votre père vivait à Troyes ?

— Oui, fit-il, les yeux fixés sur la route devant lui.

— Votre père était chevalier, comme vous ?

Les lèvres serrées, il secoua la tête de façon presque imperceptible.

— Mon père était armurier.

Claire marqua un temps d'arrêt ; elle ne s'attendait pas à cela. Elle ne s'était pas interrogée sur l'ascendance d'Arthus, évidemment. Cependant, si elle l'avait fait, elle aurait tenu pour évident que son père était noble ou, au moins, chevalier.

— Ferrer…, murmura-t-elle. Vous tenez votre nom de famille du métier de votre père.

Il lui décocha un regard farouche qui lui fit comprendre que c'était à contrecœur qu'il évoquait ses origines.

— Mon père était plus qu'un forgeron, expliqua-t-il pourtant. Il a été armurier au château jusqu'à ce qu'il soit trop vieux pour soulever un marteau.

L'air maussade, il regardait toujours droit devant lui.

— Certains se moquent de moi à cause de cela.

— Certaines personnes sont capables de se moquer de n'importe quoi.

— Père était renommé dans toute la Champagne pour la qualité de son travail. Et même le roi…

Il se passa la main sur le visage et son regard s'adoucit.

— Seigneur ! Je ne sais pas pourquoi je vous raconte cela. Ce n'est pas quelque chose dont je parle, normalement.

Elle sourit.

— Pourquoi ? Vous êtes fier du travail de votre père.

— Je le suis, et à juste titre, poursuivit-il en touchant la poignée de son épée. C'est son œuvre, et c'est la meilleure épée de Troyes. Malgré cela, j'aurais bien de quoi avoir honte, ne pensez-vous pas ?

— Vous ? Avoir honte ?

En tordant la bouche, il changea de sujet.

— Nous parlions de Nicole, il me semble. Le comte Luc sait qu'elle a besoin d'assistance. Si elle souhaite rester à Troyes, il veillera à ce qu'elle ne manque de rien.

— C'est très gentil de votre part d'avoir mis à sa disposition une servante du château.

Il haussa les épaules.

— N'importe qui aurait fait la même chose.

Claire n'en était pas certaine. Bien que contrarié d'avoir reçu l'ordre de l'escorter jusqu'à Fontaine, il était allé chez Nicole pour voir si elle allait bien. D'après l'expérience de Claire, les hommes n'avaient que peu de considération pour leur prochain, surtout les hommes contraints d'obéir à des ordres qui leur déplaisaient.

— Claire... Si vous me permettez de vous appeler ainsi...

— Je vous en prie. « Ma demoiselle » est bien trop formel.

— Claire, pourquoi êtes-vous partie si précipitamment ? Les voleurs vous ont-ils menacée ? Il faut que vous sachiez que vous pouvez tout me dire sans crainte : j'ai juré de vous protéger. Et lorsque l'homme que je crois être votre père vous reconnaîtra, vous serez à jamais hors de leur portée.

— *S'il* me reconnaît, corrigea-t-elle avec légèreté.

— Si vous êtes son enfant, le comte Myrrdin vous reconnaîtra.

Il se pencha vers elle pour la rassurer en pressant sa main. Aussitôt, un frisson étrange la parcourut, qu'elle ressentit jusque dans sa poitrine, jusque dans son ventre. Mal à l'aise, elle s'empressa de regarder ailleurs.

— Quand je serai de retour à Troyes, poursuivit-il en retirant sa main, j'espère réussir à débusquer ces voleurs une bonne fois pour toutes. Vous m'aideriez en me disant tout ce que vous savez. Vous pouvez commencer par les souterrains.

— Vraiment, messire...

— Arthus.

— Vraiment, Arthus, je n'en sais pas grand-chose. Je ne suis pas la bonne personne à qui poser la question.

Même si elle avait eu quoi que ce soit à lui dire, elle n'était pas certaine qu'elle l'aurait fait. Elle ne voulait surtout pas qu'il découvre sa vie d'esclave ; elle n'osait imaginer sa réaction. La regarderait-il avec pitié ? Et si son témoignage lui permettait de débarrasser également Troyes des marchands d'esclaves ?

A l'idée qu'il puisse arrêter le Véronais, elle frissonna. Savoir Lorenzo da Verona hors d'état de nuire n'aurait pu que la réjouir ! Mais si Arthus mettait la main sur le marchand d'esclaves, il apprendrait que, dans les Pouilles, elle avait été accusée de tentative d'assassinat. Et cela rendrait impossible toute amitié entre eux.

Qui la croirait ? Que vaudrait la parole d'une esclave fugitive contre celle du fils de son maître ?

Le regard sombre d'Arthus était posé sur elle, attentif et perçant. Ce n'était pas surprenant : il était entraîné pour pourchasser les malandrins.

Elle leva la tête pour regarder la cime des arbres. Sainte Vierge ! Qu'allait-elle faire ? Il savait qu'elle cachait quelque chose !

— Claire, votre loyauté envers Geoffroy vous honore. Mais je sais qu'il a été impliqué dans un vol de relique avant Noël, dit-il d'une voix calme, implacablement calme. Réfléchissez… Si vous me confiez ce que vous savez, vous pourriez empêcher d'autres vols. Ou d'autres méfaits plus graves encore. Et si vous ne le faites pas…

Il marqua une pause, sans aucun doute à dessein.

— Et si vous ne le faites pas, reprit-il, vous ne me laisserez pas d'autre choix que de penser que vous êtes de mèche avec ces voleurs.

— Je ne suis pas de mèche avec les voleurs ! se récria-t-elle aussitôt.

Il eut un petit sourire en coin.

— Dans ce cas, vous ne verrez pas d'objection à me dire ce que vous savez.

A peine eut-il fini sa phrase que Foudre partit au trot. Claire avait-elle talonné la petite jument ? Il l'ignorait. Toujours est-il qu'elle poussa un petit cri aigu et s'agrippa à la selle.

Foudre ne faisait que trotter, mais il s'agissait d'un trot très enlevé. Pendant quelques secondes, Arthus ne put s'empêcher de sourire devant le spectacle de Claire rebondissant sur le dos de la jument comme un sac de farine. Ses mains semblaient prisonnières de sa cape, et des mèches de ses cheveux cuivrés volaient dans toutes les directions. Elle penchait de plus en plus vers la gauche.

Seigneur ! Elle tombait !

Le sourire d'Arthus s'évanouit. Il dirigea Acier vers la jument et arriva à son côté au moment où Claire, en gesticulant et en criant, glissait de la selle. Elle tomba comme une masse sur le bord de la route.

Yves émit un ricanement, heureusement étouffé par le claquement des sabots de la petite jument qui poursuivait son chemin en trottant.

Arthus mit pied à terre en évitant de croiser le regard d'Yves, car la scène était vraiment cocasse. Il n'eut donc d'autre choix que de contempler une paire de jambes joliment galbées.

Claire se redressa, rabattit vivement ses jupes et se frotta la tête.

— J'ai heurté une pierre, et c'est votre faute !

Arthus redevint sérieux.

— Vous êtes blessée ? Montrez-moi.

Il s'agenouilla auprès d'elle, repoussa ses petites mains et inspecta son crâne. Il y avait des morceaux de fougère morte dans ses cheveux, ainsi que quelques brins d'herbe. Doucement, il dégagea sa tresse de sa cape.

Aussitôt, Claire se raidit.

— Que faites-vous ?

— Je soulage la pression sur votre cuir chevelu.

Il plissa le front et enfouit la main sous ses cheveux sans défaire totalement sa tresse. Ils étaient épais et doux comme de la soie. Il était assez près pour reconnaître l'odeur qui s'en dégageait, celle de la lavande.

Son inspection terminée, il la lâcha et recula. Elle ne

s'était pas détendue, et il n'aimait pas penser qu'elle avait trouvé son contact désagréable.

— Il n'y a pas de sang et je ne vois aucune bosse. Vous allez survivre.

— Ce ne sera pas grâce à vous !

Il se releva et lui tendit la main pour l'aider à se remettre debout.

Il n'y était pour rien, si elle était tombée. Elle avait cherché à échapper à une conversation qu'elle jugeait pénible en lançant sa jument au trot, mais il n'avait rien à gagner à le lui faire remarquer. Ils n'étaient plus en Champagne, mais ils n'étaient pas encore en Normandie. Ils avaient encore beaucoup de temps devant eux avant d'arriver en Bretagne. D'ici là, il aurait tout le loisir de gagner sa confiance et de lui faire dire la vérité.

Le visage d'elfe était tourné vers lui. Le vent jouait avec ses cheveux, soulevant les brins lumineux de sa tresse, s'amusant à les entortiller en de longues boucles. Il s'éclaircit la voix.

— Toutes mes excuses. Vos cheveux…

Elle ne bougea pas. Le temps sembla s'étirer. Les sens d'Arthus s'aiguisèrent. Au-dessus d'eux, un corbeau croassa. Acier souffla et tapa du pied.

Claire regardait sa bouche — il ne se trompait pas, elle regardait vraiment sa bouche. Puis elle se passa la langue sur les lèvres. C'était comme si elle avait envie de l'embrasser… Lui aussi avait envie de l'embrasser, même si c'était la dernière chose à laquelle il aurait dû songer. Elle avait été mise sous sa protection ; il n'avait pas le droit de profiter d'elle.

Se souvenir de la façon dont elle s'était raidie quand il avait examiné son crâne fut efficace. Il s'éloigna. C'était aussi bien car Yves, qui avait rattrapé Foudre, revenait déjà vers eux.

Claire rattacha ses cheveux. Elle tremblait. En lançant Foudre au trot, elle avait commis une sérieuse erreur de jugement, mais les questions d'Arthus l'avaient mise mal à l'aise. Ensuite, elle avait voulu brouiller les pistes en faisant semblant de se cogner la tête. Son estomac se contracta. Qu'aurait-elle pu faire d'autre ? Elle était prête à tout pour l'empêcher de comprendre qu'elle avait maille à partir avec des marchands d'esclaves plutôt qu'avec des voleurs de reliques. Malheureusement, sa ruse semblait avoir échoué. Il était plus suspicieux que jamais.

Elle se sentait profondément troublée. Elle n'avait jamais rencontré quelqu'un comme lui, jamais éprouvé les sensations que la caresse de ses doigts avait fait naître en elle quand il avait examiné sa tête. Ses doigts étaient doux. Qui aurait pu croire qu'un homme aussi grand, un chevalier, pouvait faire preuve d'autant de délicatesse ? Elle avait apprécié l'expérience, et cela ne l'aurait pas dérangée qu'il la prolonge.

Tout cela était très inattendu et perturbant.

Elle lui jeta un regard en biais. Ses yeux sombres et attentifs ne la quittaient pour ainsi dire pas. Il ferait de nouveau allusion aux voleurs, elle en était certaine. Il semblait convaincu qu'elle était de mèche avec eux.

Sa fesse gauche lui faisait très mal. C'était son postérieur, et non sa tête, qui avait atterri sur la pierre. Les sourcils froncés, elle se tortilla en résistant à la tentation de frotter la zone douloureuse. Elle aurait un beau bleu, c'était certain, mais jamais elle ne le dirait à Arthus.

Quand elle secoua ses jupes, sa main se coinça dans le tissu. Elle s'aperçut que sa robe était déchirée et laissait voir son genou. Elle se pencha pour aplatir le tissu et comprit vite qu'elle n'allait pas pouvoir se tenir en selle avec décence ; sa cuisse serait visible.

Elle jeta un regard prudent à Arthus. La chaleur qui avait embrasé son regard sombre tandis qu'il regardait sa bouche ne lui avait pas échappé. Il était attiré par elle. En temps normal, elle faisait tout pour éviter d'éveiller l'attention des hommes, quels qu'ils soient. Ce qui s'était passé avec Sandro lui avait servi de leçon. Cependant, elle ne pensait pas Arthus capable d'abuser d'une femme ; il était un homme d'honneur.

Son cœur cognait. C'était très curieux, mais la pensée qu'Arthus puisse être attiré par elle ne l'inquiétait pas autant qu'elle aurait pu le croire. C'était même plutôt… vivifiant. Quoi qu'il en soit, jamais elle n'en profiterait. D'une certaine façon, il était dommage que son expérience des hommes soit si limitée. Avec plus d'expérience et de confiance en elle, elle aurait pu jouer de cette attirance, s'en servir pour le distraire quand il aborderait des sujets qui la dérangeaient. Malheureusement, elle n'avait pas confiance en elle. Et elle ne voulait surtout pas qu'il voie l'accroc dans sa robe.

Elle déglutit, rassembla les pans de sa jupe, et alla vers lui, inquiète.

Arthus était un homme d'honneur, capitaine de la garde du comte de Champagne. Il ne profiterait jamais d'une femme. Elle pouvait lui faire confiance, se répéta-t-elle.

Malgré tout, elle cramponnait fermement sa jupe.

La contrariété lui nouait l'estomac. Sa chute s'était révélée aussi désastreuse qu'inutile : sa robe était déchirée, et Arthus reviendrait bientôt à la charge avec ses questions. Elle allait devoir trouver un autre moyen de les éviter, car il ne fallait surtout pas qu'il apprenne les raisons de son départ précipité de Troyes. Qu'il puisse la croire de mèche avec les voleurs était déjà dur à accepter, mais s'il découvrait son vrai secret, elle en mourrait de honte.

Elle avait besoin de savoir qu'il la considérait comme une amie avant de pouvoir lui révéler ce secret très particulier. Et jamais elle ne serait prête à avouer au capitaine de la garde du comte de Champagne qu'elle avait été accusée de tentative d'assassinat.

— Claire, nous ferions bien de nous hâter, lança-t-il. Les jours sont trop courts pour que nous puissions nous permettre de longues pauses, et nous avons encore du chemin à faire avant d'atteindre la prochaine ville.

— Y aura-t-il un marché, dans cette ville ? demanda-t-elle

en retenant son souffle, alors qu'il l'attrapait par la taille pour la mettre en selle.

Elle arrangea ses jupes de son mieux afin de cacher l'accroc, mais le tissu béait toujours. Elle se recroquevilla légèrement et posa la main sur la déchirure.

— S'il y a un marché, il sera terminé à l'heure où nous arriverons…

Il s'interrompit et plissa les yeux.

— Claire, êtes-vous blessée ?

— Non, pourquoi ?

— Vous êtes assise bizarrement. Et vous n'êtes pas assez expérimentée pour guider votre cheval d'une seule main. Vous devez tenir les rênes à deux mains.

— Je ne peux pas.

— Comment cela, vous ne pouvez pas ?

— Je… j'ai déchiré ma robe.

Les joues en feu, elle lâcha sa jupe.

— C'est pour cela que je voulais savoir si nous trouverions un marché. C'est ma seule robe, et…

— J'ai du fil dans mon paquetage, dit-il aussitôt tout en inspectant l'accroc d'un air contrarié. Yves ?

— Messire ?

— Trouve le fil, je te prie. Et une aiguille.

Yves s'empressa d'obéir. Claire, à sa grande surprise, ne put s'empêcher de s'accrocher au pommeau de sa selle lorsque Arthus approcha, l'aiguille à la main.

— Ne bougez pas, ordonna-t-il, alors que, de ses larges doigts, il mettait bord à bord sur sa cuisse les parties déchirées de sa robe. On ne peut pas vous laisser vous exposer de la sorte, ce n'est pas convenable.

Pas convenable ? Et c'était un homme qui n'avait pas semblé effarouché par la tenue légère d'une des filles du Sanglier noir qui disait cela ? Un homme qui avait tout à l'heure fixé sa bouche de façon si insistante qu'elle en avait un instant perdu la tête ?

Il se pencha sur sa cuisse et passa les doigts sous sa jupe, d'une façon si naturelle qu'elle était presque insultante. Il allait raccommoder sa robe ! Et il n'y avait rien d'équivoque dans son attitude. Il n'était que concentration et application. Avait-elle imaginé cette chaleur dans ses yeux, tout à l'heure ?

— Il ne faut surtout pas que vous vous attiriez les regards d'hommes mal intentionnés, reprit-il d'un ton sérieux.

Ces doigts forts savaient manier l'aiguille. Les points étaient longs, mais étonnamment réguliers. Et il était rapide, aussi. Malgré le naturel dont il faisait preuve, de petits frissons parcouraient la cuisse de Claire, et remontaient jusqu'à son ventre.

— Ce n'est pas la première fois que vous faites cela.

Il leva les yeux.

— Chaque soldat qui se respecte sait entretenir son matériel. N'est-ce pas, Yves ?

— Oui, messire.

Le regard d'Arthus se perdit un instant.

— Je ne me lancerais pas dans la broderie, mais je connais les points de base. Ma mère était une excellente couturière.

— Oh !

Pensive, Claire enregistra l'information. La mère d'Arthus avait été couturière… Avec un père armurier et une mère couturière, il avait dû avoir une enfance moins facile que ce qu'elle avait imaginé. Cependant, contrairement à elle, il n'y avait rien de honteux dans son passé. Il n'avait jamais été esclave, et aucune fausse accusation n'avait pesé sur lui…

Elle eut un pincement au cœur en observant ces doigts d'homme qui tenaient l'aiguille. Ce chevalier raccommodait sa robe pour la protéger des indélicatesses des inconnus. Elle ne put s'empêcher de repenser au sourire chaleureux de cette fille, devant le Sanglier noir. Il devait être un amant merveilleux.

S'accrochant au pommeau de la selle, elle le regarda, penché au-dessus d'elle.

Sainte Mère ! Que lui prenait-il ? Elle était en train

d'imaginer que sire Arthus Ferrer devenait son amant, et elle se languissait de goûter à ses baisers.

Mais non, ce ne pouvait pas être elle ! Elle n'avait jamais eu de telles pensées. Pour aucun homme.

Chapitre 6

— Voilà !

Arthus fit un nœud et, à l'aide de sa dague, coupa le fil.

La vue de la peau de Claire avait failli lui faire perdre la tête. Il n'en était pas fier, mais sa première pensée avait été qu'il aurait aimé en voir davantage. Sa peau était couleur ivoire…

Etait-elle partout de cette teinte ? Au moment où il l'avait touchée, cette curiosité toute masculine s'était cependant muée en honte. Cette femme était couverte de chair de poule ! La colère gronda en lui et sa honte redoubla. On aurait dit qu'il avait oublié ce que signifiait être pauvre. Claire ne portait ni chemise ni jupon, et sa cape n'était pas fourrée. Elle devait être glacée jusqu'aux os.

— Je vous remercie, Arthus.

— Nous n'arriverons pas en ville à temps pour aller au marché mais, si vous le souhaitez, nous pourrons demain essayer de vous trouver des vêtements plus chauds.

— J'aimerais bien, car il fait de plus en plus froid. Comme vous le savez, j'ai de l'argent.

Arthus monta en selle et ils reprirent leur route.

— Nous ne pouvons pas vous laisser présenter vos hommages au seigneur de Fontaine en haillons. Et vous pourrez garder vos pièces, le comte Henri m'a donné beaucoup d'argent.

Il s'interrompit, avant de reprendre, l'air penaud :

— J'aurais dû y penser plus tôt, je suis désolé.

Pendant qu'il réparait cet accroc, il avait été consterné

par sa propre négligence. Il n'ignorait pas qu'elle avait quitté Troyes dans la précipitation, en laissant tout derrière elle. Il savait qu'elle vivait simplement, il était donc normal que ces habits de tous les jours soient des plus sommaires.

Oui, elle avait grand besoin de vêtements plus chauds. Mais elle avait aussi besoin de vêtements décents. Dieu du ciel ! Elle ne portait même pas de vêtements de dessous ! La légèreté de sa cape crevait les yeux, il l'avait lui-même remarqué quand il l'avait retrouvée à l'auberge du Héron. Comment avait-il pu l'oublier ? Il n'avait aucune excuse, d'autant qu'il venait lui-même d'un milieu modeste. Il s'était laissé distraire par la contrariété que lui causait cette mission, songea-t-il en réprimant un soupir. Et il était contrarié, également, de devoir reconnaître qu'il trouvait Claire mystérieuse, voire désirable, ce qui ne rimait à rien. Elle était sous sa protection et, en aucun cas, il n'avait le droit de la toucher.

C'était une résolution qu'il eut l'occasion de mettre à l'épreuve à l'auberge suivante, le Renard pressé. Il avait été averti du caractère délabré de l'endroit, mais c'était la seule auberge qu'ils avaient pu atteindre ce soir-là. Lorsqu'ils s'y arrêtèrent, Claire semblait épuisée. Elle était très pâle et avait les yeux cernés.

Le vent étant vif, ils se dépêchèrent d'entrer. Même si Arthus savait qu'il s'agissait d'une auberge de seconde catégorie, il lui suffit d'un coup d'œil pour se rendre compte que c'était encore pire que ce à quoi il s'attendait. Il ne faisait guère plus chaud à l'intérieur qu'à l'extérieur. Les dernières lueurs du jour passaient à travers les fissures du torchis, fissures dans lesquelles s'engouffrait aussi le vent en sifflant. Le feu vacillait à chaque rafale. L'atmosphère était saturée de fumée, d'odeurs de suif, et les tables semblaient ne pas avoir été nettoyées depuis des lustres.

Arthus coinça ses gants dans sa ceinture et échangea un regard avec Claire.

— C'est la seule auberge à des lieues à la ronde, murmura-t-il. Je crains que nous n'ayons pas le choix.

Claire frôla un petit groupe de clients à l'œil torve pour s'approcher du feu et tendit ses mains vers les flammes. Elles étaient bleues, marbrées par le froid.

— Seigneur, montrez-moi !

Arthus lui prit les mains. Elles étaient glacées. Quand elle tressaillit, il les retourna et vit que ses paumes étaient rouges. Les rênes les avaient crevassées.

— Pourquoi ne m'avez-vous rien dit ? J'ai des gants de rechange. Et Yves aussi, d'ailleurs, ce qui est encore mieux, car ils seront davantage à votre taille.

Elle lui adressa un petit sourire.

— Cela n'a aucune importance.

— Aucune importance ? Mais ces crevasses doivent vous faire souffrir !

Elle le regarda d'un air vaguement interloqué.

— Nous pourrons acheter des gants si nous passons par un marché, dit-elle simplement.

Il ne parvenait pas à la cerner réellement. Pourquoi ne s'était-elle pas plainte ? A quoi avait bien pu ressembler sa vie passée pour qu'elle pense devoir souffrir en silence ?

— Au moins il y a un feu, ajouta-t-elle en se tournant vers les flammes. Et il n'a pas plu, aujourd'hui.

Mieux valait ne pas lui proposer de suspendre le haillon qui lui servait de cape avant qu'elle se soit réchauffée. La laissant près de la cheminée, il alla trouver l'aubergiste. Il ne nourrissait pas de grands espoirs à propos de la nuit qu'ils allaient passer ici, mais ils allaient devoir faire au mieux avec ce qui leur serait proposé. Ce n'était toutefois pas ce qui lui causait le plus de soucis. C'était Claire qui occupait ses pensées. Claire, dans cette cape si fine…

De quoi aurait-il l'air s'il la présentait malade au comte Myrrdin ?

En soupirant, il adressa sa requête à l'aubergiste.

— Non, messire, répondit l'homme dont les yeux porcins disparaissaient sous des plis de chair grasse et flasque. Nous n'avons pas de chambre. Vous et vos amis allez devoir dormir ici, comme tout le monde.

L'aubergiste renifla et se frotta les mains.

— Avec quelques pièces de plus, je peux installer pour vous et votre dame des matelas propres près du feu. Et, ajouta-t-il avec un sourire égrillard, nous avons aussi des paravents si vous êtes prêt à payer pour votre intimité.

Une échelle était appuyée contre un mur noir de suie. En levant les yeux, Arthus vit une porte qui devait bien mener quelque part.

— Sur quoi cette porte ouvre-t-elle ? demanda-t-il.

L'homme secoua la tête.

— Là-haut ? C'est un grenier, messire. C'est un tout petit espace de rangement qui m'est précieux, il est plein du sol au plafond.

— Faites-moi voir.

En grommelant, l'aubergiste déplaça l'échelle pour la caler sous la porte haute, puis il alla chercher une lanterne. Arthus le suivit à l'étage. L'espace était effectivement encombré, sous un enchevêtrement de poutres sombres. Il se pencha pour ne pas se cogner et prit la lanterne des mains de l'aubergiste. L'endroit était sale et poussiéreux. Le nez d'Arthus se mit à picoter.

Du pied, il poussa un vieux matelas éventré qui bloquait le passage, délogeant une araignée qui alla se réfugier dans un recoin sombre. Derrière le matelas se trouvaient tout un assortiment de caisses vermoulues, une pile de récipients cassés, une épée rouillée et quelques livres de comptes. Une vieille barrique de vin était coincée sous l'avant-toit. En la sondant du bout de sa botte, il sentit qu'elle était sur le point de céder. Il ne comprenait pas ce qu'une vieille barrique faisait là. Comme tout le reste, sa place était au feu. Le toit lui parut néanmoins assez solide, et exempt de fissure. Et il faisait beaucoup plus chaud dans ce grenier qu'au rez-de-chaussée.

— Cela conviendra. Si l'on pousse ceci, dit-il en désignant les caisses, il y aura assez d'espace au sol pour deux. Je dormirai ici avec la dame qui m'accompagne. Mon écuyer dormira dans la salle commune.

— Mais, messire…

Tout en redescendant l'échelle, Arthus n'écoutait que d'une oreille les objections de l'aubergiste. Il était bien décidé à passer un moment seul avec Claire. S'il le souhaitait, ce n'était pas parce qu'il la trouvait séduisante, mais parce que plus il la connaissait, plus elle l'intriguait. Il pressentait de sombres mystères. Mystères que lui, en tant que capitaine de la garde, se devait d'explorer. A condition qu'ils puissent parler en privé, il ne doutait pas de pouvoir l'amener à se confier à lui.

Il était certain que Claire possédait des informations qui pourraient se révéler utiles quand il rentrerait à Troyes.

Un soupir lui échappa. Il était assez lucide pour savoir que ce qui l'intéressait chez Claire, ce n'était pas seulement l'aide qu'elle pouvait lui fournir pour débarrasser la Champagne des brigands qui l'infestaient. De façon assez agaçante, il ressentait une grande curiosité pour des aspects de sa vie qui ne le concernaient pas. Il aurait donné n'importe quoi pour connaître la nature exacte de ses rapports avec Geoffroy. Leur relation avait-elle été aussi innocente qu'elle le prétendait ? Avaient-ils été amants ? Amis ? D'où venait-elle quand elle avait rencontré Geoffroy ? Où avait-elle vécu avant ?

Et — il était certain que cette réponse était cruciale —, si elle s'avérait bien être la fille du comte Myrrdin, pourquoi avait-elle quitté Fontaine ? Comment pouvait-elle être si ignorante de son ascendance ?

Elle était la fille du comte Myrrdin, il le savait, se répéta-t-il, convaincu.

Malheureusement, sa conviction ne faisait que renforcer l'épaisseur du mystère qui entourait la vie de Claire. Quelque chose d'extraordinaire avait dû survenir pour qu'elle soit séparée du comte Myrrdin. Si son père avait été n'importe qui d'autre, Arthus aurait pu le soupçonner d'avoir voulu trouver un moyen de se débarrasser d'un enfant non désiré et illégitime. Mais pas le comte Myrrdin. Pas l'homme le plus honorable de toute la Bretagne. Etant donné que Claire n'avait pas la moindre idée de son noble lignage, elle avait dû partir de Fontaine quand elle était encore un nourrisson. Tous les bébés naissaient avec des yeux bleus, qui prenaient cependant leur couleur définitive assez rapidement. Un seul regard et n'importe qui dans le duché de Bretagne aurait soupçonné le comte Myrrdin d'être son père.

Cette femme n'était que mystères. Et quand elle était délibérément et très « innocemment » tombée de son cheval pour éviter de répondre à ses questions, sa curiosité n'avait fait que croître. Mais lui aussi pouvait jouer. Elle était à moitié morte de froid, en grande partie par sa faute à lui. Il allait, très « innocemment », essayer de se faire pardonner. S'ils dormaient ensemble à l'étage, il pourrait s'assurer qu'elle aurait assez chaud. Et, plus important, s'ils étaient seuls tous les deux, elle ne réussirait pas à échapper à ses questions…

— La soupente conviendra parfaitement, dit-il en posant quelques pièces dans la paume de l'aubergiste. Je voudrais qu'elle soit vidée et nettoyée pendant que nous mangeons. Et veillez à ce que les matelas soient bien propres.

Les yeux porcins s'éclairèrent à la vue des pièces et les marmonnements de protestation cessèrent.

— Oui, messire. Tout sera fait selon vos désirs, messire.

— Nous souhaitons du vin et de la bière, et nous souperons près de la cheminée.

— Oui, messire.

Il rejoignit Claire et ils s'installèrent à une table près du feu. Tout en se demandant comment elle allait réagir en apprenant qu'ils dormiraient ensemble, il lui sourit largement. Il devait procéder en douceur, car elle se méfiait des hommes. Elle avait baissé son capuchon, et ses cheveux, qu'il mourait d'envie de voir détachés, lui faisaient comme une auréole scintillante.

— Vous êtes-vous réchauffée ? demanda-t-il en touchant doucement sa main.

— Oui, je vous remercie.

Yves les rejoignit. Discrètement, les yeux baissés, elle retira sa main.

Ce qu'on leur servit était tout juste mangeable : une soupe aux pois et au jambon trop salée et trop grasse, et du pain rassis. Il y avait aussi du fromage de chèvre frais qui, lui, était étonnamment bon. Claire en coupa de généreuses tranches et tendit le plat à ses compagnons.

— Mille mercis, dit Arthus. Je pense qu'avec ceci nous allons pouvoir survivre jusqu'à demain matin.

Yves fit la grimace, retira quelque chose de sa soupe et s'essuya la main sur ses chausses.

— Je n'en suis pas si sûr, messire.

— Mange, mon garçon. Nous ne savons pas ce que nous trouverons à manger d'ici à Fontaine.

Dehors, il faisait déjà presque nuit. Claire sembla le remarquer. Elle jeta un coup d'œil vers la porte, puis son extraordinaire regard se posa sur les fissures du mur. Elle fronça les sourcils.

— Allons-nous rester ici pour la nuit ? Y a-t-il de la place ?

— Il y a de la place dans la soupente.

Arthus désigna d'un mouvement de la tête un garçon de salle qui, en ce moment même, était en train de hisser un matelas par l'échelle.

— C'est assez encombré, mais il y fait chaud et le toit ne laisse pas passer les courants d'air.

Elle étouffa un bâillement et hocha la tête. Ils avaient passé en selle un temps qui aurait éprouvé le plus aguerri des cavaliers, et elle était loin d'être aguerrie. Elle était épuisée, tellement qu'elle ne parut pas se rendre compte qu'elle allait se retrouver seule avec lui.

Arthus la vit commencer à le comprendre une fois qu'elle eut grimpé à l'échelle.

Elle s'immobilisa à l'entrée du grenier et secoua la tête en regardant le matelas.

— Arthus ? Il n'y a qu'une place, ici…

Il la saisit fermement par le coude, baissa la tête pour

ne pas se cogner, et la fit avancer. La porte se referma derrière eux.

— Nous y voilà, dit-il calmement.

Une bougie était posée, légèrement de travers, sur le tonneau vermoulu.

— Sainte Mère ! Cela me paraît bien dangereux ! s'exclama-t-il.

Sans attendre, il déplaça la bougie pour la poser sur une caisse.

— Arthus ? fit-elle en croisant les bras. Un seul matelas ?

Il haussa les épaules, ce qui n'était pas facile étant donné qu'il était presque plié en deux sous le plafond bas et en pente.

— Regardez autour de vous, Claire. Y a-t-il de la place pour deux matelas ? Ne me faites-vous pas confiance ?

— Si, mais… Je pensais qu'Yves serait avec nous.

Arthus soupira.

— Vous pouvez redescendre et dormir avec les autres dans les courants d'air. Je ne vais pas vous en empêcher.

Elle fronça les sourcils.

— Je crois que c'est ce que je vais faire, répondit-elle en soulevant le loquet. Allez-vous me suivre ?

Il secoua la tête et, ce faisant, se cogna contre une poutre.

— Aïe ! Bon sang ! s'écria-t-il.

Elle mit sa main sur sa bouche, ce qui n'empêcha pas Arthus de l'entendre rire. Lorsque le loquet retomba, il sut qu'elle n'irait pas dormir en bas.

Luttant pour reprendre son sérieux, Claire regarda Arthus. Il avait l'air si misérable, plié en deux, en train de se frotter la tête.

— On dirait un bossu, dit-elle peut-être un peu trop spontanément. Ou une gargouille.

— Vous me flattez.

De la main qui frottait son crâne, il désigna le matelas.

— Par pitié, Claire, si vous restez, est-ce que vous ne

pouvez pas vous asseoir ? Je suis en train d'attraper un torticolis.

En acquiesçant, elle se laissa tomber sur le matelas, se glissa jusqu'à l'une de ses extrémités et retira ses bottines. Le matelas n'était pas étroit, mais il n'était pas très large non plus.

— Nous…, commença-t-elle en rougissant. Nous allons devoir dormir l'un à côté de l'autre.

Elle dénoua sa cape. Quelqu'un — sans doute Yves sans qu'elle le voie — avait monté les affaires d'Arthus. Les couvertures étaient posées sur le sac.

— Tenez, dit Arthus en lui tendant une couverture, l'air pincé. Enveloppez-vous là-dedans, cela protégera votre vertu.

— Je vous fais vraiment confiance, vous savez.

Il secoua la tête et se plia pour retirer sa première botte.

— Non, c'est faux.

La botte atterrit près du tonneau penché et souleva un nuage de poussière.

— Vous auriez répondu à mes questions, si vous me faisiez confiance. Vous n'auriez pas eu recours à cette ruse ridicule — faire semblant de tomber de cheval, a-t-on idée ? — si vous me faisiez confiance.

Elle se figea.

— Quelles questions ?

— Chaque fois que je mentionne les voleurs, vous changez de conversation.

— Vraiment ?

— Vous le savez très bien, répondit-il d'une voix sèche.

Il retira sa deuxième botte, le regard sévère.

— Dieu seul sait pourquoi, mais cela m'irrite. Cela m'irrite plus que je ne saurais le dire. Je veux que vous me fassiez confiance, conclut-il en se passant la main dans les cheveux.

— Arthus, je vous fais vraiment confiance.

Elle se pencha vers lui, en enroulant les liens de sa cape autour de son doigt.

— Ne suis-je pas en ce moment ici avec vous ? Seule ? Bien sûr que je vous fais confiance…

— Prouvez-le, alors. Parlez-moi. Dites-moi ce que vous savez au sujet de la mort de Geoffroy.

— Il a été tué au Champ des Oiseaux, avant le début du tournoi.

— Cela, je le sais déjà. Il espérait vendre cette relique dérobée pour le compte des voleurs, n'est-ce pas ? Il jouait le rôle d'intermédiaire ?

Elle se mordit la lèvre. Elle avait cru, et espéré, que seul le comte Luc savait ce dont Geoffroy s'était rendu coupable. Sans qu'elle sache comment, Arthus avait deviné la vérité. Il était difficile d'en parler.

Lorsqu'il toucha son bras, elle faillit sursauter.

— Ce n'est pas déloyal de votre part que de l'admettre. Ce qu'il a fait est évident.

— Il regrettait cette alliance avec les voleurs, expliqua-t-elle à voix basse. Il s'est rendu compte de l'erreur qu'il avait commise, mais il était bien trop naïf. Quand il a essayé de se désengager…

— C'est la raison pour laquelle il a été tué ? demanda Arthus, le regard intense. Parce qu'il voulait rompre son alliance avec les voleurs ?

Elle acquiesça.

— Il a été assez stupide pour leur dire qu'il avait l'intention de rapporter la relique à l'abbaye.

Il riva ses yeux sombres aux siens.

— C'est la vérité ?

— Je le jure.

— Ils ont dû décider qu'il en savait trop. Seigneur ! Quel gâchis ! Mais c'est un soulagement de savoir que Geoffroy voulait réparer ses erreurs. J'ai toujours bien aimé ce garçon.

Il se frotta le visage avant de reprendre.

— Au moins, l'homme qui l'a tué est mort. Ce qui m'inquiète, c'est l'audace de ces voleurs. Avant, la plupart des brigands quittaient Troyes après la foire et allaient, de foire en foire, tenter leur chance dans d'autres villes. Cet hiver, c'est différent. Nous savons que certains d'entre eux ont pris leurs quartiers aux abords de la ville. Claire, pourquoi avez-vous fui Troyes ? Les voleurs vous tenaient-ils d'une façon ou d'une autre ? Vous ont-ils menacée ? demanda-t-il sans lâcher son regard. Je ne peux pas écarter l'idée que quelque chose d'autre chose se prépare. Aidez-moi, je vous en prie. Vous pourriez éviter que d'autres gens soient tués.

Elle jouait toujours avec les liens de sa cape. Il était droit et honnête. Elle l'appréciait, sans doute trop même, et voulait l'aider. S'il rentrait à Troyes en possession d'informations sur les voleurs et leurs liens éventuels avec les marchands d'esclaves, cela ne pourrait que le valoriser aux yeux du comte Henri et le conforter dans son poste de capitaine. Mais il ne se satisferait certainement pas d'une brève allusion à la présence de marchands d'esclaves en Champagne.

Il insisterait pour obtenir les moindres détails et elle se verrait dans l'obligation d'avouer que, jusqu'à un an plus tôt, elle était esclave dans les Pouilles. Et, à partir de là, il serait tout près d'apprendre quelles accusations avaient pesé sur elle. Des accusations de tentative d'assassinat.

Le comte Myrrdin était peut-être l'homme le plus honorable de Bretagne, songea-t-elle, mais il était noble, donc forcé d'être fier. Que penserait-il s'il venait aux oreilles que sa supposée fille était une esclave fugitive dont la tête était mise à prix ?

Et Arthus, alors ?

Elle ferma brièvement les yeux. Elle n'aimait pas penser à la façon dont pourrait réagir Arthus. Elle jeta un coup d'œil vers cet homme qui était assis si calmement à ses côtés. Il exsudait la puissance. Ce soir, la lumière de la bougie adoucissait ses traits, atténuant le caractère volontaire de sa mâchoire. Néanmoins, toute son attention était tournée vers elle. Il essayait de voir en elle.

Une fois de plus, elle se répéta qu'elle ne craignait rien avec lui.

Elle lâcha les liens de sa cape. Ce fut un geste anodin, mais il le remarqua. Comme elle était en train de le découvrir, il était particulièrement attentif à chacun de ses mouvements. Depuis le rez-de-chaussée, des bruits leur parvenaient. Elle entendit une voix grave d'homme, le rire haut perché d'un enfant… Elle avait tout à fait conscience des allées et venues et des bavardages des clients en dessous, ainsi que de l'étrange vulnérabilité qui se lisait sur le visage d'Arthus. Dans ses yeux, il y avait… un baiser.

Un baiser !

Son pouls s'accéléra et sa bouche s'assécha. Arthus voulait l'embrasser ! La tentation d'accepter ce baiser était irrésistible…

Sa cape tomba. Sa robe n'avait pas été coupée dans le but de séduire. Jamais elle ne pourrait rivaliser avec cette fille, Gabrielle, du Sanglier noir, mais il y avait beaucoup de chaleur entre eux. Elle appréciait vraiment cet homme. Allait-elle accepter son baiser ?

En respirant à peine, elle tendit la main vers celle d'Arthus en espérant ne pas trembler. Elle ne pensait pas trembler, mais elle n'avait jamais pris l'initiative de toucher un homme et ne savait pas tout à fait comment procéder.

Il fallait qu'elle reste elle-même, se persuada-t-elle.

Le regard d'Arthus chercha le sien, avant de se poser sur sa bouche.

— Claire ?

Elle s'approcha de lui et la paille du matelas crissa. Les larges épaules d'Arthus masquaient la lumière de la bougie, mais elle le vit néanmoins déglutir et cela lui permit de respirer. Il ne pouvait tout de même pas être nerveux ! Pas cet homme fort et impétueux qui avait l'habitude de rendre visite à Gabrielle au Sanglier noir ! Bien sûr, elle ne ressemblait pas à Gabrielle, mais c'était agréable de savoir qu'elle pouvait l'attirer. C'était une sensation grisante.

Et elle n'avait pas menti : elle ne craignait vraiment rien avec lui. Arthus n'était pas Sandro, il ne la forcerait jamais à donner plus qu'elle ne le voulait. Elle avait très envie de ce baiser…

Arthus retourna la main et ne la bougea plus, comme s'il

était curieux de voir ce qu'elle allait en faire. En tremblant, elle glissa ses doigts entre les siens et les serra doucement.

Il respira un peu plus rapidement et s'éclaircit la voix.

— Est-ce une autre de vos ruses ?

— Une ruse ?

Lentement, elle retira ses doigts et fit glisser sa main sur son avant-bras, sous la manche de sa tunique. Elle ne faisait que l'effleurer, mais elle sentait la force que dégageaient son bras, ses muscles ; elle sentit l'abrasion légère des poils qui les recouvraient…

Son cœur se mit à cogner. Elle se sentait agitée et nerveuse. Elle mourait d'envie de goûter à ce baiser, le premier baiser qui ne lui serait pas arraché. Cet homme lui plaisait. Elle s'humecta les lèvres et attendit.

— Claire…

La voix d'Arthus était rauque, comme s'il n'avait pas parlé depuis une éternité. Dans la pénombre, son expression était indéchiffrable, mais il semblait avoir pris des couleurs. Ses yeux brillaient comme le jais et, comme dans le jais, elle y voyait des inclusions argentées. Elle n'avait pas conscience d'avoir bougé, mais Arthus était plus proche que quelques secondes auparavant. Sa bouche — elle l'observait de près — esquissa un très léger sourire.

— Claire, je vous préviens…

Le visage embrasé, elle se pencha, ne s'arrêtant que lorsque ses seins entrèrent en contact avec le cuir de son gambison. Un frisson la parcourut alors.

— Claire…

La large main d'Arthus se posa sur sa nuque, et sa bouche sur la sienne. Un baiser. Deux baisers. Trois baisers. Ils étaient brefs et donnaient envie de plus. Chaque fois que les lèvres d'Arthus l'effleuraient, elle frissonnait de plus belle. Une vive chaleur monta en elle. Arthus était si doux, si tendre… Son odeur était un mélange de cuir, de cheval et de grand air. Cette odeur, c'était lui. Délicieusement lui.

Craignant qu'il veuille mettre fin à leurs baisers avant

qu'ils aient réellement commencé, elle s'approcha davantage et lui agrippa les épaules lorsqu'il s'interrompit.

Mais non, elle se trompait. Il ne se dérobait pas. Il la couvrait juste de baisers. Sur la bouche, sur les joues. Un baiser, deux, trois… Dans le cou. Un baiser, deux, trois… Le frisson se fit souffrance. Jamais encore elle n'avait ressenti ce plaisir qui commençait par une douleur, mais elle savait ce dont il s'agissait. Il s'agissait de désir. Ces baisers légers étaient une torture ; ils lui donnaient envie d'un baiser plus profond et appuyé. Elle voulait celui qu'elle avait vu dans les yeux d'Arthus.

Surprise et presque choquée par sa propre réaction, elle recula. En respirant bruyamment, Arthus retira son gambison qu'il lança derrière lui, puis il la prit dans ses bras. Quand sa poitrine entra en contact avec sa tunique en lin, il esquissa un sourire.

— C'est mieux, murmura-t-il. C'est bien mieux.

Ils étaient à genoux sur le matelas et, au lieu d'un cuir épais, elle avait désormais sous les doigts une étoffe souple. Elle sentait la chaleur du corps d'Arthus, ses épaules larges et musclées s'offraient à elle, la peau de son cou était brûlante. Ses cheveux luisaient à la lueur de la bougie. Elle y glissa les doigts ; ils étaient doux et soyeux. Elle s'écarta légèrement de lui. Tout en poussant un petit soupir de protestation, il la laissa explorer son torse. Son torse si puissant.

Si seulement Arthus avait pu être son chevalier servant, pour de vrai ! Elle n'aurait pas eu à s'inquiéter des marchands d'esclaves. Le passé serait resté le passé, et elle n'aurait pas eu non plus à s'inquiéter de l'accueil qu'allait lui réserver le comte Myrrdin.

Tout en lui mordillant l'oreille, il la serra fermement contre lui. Puis il fit courir sa langue sur ses lèvres. Presque sans s'en rendre compte, elle entrouvrit la bouche pour accepter le vrai baiser qu'elle attendait. La langue d'Arthus chercha la sienne. Malgré sa surprise, elle répondit à cet appel et la rencontre, bien qu'encore timide, eut lieu. C'était comme un jeu, et elle adorait cela. Elle se consumait, tout à coup. Elle palpitait, de tout son être.

O mon Dieu ! Cet homme lui plaisait bien trop…

Le contact de la poitrine de Claire contre sa tunique était délicieux. Il était prêt à l'embrasser jusqu'à la fin des temps, si cela signifiait qu'elle allait continuer à bouger de cette façon. Grande était la tentation d'arracher cette robe afin de voir si ses seins étaient d'un ivoire aussi parfait que la cuisse aperçue plus tôt, mais il ne pouvait faire cela. Elle n'avait pas d'autres vêtements.

Il se fit violence pour se détacher de sa bouche.

Arrête cela tout de suite ! s'ordonna-t-il.

Il ne devait pas l'embrasser. Elle était sous sa protection. Sa belle bouche — oh ! Seigneur ! Qu'elle était belle ! — était gonflée par les baisers, et il mourait d'envie de l'embrasser encore. Ses seins à la forme parfaite tendaient l'étoffe de sa robe, et il en devinait les pointes dressées. Pour une femme aussi menue, elle avait une poitrine magnifique.

— Demain…, bredouilla-t-il. Demain, nous essaierons de vous trouver une robe plus chaude.

Et des vêtements de dessous, ajouta-t-il mentalement. *Même s'ils doivent vous dissimuler à mes regards.*

Elle ne répondit pas. Pas par des mots, en tout cas. Une petite main se posa sur sa nuque et guida sa bouche vers la sienne. Ses paumes le picotaient, tant il brûlait de les poser sur ses seins. Il était déjà dur comme le roc. Prêt. Douloureusement prêt. Il bouillait de désir. D'un désir aussi fort que celui que les doigts experts de Gabrielle faisaient naître en lui, à Troyes. Non, plus fort.

Il devait cesser. Il le fallait !

Claire gémit son nom.

— Arthus…

Bien qu'il sût que les choses ne devaient pas aller plus loin, sa main effleura un sein. Parfait, comme il l'avait imaginé. Plus parfaite encore fut sa façon de gémir une nouvelle fois et de se coller à lui. La perfection même. Elle avait fermé les yeux, et ces cils dessinaient un très bel arc de cercle sur ses pommettes rosies. Sa respiration était rapide et saccadée. Plus que tout, il voulait la toucher, sentir sa peau contre la sienne.

Il n'arrivait pas à comprendre comment cette fille-elfe avait pu l'embraser avec une telle facilité. Elle n'avait passé que quelques minutes dans ses bras, et il était évident qu'elle n'avait pratiquement rien appris de Geoffroy. Elle n'avait pas les talents de Gabrielle, et pourtant…

Il grimaça. Son sexe était dur, terriblement et douloureusement dur, mais il ne pouvait rien y faire. Pas sans risquer le déshonneur. Elle était sous sa protection…

— Ce serait mal, murmura-t-il, tout en la relâchant.

Le regard vairon rencontra le sien, et il sentit le souffle tiède de Claire sur son visage. Le sourire timide qu'elle lui adressa le conforta dans son idée qu'elle ne devait pas être traitée à la légère — en particulier si son père était bien le seigneur de Fontaine. Il ne souhaitait rien tant que rouler sur le matelas et prendre son plaisir avec elle, mais c'était impossible.

Il attrapa la deuxième couverture.

— Dormez à présent. Dormez.

Lorsqu'ils furent tous deux enveloppés dans leurs capes et leurs couvertures, il se rendit soudain compte qu'une fois encore la conversation avait été détournée et qu'elle avait évité ses questions.

Il grimaça en fixant les poutres, et chercha une position confortable pour soulager l'élancement douloureux de son bas-ventre. Tout cela n'avait-il été qu'une ruse de plus, une nouvelle tentative pour le distraire ? Si oui, non seulement elle avait réussi, mais elle l'avait touché d'une façon profonde. Ils n'avaient pas fait grand-chose, et pourtant, pendant un moment, il avait presque perdu le contrôle de lui-même. Leur bref — et innocent ? — échange de baisers l'avait excité au point qu'il avait retiré son gambison avec la précipitation d'un jouvenceau. Il aurait donné n'importe quoi pour être plus près d'elle. Cependant, l'approcher lui était interdit. Il devait coûte que coûte rester à sa place.

Immobile et silencieuse, elle lui tournait le dos et faisait semblant de dormir. Il écouta sa respiration. Il savait qu'elle ne dormait pas, mais il allait la laisser croire qu'elle avait réussi à le tromper. Qu'était-elle en train de penser ? Regrettait-elle de l'avoir embrassé ? Quelque chose, une souris peut-être, remua dans la chaume du toit. Au rez-de-chaussée, un enfant toussa.

Frémissant de désir inassouvi, il fut assailli par une image de Claire. Claire nue entre ses bras. Douce et délicate, tout en courbes féminines, accueillante. Il était surpris de constater à quel point il avait envie de voir — et de toucher — sa peau nue. Au Sanglier noir, il avait eu tout le loisir de regarder et de toucher Gabrielle, partout où il l'avait souhaité, mais pas une fois il n'avait pris la peine de se déshabiller. L'idée ne lui en était même jamais venue. Il l'avait prise sans ôter sa tunique ni ses chausses. Pas même son gambison. Il l'avait prise en bottes…

Mais Claire… Seigneur ! Il aurait donné un mois de solde pour pouvoir être allongé peau à peau tout contre elle.

Il savait à peu près tout de l'amour tarifé, le seul type d'amour auquel un chevalier sans terre pouvait prétendre. Claire le faisait rêver d'un amour d'un tout autre type. Quel effet cela faisait-il d'être un amant, un vrai ?

Il observa l'arrière de la tête de Claire. Ses cheveux attachés en une tresse lâche semblaient attirer la lumière de la bougie. Une mèche cuivrée reposait sur la couverture. D'autres couleurs se mêlaient au roux : du blond, du châtain, du brun. Il voulut tendre la main pour caresser ses cheveux, mais se reprit.

Non ! Il devait faire attention. Claire n'était ni sa dame ni sa promise. Un chevalier sans terre n'avait rien à offrir à quelqu'un comme elle. Il devait se souvenir de ce qui était arrivé à sa propre mère, de la façon dont elle avait été conspuée pour avoir conçu ses enfants hors mariage. Il était hors de question que Claire vive le même enfer.

Dieu merci, il n'avait fait que l'embrasser. Mais si les choses étaient allées plus loin, il n'était pas certain qu'il serait parvenu à s'arrêter. Il avait trop envie d'elle.

Cela ne devait pas aller plus loin, s'ordonna-t-il en roulant sur le dos.

Il valait mieux garder les yeux au plafond. Non, il valait mieux fermer les yeux. Dormir.

Oui, il allait dormir. Et dès qu'ils auraient atteint Fontaine, il trouverait une auberge accueillante où il pourrait s'acheter un peu d'amour.

Chapitre 7

Arthus avait dû finir par s'endormir car, quand il rouvrit les yeux, la bougie s'était entièrement consumée. Au rez-de-chaussée, tout était calme. Il avait rêvé qu'il se promenait dans un champ de lavande. Un poids chaud reposait sur son épaule. Claire était blottie contre lui et avait enroulé son bras autour de sa taille. L'odeur de lavande provenait de ses cheveux. Il posa doucement sa main sur sa tête et ressentit comme un petit sursaut, là, entre ses jambes.

Qu'était-ce ? De l'envie ? Du désir contrarié ? Il était agaçant de ne pas pouvoir mettre un nom sur ce qui le tenaillait.

Il n'avait pas l'habitude de se réveiller auprès d'une femme. Le problème devait être là… Il payait pour faire l'amour et payait bien, mais il n'avait jamais déboursé un sou de plus pour passer une nuit entière avec une fille. Il lui avait toujours semblé extravagant à l'extrême de payer pour des heures passées principalement à dormir. C'était la première fois qu'il se réveillait avec une femme entre les bras.

Prudemment, pour ne pas la déranger, il posa sa joue contre sa tête. Un délice de lavande. Ce réveil était particulièrement agréable. Puis, aussitôt, il ressentit comme un tiraillement douloureux dans le bas-ventre. Il grimaça. Agréable, certes, mais non sans quelques contreparties…

Après le petit déjeuner, Arthus emmena Claire faire un tour au village pour voir s'ils pouvaient y trouver des vêtements. Yves les accompagnait. L'air était glacial et le givre crissait sous leurs pas.

Elle jeta un regard à Arthus, s'attardant un instant sur sa bouche. Alors qu'elle était censée choisir de nouveaux vêtements, tout ce à quoi elle était capable de penser était leur baiser. Son écho résonnait toujours en elle. C'était comme si ces lèvres brûlantes et fermes étaient toujours en train d'explorer les siennes. Elle avait adoré se blottir dans ses bras et avait aimé la façon dont son corps s'était fondu contre celui d'Arthus. Cela avait-il été un aperçu de ce que l'on pouvait éprouver en se donnant à un homme auquel on faisait confiance ? L'impression de pouvoir s'abandonner sans risque à quelqu'un d'autre était curieusement grisante. Elle s'était sentie à la fois sans défense et invincible. Comment était-ce possible ?

Et pourquoi Arthus avait-il battu en retraite ? Avait-elle fait quelque chose qu'il ne fallait pas ? Quelque chose qui l'avait rebuté ? Le doute s'instilla en elle, perfide et glacé. Elle aurait aimé penser qu'il avait apprécié ce moment tout autant qu'elle, mais…

Ses yeux sombres balayaient les chaumières entourant la petite place au centre de laquelle se trouvait un puits. Les occupants de certaines d'entre elles avaient installé tréteaux et planches près de leur porte. Devant l'une d'elles, on vendait des miches de pain ; devant une autre, des meules de fromage. Il y avait également un potier et un forgeron. Attachée à un pieu près du puits, une chèvre poussait des bêlements déchirants. Quelques poules, transies de froid, étaient blotties les unes contre les autres dans leur cage.

Et ce baiser qui la faisait toujours frémir… C'était sans doute aussi bien qu'Arthus y ait mis un terme. S'il avait duré plus longtemps, les conséquences auraient sans doute été bien embarrassantes pour tous les deux.

— Regardez ! fit Yves, le doigt tendu. Il y a des habits, là-bas.

Ils traversèrent la place, et Claire se força à se concentrer. Des vêtements. Ils étaient là pour trouver des vêtements.

— Cette étoffe n'est pas mal, dit Arthus en désignant un drap de laine bleu. Elle vous protégerait bien du froid.

Claire en avisa une d'un beau vert vif.

— J'aime beaucoup celle-ci, mais…

Elle pointa du doigt l'accroc dans sa robe.

— Nous allons reprendre la route, et je ne pourrai pas coudre pendant le trajet. J'ai besoin d'une robe déjà cousue.

— Une robe déjà cousue, ma dame ? demanda le marchand dont le visage s'était éclairé.

Il se tourna vers la maison devant laquelle il était installé. Par le volet ouvert, Claire vit, à l'intérieur, une femme qui cousait.

— Cette demoiselle a besoin de trois robes chaudes, précisa Arthus. Elle a aussi besoin d'une cape fourrée, de gants, de jupons et autres vêtements de dessous. Mais il lui faut tout cela ce matin.

L'homme écarquilla les yeux.

— Ce matin ? Trois robes ? Ma femme va voir ce qu'elle peut vous proposer.

Il regarda Claire comme pour évaluer ses mesures et lui désigna la porte.

— Alix ! Alix ! cria-t-il. Je fais entrer une dame. Elle a besoin de robes déjà prêtes.

Stupéfaite, Claire dévisagea Arthus.

— Trois ? Cela me semblait déjà une folie d'acheter une robe toute faite ! Mais trois ? Etes-vous sûr de ce que vous faites ?

Arthus acquiesça.

— Si elle en a trois, prenez-les.

Il sortit une poignée de pièces de sa bourse et les lui mit dans la main.

— Achetez tout ce dont vous avez besoin. Le comte Henri exigera ma tête sur un plateau s'il apprend que je vous ai présentée au comte Myrrdin habillée comme une mendiante.

Se sentant aussi confuse que quand il l'avait embrassée, elle hocha la tête.

— Inutile de m'attendre. Je vous rejoindrai à l'auberge.

Les chevaux étaient sellés et prêts à partir quand Claire revint de chez la couturière. Elle portait un voile bleu clair et une cape couleur bleuet. Sa robe était plus foncée de quelques tons.

En la voyant, Arthus eut l'impression de recevoir un coup de poing dans le ventre. Le voile lui allait très bien, même s'il dissimulait une grande partie de ses magnifiques cheveux. Quelques mèches cuivrées encadraient toujours son visage, mais il la préférait tête nue. Il aimait regarder ses cheveux, et ce voile lui faisait l'effet d'une barrière dressée entre elle et lui.

— Vous êtes fort belle, dit-il.

A dire vrai, elle avait tout d'une noble dame, mais les mots restèrent bloqués dans sa gorge.

— Votre père sera fier de vous reconnaître, ajouta-t-il.

— Je prie pour que vous ayez raison, répondit-elle en lui tendant un paquet. Voici les autres affaires que j'ai achetées. J'ai aussi trouvé un peigne.

— Yves, range les effets de Claire dans les sacs.

Tandis qu'Yves s'affairait à remplir les sacoches de selle, Arthus la prit par le bras.

— Etes-vous sûre d'avoir tout ce qu'il vous faut ?

— Mais oui ! La chance était avec moi, car la couturière et moi faisions à peu près la même taille. Je n'ai eu que l'embarras du choix. Elle avait même une robe coupée dans ce tissu vert feuille qui me plaisait tant.

Ses yeux brillaient de contentement, à tel point qu'Arthus regretta que l'idée lui soit venue si tardivement.

— La cape est-elle doublée ?

— Oui, avec de la laine anglaise.

Elle l'entrouvrit et caressa la doublure avec un sourire satisfait.

— Je peux la ramener, si vous la jugez trop extravagante.

— Certainement pas ! Il faut que vous soyez bien au chaud.

— Je vous remercie.

Après avoir été un petit coup d'œil à Yves, elle s'approcha et baissa la voix.

— Et avant que vous me posiez la question, oui, je porte une chemise sous ma robe, et regardez…

Elle sortit de sous sa cape la paire de gants qu'elle avait coincée dans sa ceinture.

Arthus les prit pour les examiner.

— C'est du veau, dit-il, un sourcil levé.

— Ils appartenaient à une voisine de la couturière. Elle a été ravie de me les vendre.

— Parfait, ils protégeront vos mains des crevasses et du froid.

Elle posa la main sur celle d'Arthus.

— Je vous remercie, Arthus, du fond du cœur. Je n'ai jamais rien possédé d'aussi beau.

— Ce n'est pas moi qu'il faut remercier, mais le comte Henri, répondit-il en se dirigeant vers les chevaux.

Il ne pouvait s'empêcher de regretter de ne pas être celui qui lui avait fait ces présents. Le plaisir la rendait encore plus belle. Ses yeux extraordinaires brillaient, et son sourire était une tentation à laquelle il était bien difficile de résister. Il espérait que le comte Myrrdin serait comblé par la beauté de sa fille et d'autant plus enclin à l'accepter.

Que penserait-il d'elle ? se demanda-t-il. La couvrirait-il de cadeaux ?

Elle semblait douter que son père la reconnaisse, mais elle ignorait tout du comte Myrrdin. Le comte commençait à vieillir. Il n'assistait plus aux tournois et avait abandonné son rôle de conseiller auprès de la jeune duchesse de Bretagne. L'arrivée d'une fille jeune et belle réjouirait sans aucun doute son cœur et illuminerait ses vieux jours.

D'un œil critique, il regarda Claire saisir les rênes et se

mettre en selle. Elle avait appris à le faire sans son aide. A la fin de leur voyage, elle serait devenue une bonne cavalière.

Le comte Myrrdin pourrait, bien sûr, nier sa paternité. Il faudrait cependant qu'il soit fou pour rejeter une jeune fille dont les yeux étaient la copie conforme des siens. Mais s'il le faisait…

Il pourrait peut-être lui offrir sa protection, songea-t-il. Accepterait-elle de l'épouser ? Cette question le fit s'immobiliser alors qu'il s'apprêtait à mettre le pied à l'étrier.

Seigneur ! D'où lui était venue cette idée saugrenue ? Le mariage n'était pas fait pour lui. Un chevalier sans terre et illégitime n'avait rien à offrir. Ni foyer ni sécurité. Il se mit en selle et ajusta ses étriers.

Mais si le comte Myrrdin considérait Claire comme une gêne plus qu'autre chose…

Arthus n'avait jamais pris part aux jeux amoureux se déroulant à la cour du comte Henri. Un sombre souvenir pesait sur lui. Après ce qui était arrivé à son frère, il s'était contenté de les observer de loin. Emile avait cru que ses hauts faits d'armes suffiraient à faire oublier l'infamie de son humble naissance. Il avait pensé que, s'il se montrait honorable, son milieu et son illégitimité ne compteraient pas. Or, il s'était trompé, et cette erreur lui avait coûté très cher.

Qui était-il pour croire qu'il pourrait réussir là où Emile avait échoué ? se demanda-t-il.

Il devait admettre que, même si tout le monde savait que son père avait été l'armurier du comte Henri, plusieurs dames de la cour lui avaient fait clairement comprendre qu'elles seraient ravies de porter sa faveur. Elles ne voyaient pas sa naissance comme un obstacle aux jeux galants. Il avait même reçu quelques propositions sans équivoque. Mais avoir une aventure avec une demoiselle revenait à prendre des risques. Quant à en avoir une avec une dame mariée… Il fit la grimace. L'idée d'une aventure avec une femme mariée ne lui avait de toute façon jamais plu.

A cause de la mort d'Emile, il évitait donc toute relation

amoureuse avec les nobles dames, qu'elles soient mariées ou non.

De toute façon, cela ne le privait guère. Il y avait plein de Gabrielle dans le monde.

Gabrielle le comprenait et savait combler ses désirs mieux que ne l'aurait pu n'importe quelle dame de la cour. Les nobles n'étaient pas faites pour lui. Il savait que, s'il fréquentait une dame de haute naissance et qu'une incompréhension surgît, son honneur serait mis en cause et toute la cour prendrait parti contre lui. C'était une certitude absolue. Si l'on doutait de son honneur, si sa parole était en concurrence avec celle d'une personne mieux née, il savait parfaitement qui l'on croirait. Et ce ne serait certainement pas le fils illégitime de l'armurier du château.

Talonnant Acier afin qu'il avance un peu plus vite, il menait son petit convoi d'un bon pas.

Derrière lui, Claire bavardait avec Yves et remuait la main pour lui montrer ses gants. Yves toussa et acquiesça en souriant malgré sa toux. Il était évident que le jeune garçon l'aimait beaucoup. Lorsqu'il toussa de nouveau, Arthus plissa le front, inquiet. Son écuyer avait-il attrapé froid ?

— Ne lambinez pas, vous deux ! Nous devons couvrir une plus grande distance aujourd'hui.

Claire fit presser le pas à Foudre pour le rattraper, et ses indomptables mèches se mirent à voleter autour de son voile telles des flammes. Pourrait-il épouser quelqu'un comme Claire ? Quelqu'un qui était, comme lui, un enfant illégitime ?

Claire ne me regarderait jamais avec condescendance, se dit-il. *Nous sommes égaux.*

Avec stupeur il se rendit compte que, pour la première fois de sa vie, il considérait le mariage comme quelque chose d'envisageable. Yves n'était pas le seul à apprécier Claire. Il l'appréciait lui aussi, plus encore depuis qu'elle était en partie sortie de sa réserve. Et il la désirait, également. Sans l'ombre d'un doute. Ce qui s'était passé entre eux la nuit précédente en était la preuve. Il la soupçonnait de l'avoir embrassé pour détourner la conversation, mais cela n'amoindrissait en rien le désir qu'il éprouvait pour elle.

Finalement, une personne comme Claire — la bâtarde du comte Myrrdin — ne serait-elle pas heureuse qu'un chevalier la demande en mariage ? Elle ne s'était jamais étendue sur la nature de ses relations avec Geoffroy, mais ils avaient dû être amants. Et, à la vitesse à laquelle se propageaient les rumeurs, l'entourage de son père découvrirait vite les liens qui avaient uni Claire et sire Geoffroy de Troyes.

Tout le monde à Fontaine supposerait qu'elle avait été sa « bonne amie ». De femme déchue, Claire deviendrait alors bâtarde déchue. Son passé pèserait lourdement sur son futur.

Et alors, qu'adviendrait-il d'elle ? Si elle avait de la chance, son père amadouerait un de ses chevaliers en lui offrant un petit manoir, et ledit chevalier accepterait en échange d'épouser sa fille… sa fille bâtarde et souillée. Cette perspective emplit Arthus d'amertume. Claire méritait mieux que de vivre avec un homme qu'il aurait fallu acheter pour qu'il veuille bien d'elle comme épouse. Cela avait été étonnamment agréable de se réveiller en la tenant entre ses bras, abstraction faite de toute la frustration qui avait pu en découler. Mais s'il devait la demander en mariage, toute frustration s'envolerait. Et le comte Myrrdin ne serait pas obligé de se priver d'un de ses manoirs.

Claire était en train de rire à une plaisanterie d'Yves. Quand elle se rendit compte qu'Arthus était en train de la regarder, elle lui sourit. Il lui rendit son sourire, tout en se demandant si ce n'était pas sa façon à elle de l'amadouer, de l'empêcher d'aborder des sujets qu'elle préférait éviter.

Une chose était certaine, en tout cas : elle savait qu'il la désirait. Avec difficulté, il détacha son regard d'elle et le reporta sur la route. Il devait faire attention, cette femme lui embrouillait l'esprit. Et délibérément, selon toute vraisemblance. Il n'était pas arrivé au grade de capitaine sans apprendre les vertus de la prudence. Il ne devait pas se précipiter tête baissée sur cette idée de mariage, ni sur rien d'autre, d'ailleurs. Pas avant d'en savoir plus sur Claire.

Si, à la fin de leur voyage, ce qu'il avait appris sur elle lui convenait et s'il se sentait toujours attiré par elle, alors il pourrait réfléchir sérieusement à la demander en mariage.

Les journées monotones et glaciales se succédaient. Alors que Foudre, sans flancher, avançait sur les routes blanchies par le givre et la neige, le froid s'insinuait de plus en plus en Claire. Les routes étaient bordées de buissons gelés, les flaques d'eau recouvertes par d'épaisses couches de glace, et les chaussées dures comme l'acier. Quand le soleil daignait se montrer, il était pâle et ne pouvait rien contre un froid qui mordait comme un loup affamé et attaquait sans pitié doigts et orteils. Les gants en peau de Claire la protégeaient si mal qu'ils auraient tout aussi bien pu être en dentelle. Le froid lui pinçait le nez et les oreilles. Sans sa cape fourrée, elle n'aurait plus été qu'un bloc de glace.

Yves ne cessait de tousser et d'éternuer.

Ils se trouvaient en terre inconnue. Plusieurs jours passèrent. Chartres se trouvait quelque part derrière eux. Des villes appelées Alençon et Vitré les attendaient. Ces noms ne disaient rien à Claire mais, au dire d'Arthus, ils avaient parcouru la moitié du chemin. Elle s'en moquait bien. Elle avait cessé d'essayer de parler car, chaque fois qu'elle ouvrait la bouche, le froid lui faisait horriblement mal aux dents. A chaque respiration, ses poumons la brûlaient. Elle était si engourdie qu'elle n'avait plus conscience de la fatigue ni des courbatures.

Il n'y avait plus que le froid.

Et la route.

Sous un ciel uniformément gris, ils gravissaient des collines et les redescendaient, les sabots de leurs chevaux résonnant sourdement sur le sol gelé. Ils saluaient d'un signe de tête les cavaliers qu'ils croisaient. Claire pouvait à peine bouger les doigts. Elle aurait juré qu'il y avait de la glace à l'intérieur de ses gants. Et dans ses bottes aussi. Depuis des heures et même des jours, elle ne sentait plus ses mains ni ses pieds.

C'était le milieu de l'hiver. Les arbres et les arbustes avaient revêtu leurs habits de givre. Au moindre rayon de soleil, tout scintillait et c'était un spectacle féerique, mais cela rendait le voyage pénible. Les flaques d'eau gelées se brisaient comme du verre quand les chevaux les piétinaient. Les seuls oiseaux à braver le froid étaient les corbeaux, dont les lugubres silhouettes hantaient le ciel plombé. Tous les autres oiseaux devaient être tapis dans les buissons, trop transis pour voler.

Pas étonnant qu'Arthus ait été contrarié de recevoir l'ordre de l'escorter jusqu'à Fontaine. Voyager n'était jamais chose aisée, quelle que soit la saison, mais au milieu de l'hiver c'était un enfer. Le comte Henri avait dû être pressé de se débarrasser d'elle, elle en concevait une grande tristesse.

Alors que le souffle des chevaux formait comme un nuage autour d'eux, elle réajusta son capuchon et s'y blottit. Dieu merci, sa cape était fourrée. Sans elle, elle serait morte de froid.

Ce ne fut toutefois pas elle qui tomba malade. Un jour, alors que le soir tombait et que le vent soufflait pour une fois moins fort que d'habitude, il devint évident qu'Yves ne se sentait pas bien du tout. Il était resté recroquevillé, silencieux, sur son cheval pendant des heures et avait à peine répondu lorsque Arthus s'était proposé pour mener le cheval portant les bagages.

— Le monastère de Saint-Pierre n'est plus très loin, dit Arthus. Nous allons nous y arrêter.

Les yeux d'Yves étaient larmoyants et sa respiration, laborieuse. Une semaine plus tôt, Claire tenait à peine à cheval mais, depuis, elle avait fait tant de progrès qu'elle n'eut aucun mal à se pencher vers Arthus pour poser la main sur son bras.

— Bonne idée, répondit-elle. Nous en avons assez fait

pour aujourd'hui. Yves a besoin d'un peu de chaleur et de repos.

Yves se redressa. Son visage rouge donnait à penser qu'il avait de la température.

— Oh non ! protesta-t-il en tentant de contenir sa toux. Je me sens très bien, messire. Je ne veux pas vous retarder.

Arthus dirigea son regard sombre et soucieux vers l'est, où les nuages se rassemblaient.

— Un peu de repos ne fera de mal à personne, trancha-t-il d'une voix qui se voulait légère.

— Mais, messire, insista Yves entre deux quintes de toux, je sais à quel point vous êtes pressé de rentrer à Troyes.

— Pas au détriment de ta santé. Ma priorité est que tu sois en possession de tous tes moyens. A quoi peut servir un écuyer quand il est diminué ?

Un moine en robe blanche les conduisit au logis des visiteurs de l'abbaye. La vaste salle dans laquelle on les fit entrer était dotée d'une grande cheminée où brûlait un bon feu dont les hautes flammes réchauffaient l'atmosphère. Le bruit de leurs pas résonna dans la grande pièce déserte.

— Vous n'avez aucun autre visiteur en ce moment, mon frère ? demanda Arthus.

— Non, messire. Le temps…

Sans se donner la peine de finir sa phrase, le moine haussa les épaules.

Claire observa un instant la cheminée en pierre qui occupait une bonne partie du mur.

— Je n'avais jamais vu une telle cheminée, mais c'est exactement ce dont Yves a besoin.

Arthus la regarda conduire son écuyer devant la cheminée. Elle en approcha un banc et força Yves à s'y asseoir. Puis elle lui frotta les mains pour les réchauffer.

— Le souper sera servi dans le réfectoire, annonça le moine. Vous et votre écuyer, messire, serez les bienvenus parmi nous. Et je ferai en sorte que l'on apporte un plateau à la dame qui vous accompagne.

Arthus hésita. Yves ne donnait pas l'impression d'être capable de tenir encore debout, et encore moins de marcher jusqu'au réfectoire. De plus, il n'avait pas envie de laisser Claire manger seule.

— Si cela ne vous dérange pas, mon frère, j'aimerais mieux que nous mangions tous les trois ici dans le logis des visiteurs.

Il détacha son épée et la suspendit à un crochet du mur.

Le moine hocha la tête.

— Comme vous voulez, messire. Un novice vous apportera un plateau sous peu.

— Je vous remercie, mon frère.

Claire s'occupait bien d'Yves. Avant que le souper leur soit apporté, elle l'avait installé sur une paillasse près du feu. Elle le couvrit de plusieurs couvertures et s'éloigna, en murmurant qu'elle allait à l'infirmerie. Quand elle revint, elle avait de quoi préparer une tisane et s'y s'attela aussitôt. Le plus surprenant fut qu'Yves l'avala sans protester. Sans doute n'avait-il pas la force de lui résister. Quand la nourriture et la boisson arrivèrent, une soupe de lentilles, du pain chaud et de la bière, Claire servit Yves avant de se servir elle-même.

Craignant qu'elle oublie de manger, Arthus attendit que les paupières d'Yves se ferment pour lui demander de s'attabler.

— Yves a attrapé froid, mais il n'est pas à l'article de la mort. Votre soupe va refroidir et, si vous ne la mangez pas maintenant, je serai tenté d'avaler votre part.

Claire n'hésita pas longtemps. Elle obéit et vint s'asseoir.

— Je doute qu'Yves puisse reprendre la route avant quelques jours, dit-elle en prenant sa cuillère.

— Je l'avais bien compris.

Arthus tressaillit quand Yves toussa dans son sommeil.

— Je savais qu'il avait attrapé froid, mais à ce point…

Pourquoi ne m'a-t-il pas dit qu'il se sentait aussi mal ? Je l'aurais ménagé.

— Il sait à quel point vous êtes pressé de rentrer à Troyes. Avez-vous de la famille, là-bas ? Je me souviens que vous m'avez dit que votre père était mort. Qu'en est-il de votre mère ? Est-ce pour elle que vous êtes si pressé de rentrer ?

— Je n'ai plus aucune famille. Tous sont morts.

— Tous ?

Le ton qu'il avait employé n'incitait pas à poursuivre sur ce sujet, mais la question de Claire avait fusé avant qu'elle ait le temps de la retenir. Malgré cela, à sa grande surprise, il répondit.

— Père, mère, frère… Tous morts.

A l'âge qu'avait Arthus — elle estimait qu'il devait approcher de la trentaine —, il n'était pas étonnant que ses parents soient morts. Mais quelle tristesse qu'il ait aussi perdu un frère !

— Vous aviez un frère… Etiez-vous proches ?

Il acquiesça, les yeux baissés sur le pichet de bière.

— Il s'appelait Emile. Il avait été fait chevalier quelques années avant moi. Il avait dix ans de plus que moi mais, malgré cela, nous étions inséparables. Cette épée — il désigna l'arme qu'il avait suspendue au mur — lui a appartenu. C'est notre père qui l'a forgée.

— Vos parents ont dû être fiers de voir leurs deux fils devenir chevaliers.

— Ma mère n'a vu que l'adoubement d'Emile. Sa mort l'a détruite. Elle a quitté ce monde avant que je sois fait chevalier à mon tour.

Elle posa la main sur la sienne.

— Oh ! Arthus ! Je suis désolée.

Il pressa sa main. Lorsqu'il inclina la tête pour embrasser le bout de ses doigts, son cœur tressauta dans sa poitrine.

— Père n'a plus jamais été le même après la mort de notre mère.

— Cela peut se comprendre, dit-elle avant de déglutir. Qu'est-il arrivé à Emile ?

Il secoua la tête et lâcha sa main.

— C'est une histoire assez vilaine, et je n'aime pas en parler. Un jour, peut-être…

Elle sentit une souffrance immense cachée derrière ces mots. Alors qu'elle s'apprêtait à dire que peu lui importait que l'histoire soit vilaine, qu'il valait peut-être mieux qu'il en parle, la porte s'ouvrit et une bouffée d'air glacial s'engouffra dans la salle.

C'était le novice qui leur avait servi le repas.

— Je suis venu récupérer le plateau. Avez-vous fini de souper, messire ?

Arthus regarda Claire.

— Avez-vous eu assez ?

— Oui, je vous remercie.

Le novice débarrassa le plateau, mais laissa les gobelets et le pichet de bière sur la table.

— Voudrez-vous prendre votre petit déjeuner demain matin, messire ?

— Oui, s'il vous plaît. Il se peut que nous profitions de votre hospitalité quelques jours. Je ne pense pas que mon écuyer sera capable de reprendre la route demain.

— Le pain frais sera prêt peu après le lever du jour, messire. Et si vous avez besoin de bougies supplémentaires, vous en trouverez dans la boîte située près de la cheminée.

— Je vous remercie.

Comme la porte se refermait derrière le novice, Arthus regarda l'escalier qui menait à l'étage, au dortoir des visiteurs.

— Etes-vous prête à vous coucher ?

Elle acquiesça.

— Et Yves ? demanda-t-elle, soucieuse.

— Ce serait un crime de le réveiller. Il semble bien installé, près du feu. Allez vous mettre à l'aise en haut. Voulez-vous d'abord que je vous accompagne jusqu'à l'endroit où vous pourrez faire vos ablutions ?

Il lui adressa un sourire malicieux avant de poursuivre.

— Le confort des dames n'est sans doute pas l'objectif

premier de ce monastère. Si vous le souhaitez, je peux monter la garde afin que votre intimité soit préservée.

Claire lui rendit son sourire.

— Je vous remercie.

Claire était assise sur une paillasse dans le dortoir des visiteurs, et peignait ses cheveux à la lueur d'une bougie. Arthus n'allait pas tarder à monter, et elle avait rapproché deux paillasses. Elles étaient très près l'une de l'autre ; elle les avait installées près du conduit de la cheminée, qui les réchaufferait pendant leur sommeil.

Arthus lui avait dit qu'ils avaient parcouru plus de la moitié du chemin. Alors qu'elle aurait dû accueillir cette nouvelle avec joie, c'était plutôt l'angoisse qui l'étreignait. Elle avait peur d'être présentée au comte Myrrdin. Elle voulait qu'il la reconnaisse et priait tous les jours pour que Fontaine devienne son foyer, mais tout était tellement incertain…

Comment le comte allait-il réagir ? Qu'attendrait-il d'elle ? Sa vie ne serait plus jamais la même et, normalement, tout devrait changer en mieux. Si le comte Myrrdin l'acceptait, elle n'aurait plus jamais faim ; elle aurait de beaux vêtements et un endroit où, enfin, s'installer et vivre en paix. D'un autre côté, il se pouvait aussi que son existence ne change pas tant que cela…

Le comte exigerait-il d'elle qu'elle lui obéisse sans jamais remettre ses ordres en question ? Elle ne savait presque rien sur la façon dont était censée se comporter la fille illégitime d'un comte. Elle pourrait se retrouver dans une situation où elle n'aurait guère plus de contrôle sur sa propre vie que quand elle était esclave.

Et puis il y avait Arthus. Elle jeta un œil à la paillasse à côté de la sienne. Il était une des raisons pour lesquelles elle redoutait d'arriver à Fontaine. Il rentrerait ensuite à Troyes, et elle savait qu'il lui manquerait. Elle ne voulait pas qu'ils se séparent.

C'était pour cette raison qu'elle avait décidé que cette nuit serait la bonne. Une telle occasion — toute une pièce pour eux seuls, un lit douillet — ne se présenterait pas deux fois. Elle était seule avec lui. Il pourrait se passer n'importe quoi après leur arrivée à Fontaine, mais si elle voulait Arthus — et elle le voulait à tout prix — il fallait que ce soit cette nuit.

Son pouls s'accéléra. Elle n'aurait jamais imaginé faire assez confiance à un homme pour le laisser monter la garde devant la porte pendant qu'elle faisait sa toilette. Quelque chose en lui lui inspirait une totale confiance.

Jusqu'à présent, elle n'avait fait confiance qu'à un seul homme, à part lui. A Geoffroy. Quand elle l'avait rencontré, elle était épuisée et affamée. En pleine détresse, elle avait accepté de l'accompagner jusque chez sa mère. Dès qu'elle avait vu Nicole et Hélène, elle avait su qu'il ne lui arriverait rien de fâcheux. Mais se serait-elle si promptement installée, si Geoffroy avait vécu seul ? Elle en doutait. Elle sourit tristement devant la bougie qui se consumait, posée dans un recoin du mur. Pauvre Geoffroy ! Il avait amèrement regretté le marché passé avec les voleurs et n'avait pas eu le temps de racheter ses erreurs. Il n'avait pas été tout à fait à la hauteur.

Elle entendit des pas dans l'escalier. C'était Arthus. Lui serait à la hauteur. Elle espérait que les baisers qu'ils avaient échangés à l'auberge n'avaient pas suffi à apaiser son désir. Il était possible qu'il se soit arrêté pour des raisons d'honneur. De toute façon, elle allait bientôt le découvrir…

Son pouls s'emballa. Comment réagirait-il en voyant les paillasses côte à côte ?

Il poussa la porte, sa cape dans une main et son épée dans l'autre. Leurs regards se croisèrent.

— Vous avez assez chaud ? demanda-t-il.

Son ombre dansa sur le mur lorsqu'il s'avança. Il s'immobilisa en remarquant la position des paillasses.

— Claire ?

Ses pensées étaient aussi limpides pour elle que s'il les

avait exprimées à voix haute. Ce n'était plus la soupente miteuse de l'auberge. Le dortoir était spacieux, il n'y avait pas de raison pour qu'ils dorment l'un à côté de l'autre. A moins que…

Pour dissiper tout doute quant à ses intentions, elle posa son peigne et tendit les mains.

— Je pense que nous serons très bien là, tous les deux. Il fait agréablement chaud près de la cheminée.

Arthus posa sa cape ainsi que son épée sur la paillasse puis s'assit à côté d'elle.

— Claire…, fit-il d'une voix faible, presque comme s'il gémissait.

Il attrapa une mèche de ses cheveux et la fit rouler entre ses doigts. Ses yeux devinrent noirs comme le jais.

— C'est bon de revoir vos cheveux. Ces voiles…, continua-t-il en secouant la tête. Je vous préfère sans.

Elle posa la main sur l'une de ses massives épaules et la pressa doucement. Leurs lèvres se rencontrèrent. Le contact resta doux jusqu'à ce qu'Arthus se tourne plus complètement et l'attire à lui. Du bout de la langue, il força l'entrée de sa bouche. Son odeur si particulière l'enveloppa.

Le souffle court, il recula. Elle sentit un léger contact contre sa joue. Arthus secouait la tête.

— Claire, je suis là pour vous protéger, pas pour abuser de vous.

— Et si je voulais que vous abusiez de moi ?

— Quand vous rencontrerez votre père, vous découvrirez peut-être qu'il a des projets pour vous.

— Qui sait ce qui se passera à Fontaine ? dit-elle d'un ton brusque.

Non sans effort, elle parvint à se radoucir et poursuivit :

— Arthus, j'ai dû me plier aux volontés des autres durant toute mon existence. Pour la première fois de ma vie, laissez-moi obtenir ce que je veux.

Pendant un instant, elle crut déceler de la vulnérabilité en lui. Puis il sourit.

— Ce que vous voulez, c'est moi.

— Oui, Arthus. C'est vous.

Elle baissa les yeux. C'était plus difficile qu'elle ne l'avait imaginé ; ses joues étaient en feu.

— A moins que vous n'ayez changé d'avis… En fait, l'autre jour, à l'auberge, j'espérais…

Elle rassembla son courage pour lever les yeux. Le regard d'Arthus était bienveillant, attentif.

— … Vous ne voulez plus…

Il l'interrompit en passant la main sous ses cheveux et en l'attirant à lui.

— J'ai toujours autant envie de vous, Claire, n'ayez crainte.

Il posa ses lèvres sur les siennes et elle s'abandonna à la chaleur de son baiser.

— Bien sûr que je vous veux, ma mie, murmura-t-il. Mais vous n'êtes pas une femme que l'on prend et que l'on laisse. Je ne sais pas ce qui s'est passé entre vous et Geoffroy…

Elle voulut répondre, mais il posa un doigt sur ses lèvres.

— Ne dites rien. La première fois que je vous ai posé la question, vous m'avez répondu que cela ne me regardait pas et vous aviez raison. Ce qui s'est passé entre vous et Geoffroy ne me concerne en rien. Cependant, nous ne pouvons pas simplement prendre notre plaisir comme cela, de façon aussi légère. Vous n'êtes pas une Gabrielle.

Le cœur de Claire se gonfla.

— Non ?

— Vous…, commença-t-il en embrassant les cheveux qu'il tenait. Vous êtes une femme belle et désirable, et j'ai envie de vous.

Il continua de jouer avec ses cheveux, les caressant, les examinant à la lueur de la bougie.

— Claire, nous savons tous les deux ce qu'être un enfant illégitime signifie.

Elle se figea un instant.

— Vous, Arthus ? Vous êtes un enfant illégitime ?

— Oui.

Aux yeux de Claire, être un enfant illégitime n'était pas

la pire des disgrâces. Elle avait connu l'esclavage donc, par comparaison, être née hors mariage lui paraissait plutôt insignifiant. Toutefois, elle comprenait bien que pour un chevalier comme Arthus, cette naissance pouvait poser quelques problèmes. D'autant plus qu'il était issu d'un milieu modeste.

Elle fronça les sourcils.

— Vos parents ne se sont jamais mariés ?

— Non.

— Et pourquoi donc, mon Dieu ?

Il haussa ses larges épaules.

— Leur vie aurait été plus facile s'ils s'étaient mariés, mais ma mère s'y est toujours opposée. Chez nous, toute discussion ayant trait au mariage était bannie. Ma mère parlait rarement de sa jeunesse, donc il n'a pas été facile de découvrir pourquoi elle ne voulait pas épouser mon père. Au fil des années, j'ai réussi à rassembler assez d'éléments pour comprendre que, quand elle avait rencontré mon père, elle était déjà mariée.

— Un mariage malheureux ?

— Mère avait été battue. Elle en parlait rarement. Père l'adorait et notre maison était emplie d'amour et de rires. Quand j'étais enfant, il ne m'est jamais venu à l'esprit de me pencher sur les détails de son existence. Et, après sa mort, qui est survenue peu de temps après celle d'Emile, c'était devenu inutile. Cela aurait meurtri mon père d'en parler… Il était déjà assez bouleversé par ces deux disparitions tellement rapprochées.

Il saisit le reste de ses cheveux, qu'il ramena en avant, sur un côté.

— Claire, tout ce que je veux dire, c'est que je sais ce que cela fait d'être un enfant illégitime. Nous ne pouvons pas prendre notre plaisir comme cela. Je ne veux pas que par ma faute il y ait un enfant illégitime de plus au monde.

Elle se mordit la lèvre. Elle se sentait très petite, très stupide. Arthus était en train de la repousser, et il était très pénible de se sentir rejetée de la sorte, même si elle ne pouvait pas le lui reprocher. Il se comportait en homme responsable. Elle hocha la tête.

— Cependant…

Quand il dégagea son cou pour l'embrasser, un tiède frisson la parcourut.

— Cependant, je voudrais vous demander quelque chose. Claire, me permettrez-vous de demander votre main à votre père ?

Abasourdie, elle cligna des yeux. Il voulait demander au comte Myrrdin s'il pouvait l'épouser ?

— Eh bien ?

Le regard marron d'Arthus était intense. Plus attentif que jamais.

Elle n'y comprenait vraiment rien. Il commençait par dire qu'ils ne pouvaient pas être amants, pour lui demander l'instant d'après si elle voulait l'épouser.

— Arthus, mes liens avec le comte Myrrdin ne sont pas encore attestés, et vous voulez m'épouser ?

Il lui sourit avec malice.

— Je n'avais jamais songé à me marier. Mais vous et moi sommes égaux, nous nous ressemblons. Et qui se ressemble finit toujours par s'assembler…

— Nous sommes égaux parce que nous sommes tous deux des enfants illégitimes ?

— Exactement. Je n'ai jamais aimé l'idée d'épouser quelqu'un qui pourrait me regarder de haut à cause de ma naissance.

Totalement perdue quant à la réponse qu'elle devait lui donner, elle eut une hésitation. Le monde dans lequel évoluait Arthus ne lui était pas familier mais, d'après elle, ses faits d'armes et sa bravoure — qui lui avaient sans doute valu son grade de capitaine — auraient dû suffire à le laver du caractère infamant de sa naissance. Et si cela n'était pas assez, il était gentil, honorable, beau… En bref, Arthus était le parfait chevalier. Elle craignait d'être séparée de lui, elle aimait se trouver sous sa protection, et arriver à Fontaine en sa compagnie allait être merveilleux.

Mais jamais, même dans ses rêves les plus fous, elle n'avait envisagé qu'il puisse la demander en mariage.

Et jamais elle n'aurait songé à épouser un homme, quel qu'il soit. Pas un seul instant.

Le mariage n'était rien d'autre qu'une forme d'esclavage, s'était-elle souvent répété.

Quelque chose lui disait qu'épouser un homme comme Arthus devait être différent. Cependant…

— Messire… Arthus… Je ne suis pas le meilleur parti pour vous.

— Moi je pense que si.

Elle s'agrippa à son bras. Elle sentait la force de ses muscles à travers sa manche, force dont elle avait besoin et qu'elle admirait. Pourtant, elle disait la vérité en affirmant n'être pas un bon parti pour lui. Il pouvait se moquer d'épouser quelqu'un marqué du sceau honteux de l'illégitimité. Mais quelqu'un qui avait été esclave ? Quelqu'un accusé de tentative d'assassinat ? Pour le capitaine de la garde personnelle du comte de Champagne, ce n'était pas possible. Il ne pouvait pas l'épouser alors qu'il en savait si peu à son sujet. Et elle ne pouvait pas lui dire ce qui s'était passé avec Sandro. Elle ne le pouvait vraiment pas.

— Vous ne me connaissez pas, murmura-t-elle.

— Je sais ce qu'il est important de savoir.

Il se pencha et posa ses lèvres sur les siennes. Le baiser était brûlant. Lent, profond. Il lui échauffa le sang et la fit frissonner tout à la fois. C'était le baiser d'un homme qui voulait être son amant. Et son époux. Et ses yeux contenaient plus de baisers encore.

Il s'éclaircit la voix.

— Je vous veux, Claire. Je vous veux comme jamais je n'ai voulu personne. Laissez-moi vous donner du plaisir. C'est quelque chose que je peux faire.

Ses yeux s'écarquillèrent et elle se sentit rougir. Lui donner du plaisir ? Elle ne savait pas exactement ce qu'il entendait par là, mais cela semblait vouloir dire qu'il ne la repoussait pas. Elle eut soudain envie de se pincer : il lui avait demandé de l'épouser !

Elle posa ses mains sur ses épaules.

— Arthus, je veux que nous soyons amis.

Il recula et lui adressa un sourire un peu surpris.

— Vous n'êtes pas obligée de me laisser vous donner du plaisir pour que nous soyons amis.

— Je le sais.

Tout en lui souriant timidement, elle s'attaqua aux liens qui fermaient son gambison.

— Je vous veux comme amant autant que comme ami. Mais vous n'êtes pas forcé de m'épouser. Je vous fais confiance pour prendre vos précautions, Arthus.

Une main se posa sur la sienne, l'empêchant d'ôter son gambison.

— Vous ne voulez pas que je parle au comte Myrrdin ?

— Je n'ai pas dit cela. Vous devez faire ce que vous jugez opportun. Je ne veux surtout pas que vous vous sentiez contraint.

Le visage d'Arthus s'éclaira. Il libéra sa main.

— Je ne ressens aucune contrainte, répondit-il en regardant sa bouche avec intensité.

— Embrassez-moi, alors. Embrassez-moi.

Chapitre 8

Un délicieux frisson parcourut Arthus lorsqu'il s'agenouilla pour poser sa bouche sur celle de Claire. Elle l'intriguait. Jamais les dames à la cour de Champagne ne l'avaient approché avec une telle candeur, une candeur timide. C'était aussi séduisant que hors du commun. Chez n'importe quelle autre femme, la façon dont elle lui avait avoué qu'elle le voulait comme amant serait passée pour une preuve de grande expérience. Or, alors que sa jolie bouche — si sensuelle, si audacieuse — cherchait la sienne, ce qu'il voyait chez elle, c'était son innocence, et rien d'autre.

A force de contorsions, il se débarrassa de son gambison. Puis il serra Claire dans ses bras, et roula avec elle sur le matelas. Il allait lui donner du plaisir, puis il s'arrêterait. Il ne pouvait pas la conduire chez son père et puis la laisser dans l'inquiétude de peut-être porter son enfant.

Ses cheveux retombaient tout autour d'elle, chatoyants comme de la soie, lumineux comme du cuivre, plus étincelants que le feu. Il dégagea une mèche qui était retombée sur sa joue et, enivré par son odeur de lavande, se pencha sur elle. Ses douces lèvres étaient entrouvertes et ses yeux, ses magnifiques yeux vairons, le regardaient avec une absolue confiance. Il se sentit tout à coup profondément désarmé et en pleine confusion.

Voulait-elle qu'il la demande en mariage à son père ? Ou était-elle contre le mariage, comme ses parents, pour une raison qu'il ignorait ? Comme il aurait aimé le savoir ! Que voyait-elle quand elle le regardait ? Un ami ; elle avait dit qu'elle voyait un ami. Et un amant. Pourquoi pas un époux ?

Elle tendit les mains et passa ses doigts dans ses cheveux, démêlant les nœuds que formaient ses pensées grâce à son sourire tranquille et à ce doux contact. Il saisit sa main et embrassa un de ses doigts meurtris par le travail. Puis il embrassa le suivant, et le suivant encore. Enfin, il prit son auriculaire dans sa bouche et le suça doucement.

Il eut un petit rire étouffé.

— Arthus.

De sa main libre, elle jouait avec le bas de la tunique, essayant de la soulever. Il l'aida en la retirant et en la jetant derrière lui.

Le regard de Claire s'arrêta un instant sur la licorne d'argent qu'il portait au cou au bout d'une chaîne, et ses joues s'empourprèrent lorsqu'elle observa son torse. Elle soupira, une fois, et tendit la main pour le toucher. Ce fut la plus légère des caresses. De nouveau il se sentit profondément désarmé, sans être capable de dire pourquoi. Avec une précaution infinie, d'un doigt tremblant, elle traça une ligne à la base de son cou. Une vive tension s'empara aussitôt de lui. Elle passa la main sur ses muscles et ralentit légèrement lorsqu'elle effleura les poils de son torse. On aurait dit qu'elle appréciait particulièrement ce contact. Un plaisir simple, qu'assurément elle connaissait déjà.

Quand elle sourit de nouveau, une bouffée de désir le gagna. Il déglutit et prit sa bouche. Il embrassa, mordilla et lécha. Elle avait un goût sucré et délicat qui aiguisa ses appétits. S'il l'avait pu, il l'aurait dévorée.

La dévorer ? Non. Il en avait peut-être envie, mais tous les signaux lui indiquaient qu'avec elle il fallait procéder avec précaution. Elle n'avait pas hésité à exprimer ses désirs comme le faisaient les plus expérimentées des femmes, mais il ne devait pas oublier la timidité de ce sourire, ce contact hésitant…

Il serait doux et tendre. Pas question de la dévorer aujourd'hui.

Claire avait la tête qui tournait. Le désir s'insinuait en elle, de plus en plus insistant. Arthus avait dit qu'il lui donnerait du plaisir, et elle n'était pas bien sûre de ce qu'il entendait précisément par là. Quoi qu'il en soit, cela lui permettrait d'en apprendre davantage sur ce qui se passait entre un homme et une femme qui se désiraient.

Arthus n'avait pas prononcé le mot « amour ». Comment l'aurait-il pu ? Ils se connaissaient à peine. Mais, de la même façon qu'il était le seul homme qu'elle ait jamais eu envie d'embrasser, il était aussi le seul qu'elle ait jamais voulu.

Sa vie était en train de changer. Il pourrait se passer n'importe quoi, une fois qu'elle serait arrivée à Fontaine. Certains aspects de son existence s'amélioreraient sans doute, mais peut-être pas tous. Arthus avait raison de penser que le comte Myrrdin, un grand seigneur, aurait probablement des projets pour elle. Et il serait surprenant qu'il la consulte avant de prendre la moindre décision la concernant. En ce bas-monde, l'avis des femmes comptait peu, elle l'avait compris depuis longtemps. Mais, ce soir, elle était libre de ses choix. Ce soir, elle voulait Arthus. Les sensations que ce chevalier faisait naître en elle étaient tout à fait inédites. Elle ne comprenait peut-être pas les émotions qui se cachaient derrière ces sensations de chaleur, de désir, mais elle en savait suffisamment pour être certaine que l'affection et la confiance étaient vitales. Et elle ne pouvait s'imaginer éprouver la même chose en présence de quelqu'un d'autre.

Arthus était le seul avec qui elle pouvait se montrer aussi audacieuse.

L'avenir était inconnu mais, ce soir, elle accepterait tout ce qu'Arthus était prêt à lui offrir. En retour, elle ferait de son mieux pour s'assurer que lui aussi prenne du plaisir.

Elle passa sa paume sur ce torse musclé et une grande chaleur l'envahit, lui donnant l'impression de fondre. Le grognement qu'Arthus poussa en réponse à ses caresses ne fit qu'attiser son désir. Sire Arthus Ferrer… Avant de le rencontrer, elle ignorait qu'une femme pouvait désirer un homme au point d'en avoir mal. Elle n'avait jamais croisé quelqu'un présentant cette combinaison si particulière de force et de douceur. C'était absolument irrésistible.

Il était issu d'un milieu très modeste, et bâtard aux yeux de certains. Même s'il s'était élevé dans la société pour devenir capitaine de la garde du comte de Champagne, il était évident qu'il souffrait de sa naissance. Comment les gens pouvaient-ils être aussi aveugles ? Et aussi stupides ? Comment pouvaient-ils ne pas voir à quel point il était honorable ? Et exceptionnel ?

En y repensant, elle se rendit compte qu'il y avait beaucoup de choses qu'Arthus ne lui avait pas dites. La mort de son frère avait-elle un quelconque rapport avec ses origines humbles ? Etait-ce pour cette raison qu'il n'était pas encore marié ?

Il l'avait demandée en mariage… Il ne pouvait pas être sérieux ! Sire Arthus Ferrer ne pouvait pas avoir vraiment envie de l'épouser.

Comment le pourrait-il alors que, à Troyes, son existence était toute réglée ? Il n'avait pas besoin d'elle ; il avait déjà Gabrielle. Et, sans doute, quand l'envie lui en prenait, d'autres filles, au Sanglier noir ou ailleurs. Son père ne s'était jamais marié. Pourquoi, lui, devrait-il le faire ?

Arthus avait proposé de l'épouser parce qu'il s'y sentait forcé, songea-t-elle. Parce qu'il était chevaleresque.

Elle ne souhaitait pas être liée à un homme, quel qu'il soit. Son expérience du mariage se limitait à ce qu'elle avait pu observer durant ses années d'esclavage. La femme de son maître, Veronica, n'était elle-même guère plus qu'une esclave. La seule différence entre Veronica et les autres était qu'elle recevait des coups moins brutaux. Pour la plupart des femmes, le mariage n'était qu'une forme d'esclavage.

Arthus était en train de soulever les jupes de sa robe bleue. Il glissa la main le long de son mollet, de sa cuisse, vers sa hanche…

Ses pensées se brouillèrent et une étrange langueur s'empara d'elle. Elle ressentait une sorte de torpeur. Elle était à la merci de cet homme et, miracle des miracles, n'en concevait aucune peur. Tout ce qu'elle ressentait, c'était du désir. Elle frissonna.

— Claire ? Avez-vous froid ?

— Pas du tout.

Elle sourit et passa les mains sur son dos et ses fesses. La lumière de la bougie fit scintiller la chaîne qu'il portait au cou. Elle glissa les doigts sous sa ceinture et tira légèrement dessus.

Il fut prompt à répondre à son appel. Il y eut quelques mouvements désordonnés, accompagnés de froissements de tissu et de cliquetis métalliques. Avant qu'elle ait le temps de s'en rendre compte ils étaient étendus, nus tous les deux, sur la paillasse.

Lentement, il la parcourut des yeux, et sa large main suivit son regard, la caressa avec une tendresse infinie, effleurant son bras, sa taille, ses hanches…

Il déglutit.

— Miel et crème, murmura-t-il.

Elle sentit ses mamelons durcir. Il dégagea ses cheveux qui recouvraient partiellement sa poitrine et se pencha pour embrasser ses seins, puis ses tétons. La maintenant en place avec douceur mais fermeté, il se servit de sa langue, et ne s'interrompit que pour laisser échapper un murmure d'approbation des plus sensuels.

— Vous avez même le goût du miel.

Une sensation intense partit de sa poitrine pour gagner ses entrailles et le petit cri qu'elle poussa lui fit lever la tête. Il lui adressa un sourire coquin. Il savait l'effet qu'il lui faisait. Incapable de se contenter désormais d'un sourire, elle rapprocha sa tête afin qu'il l'embrasse de nouveau. Il grogna. Elle aussi.

Soudain elle se souvint. Ils ne devaient pas faire de bruit ! Ils étaient dans un monastère, et ce qu'ils faisaient était un péché. C'était mal d'offenser ceux qui leur avaient si charitablement offert l'hospitalité.

— Et si quelqu'un nous entendait ?

Arthus leva la tête et posa sur elle son regard étincelant — son regard sombre et avide.

— Avez-vous changé d'avis ?

— Non. Non ! Mais nous devons être discrets. Yves… Les moines…

— Yves dort profondément et les moines ont regagné leurs cellules, à présent. Personne ne peut nous entendre.

Claire fronça les sourcils.

— Je ne veux vraiment pas les contrarier.

En soupirant, Arthus attrapa une couverture qu'il déploya sur eux.

— Vous souvenez-vous que nous sommes dimanche ?

— Dimanche ?

Elle cligna des yeux ; elle ne voyait pas où il venait en venir.

— Un homme et une femme n'ont pas le droit de se donner du plaisir comme cela, expliqua-t-il. Nous n'avons aucune intention de procréer. Ce que nous sommes en train de faire est interdit le dimanche. Même si nous étions mariés, ce serait interdit. Et…

Encore et encore, les doigts d'Arthus effleuraient ses seins, poussant son excitation à son comble.

— Et…, reprit-il, comme nous ne sommes pas mariés, le péché que nous commettons est plus grave encore. Cela vous fait-il peur ? Etes-vous très pieuse ?

— Pas particulièrement.

Le maître de Claire veillait à ce que ses esclaves fréquentent avec assiduité la chapelle privée de son domaine. Les offices étaient accueillis par tous comme une pause bienvenue dans le rude labeur des champs et de la cuisine. Toutefois, en grandissant, elle avait commencé à s'interroger sur cet homme de Dieu qui cautionnait l'esclavage. Ensuite, elle avait compris que si les esclaves devaient assister aux offices religieux, ce n'était pas pour le salut de leur âme mais pour servir au mieux les intérêts du maître. En effet, s'ils développaient une conscience aiguë du bien et du mal, ils étaient plus enclins à obéir. Si les esclaves réussissaient à comprendre la notion de hiérarchie, ils avaient moins tendance à se rebeller contre leur condition d'êtres inférieurs.

Elle n'était plus une esclave. Cependant, elle ne savait pas quelle vie l'attendait à Fontaine. Cette nuit, elle était plus libre qu'elle ne pourrait jamais l'être. Si le comte Myrrdin la reconnaissait, il déciderait sans doute pour elle du cours de son existence. Elle n'avait aucune expérience de la façon dont une fille de comte était censée se comporter, mais elle devrait sans doute obéir à son devoir.

Comme c'était curieux… Pendant des années, elle avait prié pour retrouver la liberté, mais elle venait tout juste de se rendre compte que l'on n'était jamais totalement libre. La fille d'un comte n'était pas libre. Arthus n'était pas libre non plus. Il avait réussi à s'élever dans la société, mais il était lié au comte de Champagne par le serment qu'il lui avait prêté.

Il avait délaissé sa poitrine pour retourner à ses cheveux, qu'il faisait glisser entre ses doigts, qu'il disposait autour de son cou et étalait sur ses seins. Elle voulait donner du plaisir à cet homme. Ce soir, elle était une femme libre. Ce que l'avenir lui réservait, elle l'apprendrait bien assez tôt.

— Montrez-moi comment faire votre bonheur, dit-elle en prenant les mains d'Arthus pour les embrasser.

Il roula sur elle, prit son visage entre ses mains et lui donna un baiser qui lui coupa le souffle. Un baiser brûlant.

En inhalant profondément son parfum si caractéristique, elle passa les jambes autour de son bassin.

— Faites attention, ma mie.

Elle le laissa repousser ses jambes et les caresser doucement. Son cœur cognait comme si elle venait de couvrir une grande distance en courant.

Alors qu'il s'apprêtait à caresser l'endroit le plus secret de son corps, elle voulut faire de même. Il était son égal, après tout. Ne l'avait-il pas dit lui-même ?

C'était quelque chose qu'elle n'avait jamais fait mais, d'instinct, son corps sut comment procéder. Elle se frotta contre lui tandis qu'il la caressait. Il poussa un grognement et des yeux marron rieurs rencontrèrent les siens. Les petites pépites grises qu'elle aimait tant dansaient dans son regard.

— Ma mie, je ne puis vous promettre le silence.

Elle secoua la tête. Le silence n'était plus important. Les murmures, gémissements ou grognements par lesquels il répondait à ses gestes étaient incroyablement excitants.

— Touchez-moi ici, chuchota-t-elle. Encore. Ne vous arrêtez pas.

— Vous non plus.

— Je n'en ai pas l'intention.

— Très bien.

C'était à celui d'entre eux qui gémirait et soupirerait le plus. Elle sentait le souffle précipité d'Arthus sur sa peau.

— Oui, Claire, comme cela. Allez-y, continuez.

Aveuglée par le désir, elle se colla contre lui. Une frénésie dont elle ne connaissait pas l'objet s'empara d'elle.

Pendant ce temps, il embrassait son cou et ses seins, qu'il mordillait doucement. Son corps puissant de chevalier, si fort, si beau, semblait anticiper ses moindres envies et combler ses moindres désirs sans qu'elle ait à les formuler. Sauf… Elle fonçait tête baissée vers quelque chose, quelque chose qu'elle n'aurait su nommer, mais qu'elle avait désespérément besoin d'atteindre. Et vite.

Puis tout se brouilla et se mit à tourner autour d'elle. L'instant d'après, elle atteignit un état de paix. Avec Arthus. C'était la félicité suprême. Si l'on mettait de côté leurs halètements et le hululement d'une chouette dans le lointain, le monde était au repos.

Arthus l'embrassait langoureusement lorsqu'elle sentit son corps massif se mettre à trembler. Elle comprit que lui aussi avait trouvé son plaisir.

Claire s'endormit presque aussitôt. Blottie contre son épaule, nimbée de ses magnifiques cheveux lumineux, elle donnait l'impression d'être totalement à sa place, ainsi. Et qu'elle le soit était son vœu le plus cher.

Elle avait refusé sa proposition. Pourquoi ? se demanda-t-il, perplexe.

Il remonta les couvertures et ferma les yeux. Ils s'étaient mutuellement donné du plaisir ; il avait même failli perdre tout contrôle. Quand elle avait passé ses jambes autour de lui, la tentation de la pénétrer avait été terrible. Une onde de chaleur embrasa son bas-ventre. Mon Dieu ! Donner du plaisir à une femme et en recevoir d'elle était très bien, mais ce n'était pas tout à fait pareil. Il la voulait toujours.

Il la voulait pour de bon.

Il caressa ses cheveux.

Elle avait refusé de l'épouser. Il lui plaisait, mais elle ne voulait pas l'épouser.

Jamais il n'avait songé à demander la main d'une femme. Sans terre ni demeure, il n'avait pas grand-chose à offrir en termes de sécurité. Etait-ce ce qui dérangeait Claire ? La perspective de devenir fille de comte lui était-elle montée à la tête ? S'estimait-elle supérieure à lui ?

Il soupira. Quel dommage qu'il en sache si peu sur elle ! Elle lui avait dit que Geoffroy l'avait trouvée sur la route avant de la ramener à Troyes. Elle devait avoir besoin de sécurité. S'il parvenait à la convaincre de se confier à lui, il saurait s'il était possible qu'elle veuille bien de lui comme époux. En attendant, il l'observerait. Et attendrait.

Arthus était resté particulièrement silencieux toute la journée. Claire le soupçonnait d'être plus inquiet pour Yves qu'il ne voulait l'admettre. Elle avait passé presque tout son temps près du feu dans la grande pièce du logis des visiteurs, à préparer des remèdes avec les diverses herbes et épices que le moine infirmier lui avait données.

Assis près de la porte, Arthus affûtait la lame de son épée. Claire trouvait le crissement régulier de la pierre à aiguiser sur l'acier curieusement rassurant même si, de temps en temps, Arthus s'interrompait pour poser sur elle son regard sombre et scrutateur. Elle essayait de ne pas rougir, de ne pas le regarder ni de se demander si son comportement de la nuit l'avait choqué. Elle se concentrait sur Yves, qui avait besoin de son aide.

La nuit passée, Arthus lui avait appris ce que signifiait prendre et donner du plaisir. Elle n'avait que trop conscience d'avoir été particulièrement réceptive à son enseignement. Il aurait pu la déflorer, mais il ne l'avait pas fait. Il avait pris garde à ne pas lui faire d'enfant. Elle repensait encore et encore au moment où elle l'avait serré fort dans ses bras et où il avait atteint le plaisir. Ils avaient partagé une telle intimité ! Le seul fait d'y songer faisait courir en elle des vagues de chaleur, et elle ne pouvait s'empêcher de se demander ce qu'elle ressentirait s'ils venaient à se connaître de façon plus intime encore. Elle ne pouvait pas non plus s'empêcher de souhaiter que cela se produise, ni d'être un peu jalouse de la fille du Sanglier noir.

— Essayez cela, Yves, dit-elle en passant le bras autour des épaules du jeune garçon pour l'aider à boire.

Il regarda le bol d'un air méfiant.

— Qu'est-ce ?

— Une infusion de sureau aux épices.

En grimaçant, il goûta le breuvage qui ne sembla pas lui faire grand bien. Il toussa, s'étrangla, et retomba sur sa paillasse.

Arthus s'approcha et remit quelques bûches dans le feu, qui se mit à crépiter.

— Je vais voir les chevaux, annonça-t-il. Ensuite, j'irai demander aux moines s'ils ont un peu de vin à nous donner.

Pendant son absence, Claire proposa un nouveau breuvage à Yves, qui le regarda en gémissant.

— Vous allez l'aimer, assura-t-elle d'un ton volontairement enthousiaste. C'est du sureau avec du gingembre, des clous de girofle et de la cannelle.

— Pas de miel ?

— Je peux ajouter du miel, si vous aimez.

Arthus revint à temps pour voir Yves vider son bol.

— Nous pouvons aussi essayer ceci, dit-il en tendant

une bouteille de vin à Claire. En y ajoutant quelques épices et en le faisant chauffer, au pire cela le réchauffera. Cela pourra éclaircir son esprit, également.

Le soir arriva. Quand le novice vint débarrasser leur souper, Claire se trouvait dans le dortoir à l'étage. A la lumière de la bougie, elle observa les paillasses installées côte à côte près du conduit de la cheminée. Songeuse, elle se mordilla la lèvre. Arthus monterait bientôt. Devait-elle séparer les paillasses, ou les laisser ainsi ?

Avant qu'elle ait pu prendre une décision, la porte s'ouvrit sur lui.

— Claire…

Il la prit par les épaules et la fit se tourner vers lui.

— Arthus, les pailla…

Des lèvres chaudes se posèrent sur les siennes et tous ses doutes se dissipèrent. Elle passa les bras autour de son cou et l'attira à elle. Son odeur mâle s'insinua en elle alors que leur baiser se faisait de plus en plus intense. Il émit ce petit grognement, celui qui signifiait qu'il éprouvait du plaisir, et elle se sentit fondre.

Elle recula.

— Arthus, comment faites-vous cela ?

— Quoi donc ? demanda-t-il en lui mordillant l'oreille.

Une large main se posa sur son sein et des frissons de désir parcoururent son corps tout entier. Elle ferma les yeux et déglutit.

— Ce petit bruit que vous faites. C'est comme s'il me rendait toute faible.

Il leva un sourcil sombre.

— Faible ?

— Oui, mes genoux…

Il regarda les paillasses, un petit sourire aux lèvres.

— Vous êtes fatiguée. Vous vous êtes démenée au chevet d'Yves. Il faut vous allonger.

Elle secoua la tête en souriant à son tour. Les yeux

d'Arthus brillaient de détermination et il l'aida à prendre place à côté du conduit de cheminée.

— Et, poursuivit-il en embrassant le bout de son nez, j'ai envie d'autres baisers… J'en ai eu envie toute la journée.

Avant qu'elle ait pu dire quoi que ce soit, elle se retrouva allongée à côté de lui sur la paillasse, Arthus lui caressant la poitrine à travers sa robe. Ses mamelons durcirent aussitôt.

— Pour conclure, je pense que nous avons tous les deux besoin d'un peu de plaisir, reprit-il en guettant sa réponse.

Avec audace, elle glissa la main sous les vêtements d'Arthus afin de pouvoir le toucher elle aussi et, en quelque sorte, le mettre à l'épreuve. Il émit de nouveau ce petit bruit si troublant et se frotta contre sa main, comme s'il la suppliait de le débarrasser de ses braies.

— Du plaisir, vous dites ? murmura-t-elle. Mmm…

Il lui ôta sa robe sans ménagement pendant qu'elle lui retirait sa tunique et sa chemise. La licorne d'argent dansa au bout de sa chaîne et étincela dans la lumière de la bougie quand il se pencha sur elle.

Arthus baisa ses lèvres, ses joues. Il enroula une mèche de ses cheveux autour de son poing et l'embrassa. Quand il revint à sa bouche, elle s'agrippa à ses épaules, ravie par le petit jeu auquel se livraient leurs langues. Il s'amusa avec ses seins, sur lesquels il souffla doucement. Quand il embrassa ses mamelons, qu'il tira dessus, les aspira et les lécha, elle crut mourir de désir. Elle gémit et se tortilla, à la fois de plaisir et de frustration. La main d'Arthus se promenait, allumant le feu partout où elle passait.

— Ouvrez-vous à moi, ma mie, dit-il en lui écartant les cuisses et en glissant un doigt entre les replis de sa chair.

Elle se mit alors à gémir aussi fort que lui, et le dortoir résonna bientôt de soupirs et de halètements.

Elle referma ses doigts autour de lui et se laissa guider par les petits bruits qu'il émettait. Un certain type de soupirs lui faisait comprendre qu'elle avait adopté le bon rythme. Un autre la suppliait d'aller plus vite, un autre encore de ralentir. Un autre lui demandait de serrer plus fort. De monter, de descendre. Il y avait, semblait-il, un gémissement pour chaque variation de mouvements, et elle était en train d'apprendre son langage.

Avec cet homme et aucun autre. Il n'y avait qu'avec Arthus qu'elle pourrait faire cela. Elle en avait la conviction profonde.

Leurs soupirs devenaient de plus en plus rapides.

Arthus se déplaça légèrement. Installé entre ses jambes, il la recouvrait tout entière, ce qui était délicieux. Ils y étaient presque. Presque…

Elle cessa de respirer et eut l'impression de se contracter tout entière, puis elle fut emportée, balayée. Cette impression de plaisir absolu déferla en elle. Elle était perdue, elle s'était retrouvée.

— Arthus ! implora-t-elle. Je vous veux. Je vous en supplie…

Seul cet homme pourrait avoir cet effet sur elle, et elle voulait le connaître totalement. Ce soir serait peut-être leur seule chance.

Il retint son souffle, puis recula pour, de son regard sombre, scruter son visage.

— Je vous veux moi aussi, mais…

En secouant la tête, il posa son front contre le sien.

— Il y a des moyens pour ne pas prendre de risques, insista-t-elle. Les connaissez-vous, Arthus ?

Les yeux noirs étincelèrent.

— Je les connais. Mais êtes-vous sûre de vous ?

En guise de réponse, elle le saisit par les hanches et se plaqua à lui.

Il poussa un petit grognement et se frotta à elle.

— Claire… Irrésistible Claire.

Il donna un coup de reins et la pénétra.

La douleur, aiguë, fut un choc, même si elle savait à quoi s'attendre : personne n'ignorait que la défloration faisait mal. Malgré tout ses yeux s'emplirent de larmes. Elle avait l'impression d'un déchirement intérieur. En se mordant la lèvre, elle cacha son visage dans le cou d'Arthus. Elle était heureuse que ce soit avec lui plutôt qu'avec n'importe quel autre homme que cela arrive. Et il avait su lui donner du plaisir. C'était juste que, arrivant si vite après l'extase, la souffrance l'avait prise de court. Le contraste entre les deux était saisissant.

Pourtant, elle aurait dû se préparer à avoir mal…

Arthus ne semblait pas avoir remarqué son désagrément : il allait et venait au-dessus d'elle avec une lenteur calculée.

— C'est tout simplement… parfait, murmura-t-il.

— J'en suis heureuse.

Et c'était la vérité. Une fois la surprise initiale passée, les sensations redevenaient plus agréables. Quand elle sentit que son visage s'était détendu, elle osa le regarder. Il avait les yeux fermés, le visage sombre, concentré. Elle ne pouvait lui en vouloir pour la douleur ; elle ne l'avait pas informé qu'elle était vierge, et il lui avait laissé entendre plusieurs fois qu'il pensait que Geoffroy avait été son amant.

Il lui chuchota quelque chose à propos des risques à ne pas prendre. Il chuchota qu'il ne voulait pas qu'elle attende un enfant, mais elle l'écoutait à peine. Elle était concentrée sur les sensations entièrement nouvelles qu'elle découvrait. Entièrement nouvelles, et de plus en plus agréables.

— Comme c'est bon, ma mie.

Elle lui caressa la pommette et passa l'index le long de son oreille. Il tourna la tête et prit son doigt dans sa bouche.

— Claire. Vous êtes… délicieuse, dit-il en poussant un grognement satisfait.

Ses muscles intérieurs se contractèrent pendant qu'elle l'observait. Elle avait conscience d'un vague inconfort, non pas physique — toute douleur avait maintenant disparu — mais plutôt mental.

Etait-ce la souffrance de vouloir quelque chose — ou quelqu'un — qui ne lui appartenait pas ? Si c'était le cas, elle pourrait facilement l'ignorer. Au cours des années passées, elle avait eu largement le temps de s'habituer à ignorer ce qu'elle voulait. Etait-ce du désir ? La réponse demeurait hors de portée. Ce qui accaparait son esprit — et son corps, ses sens —, c'était cet homme qui allait et venait en elle. Cet homme qui la désirait, qui se délectait d'elle. Et ce n'était pas parce qu'elle était une esclave dont il pensait pouvoir disposer à sa guise. Non, Arthus la voulait pour elle-même.

— Claire !

La respiration d'Arthus était de plus en plus rapide, son odeur musquée de plus en plus prégnante.

— Mon Dieu !

Ce fut comme un cri de souffrance. Il se retira, et répandit sa semence sur sa tunique qui était restée sous leurs corps enlacés plutôt qu'en elle. La vue de son visage, partagé entre l'extase et la frustration, lui serra le cœur.

Il s'écroula contre elle.

— Désolé, Claire, marmonna-t-il, la tête enfouie dans son cou. J'ai été trop rapide.

Elle embrassa son épaule robuste, s'enivrant de l'odeur de sa peau.

— Ne vous excusez pas, vous m'avez donné du plaisir.

— Je sais, mais…

Il redressa la tête pour lui adresser le plus chaleureux des sourires.

— Mais je voulais vous en donner encore. Peu importe, nous verrons cela plus tard.

— Plus tard…, murmura-t-elle. Oui, cela me semble intéressant.

Elle enfouit ses doigts dans ses cheveux sombres et épais, et son cœur se gonfla de joie. Elle n'avait aucun regret. Ce soir, Arthus l'avait voulue elle, comme elle le voulait lui. Avec un peu de chance, il serait à elle jusqu'à la fin du voyage. Malheureusement, lorsqu'ils reprendraient la route, ils risquaient de ne plus s'arrêter dans des endroits aussi confortables et commodes que celui-ci. Yves installé devant la cheminée dans la salle du rez-de-chaussée. La tiédeur de leur couche, près du conduit. L'absence d'autres voyageurs…

— Arthus ?

— Mmm ?

Elle l'embrassa sur la joue.

— Savez-vous qu'Yves ne pourra sans doute pas reprendre le voyage avant quelques jours ? Il me paraît bien trop malade.

La paillasse crissa lorsqu'il s'appuya sur un coude.

— Ah ?

— Il se peut que nous devions rester ici un petit moment.

Il inclina la tête sur le côté. Son sourire malicieux indiquait qu'il avait très bien saisi ce qu'elle avait en tête.

— Vraiment ?

Les yeux rivés sur la licorne d'argent, elle hocha la tête.

— Oui, avant que nous nous remettions en route, nous devons nous assurer qu'Yves est rétabli.

Arthus se réveilla à l'aube, le sourire aux lèvres. Ses bras entouraient une femme endormie, dont le corps était chaud contre le sien, et des cheveux roux, embaumant la lavande, étaient étalés sur son torse. Par contraste, l'ambiance qui régnait dans le dortoir était glaciale. De petits nuages de buée se formaient quand il respirait. Il tendit le bras et posa la main sur le conduit de la cheminée. Il était froid. En bas, le feu devait être complètement éteint.

Il s'écarta doucement de Claire, se leva, puis se pencha pour saisir sa tunique toute froissée. Elle allait devoir être lavée. Il n'avait pas prévu d'aller aussi loin avec Claire, mais sa demande l'avait pris par surprise. Son désir avait été tel qu'il s'était retrouvé en elle avant d'avoir pu faire quoi que ce soit pour l'empêcher.

Alors qu'il roulait la tunique en boule pour qu'Yves s'en occupe lorsqu'il serait rétabli, une trace sur le tissu attira son regard. Elle était légèrement rosée.

Du sang ?

Il observa la tache. Son estomac se contracta et il regarda de nouveau Claire endormie. Une fois de plus, elle lui avait caché quelque chose. Un frisson d'effroi le parcourut. Qu'avait-il fait ?

— Claire ? Claire !

— Mmm ?

Elle ouvrit les yeux et remonta les couvertures jusque sous son menton.

— Sainte Mère de Dieu ! Les moines nous ont-ils découverts ?

— Non, les moines n'ont rien à voir là-dedans.

La tunique à la main, il se laissa tomber à genoux sur la paillasse.

— Vous ne me l'avez pas dit ! Pourquoi diable ne me l'avez-vous pas dit ?

Elle bâilla et réajusta les couvertures.

— Quoi donc ?

Sa voix était rauque et, bien qu'il soit blessé — non, pas blessé, en colère plutôt —, cela lui donna envie de l'embrasser. Cela lui donna envie de la rejoindre sous les couvertures et de continuer ce qu'ils avaient commencé quelques heures plus tôt. Mais elle était encore tout ensommeillée et, au moment où il pensait qu'elle commençait à l'apprécier, découvrir quelque chose qu'elle ne lui avait pas dit le rendait furieux.

— Vous auriez dû me le dire.

Elle le regarda d'un air endormi.

— Vous dire quoi ?

— Regardez, répondit-il en montrant la tache sur sa tunique. Du sang.

Ses joues s'empourprèrent et elle chercha son regard.

— Cela change-t-il quelque chose ?

— Bien sûr que cela change quelque chose ! J'aurais dû le savoir. Je n'aurais pas dû vous prendre. J'aurais dû m'en rendre compte, mais j'avais tellement peur de ne pas me retirer à temps que j'ai été incapable de penser à autre chose. Je n'aurais pas dû vous prendre, répéta-t-il.

Il laissa tomber la tunique et se passa la main dans les cheveux.

— J'ai dû vous faire mal.

Une petite main sortit de sous les couvertures et se posa sur son bras dans un geste d'apaisement.

— La douleur était minime, elle n'a pas duré. Vous ne m'avez pas fait mal. Arthus, il faut que vous le sachiez.

Il marqua un temps d'arrêt et l'observa. Son ton et son expression étaient sincères, mais il détestait l'idée qu'elle ne lui ait rien dit.

— J'aurais pu vous faire mal.

— Cela n'a pas été le cas, répondit-elle en souriant et en lui effleurant la joue. Arthus, vous le savez bien, nous… — elle rougit de plus belle — nous nous sommes unis à plusieurs reprises la nuit dernière et, chaque fois, nous avons pris du plaisir.

— Il faudra que je parle au comte Myrrdin dès notre arrivée à Fontaine.

— Vous allez le lui dire ? demanda-t-elle, les yeux écarquillés.

Elle secoua la tête avec tant de vigueur que ses cheveux volèrent autour d'elle.

— Arthus, je vous en prie, n'en faites rien !

— Pourquoi pas ? Je veux vous épouser, c'est ce que je vous ai dit quand nous sommes arrivés ici. Seigneur, Claire ! Je vous croyais expérimentée, mais vous ne l'étiez pas, se lamenta-t-il en regardant sa tunique. J'ai pris votre virginité et je serais déshonoré si je ne parlais pas à votre père. Je dois demander votre main.

Il s'assit sur ses talons et l'observa avec attention, guettant le moindre changement dans son expression. Que cherchait-il ? A vrai dire, il n'en savait rien. Claire était une femme surprenante et hors du commun. Mais il ne s'attendait certainement pas à ce qu'elle retire sa main comme si elle s'était soudain brûlée.

— Non ! s'exclama-t-elle, les sourcils froncés.

— Non ?

Sa véhémence était humiliante. Si elle avait été élevée comme une noble, sa réponse aurait été compréhensible, mais on ne lui avait pas appris à mépriser le peuple. Elle avait vécu dans un pays étranger. Dieu seul savait quelle y avait été sa vie… Quoi qu'il en soit, elle n'avait pas grandi dans le luxe, c'était l'évidence même. Comme lui, elle était une enfant illégitime. Et, bon sang ! ce n'était pas comme s'il était simple paysan. Il avait tout de même réussi à s'élever pour devenir chevalier !

Il était un chevalier, se répéta-t-il. Il était peut-être un enfant illégitime, mais il était son égal.

— Quoi qu'il se passe à Fontaine, je ne veux pas que vous parliez au comte Myrrdin.

Il serra les dents.

— Je suis désolé que cela vous déplaise, Claire, mais je lui parlerai. Je vous ai déshonorée et…

Un éclat de rire strident l'interrompit.

— Vous m'avez déshonorée ? C'est ridicule ! Vous m'avez fait un grand honneur, plutôt. Je vous voulais, Arthus. Comme vous me vouliez.

— Ce n'est pas si simple…

Elle soupira et sa poitrine se souleva. Il se força à la regarder dans les yeux.

— C'est exactement ce que je craignais. Vous vous sentez contraint, déclara-t-elle, les lèvres pincées. Ce n'est pas la peine de parler au comte Myrrdin. De toute façon, moi, je n'accepterai jamais votre demande en mariage.

— Jamais ?

Il se leva d'un bond. Jamais il ne s'était senti aussi perdu de sa vie.

— Je vous plais.

Ce n'était pas une question, mais ce n'était pas de l'arrogance non plus. Il savait qu'il plaisait à Claire. Pour tout dire, il espérait qu'elle ressentait pour lui quelque chose de plus profond qu'une simple attirance. C'était son cas, même s'il n'aurait su mettre un nom sur ce qu'il éprouvait réellement pour elle. Il s'était déjà posé la question mille fois.

Confus, il l'observa. Ses yeux, ses cheveux, sa bouche…

Ils se querellaient et, pourtant, il avait toujours envie

d'elle. Il voulait lui refaire l'amour et il voulait l'épouser. Et il ne voulait surtout pas qu'elle en épouse un autre.

— Vous ne vous êtes jamais unie à Geoffroy, vous m'avez offert votre virginité. Cela doit bien compter pour quelque chose !

— Bien sûr que cela compte, Arthus. Bien sûr que vous me plaisez, dit-elle en lui faisant les yeux doux.

— Pourquoi ne pas m'épouser, alors ? Si vous vous y refusez, il y a de fortes chances pour que le comte Myrrdin vous trouve un autre mari qui ne vous plaira pas forcément.

— Comme nous ignorons ce que le comte Myrrdin dira quand il me verra, cette conversation n'a pas lieu d'être. Et je me permets d'ajouter que je trouve l'idée du mariage odieuse.

Ce fut comme si elle venait de le frapper en pleine face.

— Odieuse ?

Elle détacha son regard de lui pour regarder la fenêtre.

— Le mariage est une forme d'esclavage.

— D'esclavage ?

Il allait lui demander de s'expliquer, mais il s'interrompit en voyant comment elle se tordait les mains. Elle serrait ses doigts si fort que ses jointures étaient toutes blanches. « Une forme d'esclavage », avait-elle dit. Il plissa les yeux et revint s'agenouiller auprès d'elle. Il posa les mains sur les siennes. Quand elle consentit à le regarder de nouveau, il sourit.

— Peu importe. Claire. Je ne veux pas que nous nous querellions.

Elle lui rendit son sourire, mais il lui sembla qu'il était teinté de tristesse.

— Moi non plus. Je vous en prie, Arthus, ne vous sentez obligé de rien. Je ne veux surtout pas que vous ressentiez la moindre contrainte.

— C'est promis.

Souriant de nouveau, il se pencha pour l'embrasser. L'enthousiasme de sa réponse, sa façon d'agripper ses épaules et de l'embrasser à son tour, la manière dont sa langue se mêla à la sienne l'aidèrent à y voir un peu plus clair. Malheureusement, alors que le parfum de la lavande enivrait ses sens et que la couverture glissait de sa poitrine, il lui devint très difficile de se souvenir de ce qu'il était sur le point de dire.

Il recula et la regarda, stupéfait. Qu'avait donc cette fille de si particulier ? Un seul baiser, et il était fait. Gabrielle, pourtant experte, ne possédait pas la moitié de son pouvoir. Il s'éclaircit la voix.

— Je préfère vous prévenir, Claire. Je vais passer le reste du voyage à essayer de vous convaincre de changer d'avis.

Elle rit, avec une vraie légèreté cette fois.

— J'aimerais bien voir cela. Mais je préfère vous prévenir à mon tour : je ne me laisserai pas convaincre. Le mariage n'est pas pour moi.

Il l'embrassa une dernière fois et, refusant de s'attarder sur ses lèvres pourtant exquises, s'obligea à se lever.

— En attendant, je vais aller voir comment se porte Yves ce matin.

— Je vous rejoins tout de suite.

Chapitre 9

Ils restèrent à l'abbaye quatre jours encore, et il neigea durant trois d'entre eux. Le ciel d'une couleur de plomb déversait de gros flocons qui tombaient en tourbillonnant dans le cloître du monastère. Dès que les moines avaient fini de le déneiger, le vent ramenait de nouveaux flocons. Le bassin à poissons gela.

Durant ces quatre jours, Yves se rétablit. Heureusement, ce n'était rien de plus grave qu'un mauvais rhume.

Comme la neige rendait les routes impraticables, Arthus et Claire disposaient du dortoir du logis pour eux seuls. Claire ne voulait surtout pas qu'ils se querellent. Elle voulait passer l'essentiel de son temps avec Arthus. Elle ne l'épouserait pas. Ni lui ni personne. Si quiconque essayait de l'y contraindre, elle s'enfuirait. Elle s'était déjà enfuie, elle pourrait très bien recommencer. Au pire, elle aurait toujours la possibilité de trouver refuge dans un couvent.

— Non, non, Yves, répondait Arthus chaque soir à son écuyer qui demandait s'il devait les rejoindre à l'étage. Tu dois dormir à l'endroit où il fait le plus chaud. C'est-à-dire près du feu.

Durant ces quatre nuits, il n'avait laissé aucun répit à Claire.

— Si les moines savaient ce que nous sommes en train de faire, ils seraient horrifiés, avait dit Claire le troisième jour, alors qu'elle et Arthus s'étaient retirés bien plus tôt que nécessaire. Il ne fait même pas encore nuit !

— Et nous ne sommes pas mariés, renchérit Arthus en ricanant légèrement.

Elle recula, les sourcils froncés.

— Arthus, je vous préviens… Le mariage est un sujet que vous ne devez pas aborder.

Même si cet homme lui plaisait énormément, elle ne pouvait oublier Veronica, sa maîtresse, battue presque tous les jours par sa brute de mari. Une femme était soumise à l'autorité de son époux. Elle ne serait plus jamais soumise. A personne.

— C'est ce que nous verrons, répondit-il en délaçant sa robe avec application avant de la lui ôter. Je réussirai à vous convaincre, j'en suis sûr.

Elle eut presque envie de dire oui quand elle lui retira sa tunique et posa les mains sur son magnifique torse. Elle embrassa les poils bouclés et doux qui le recouvraient et ne put résister au plaisir de frotter sa joue contre eux. Arthus gémit. Elle aimait son corps musclé, et son torse en particulier ; elle l'aimait presque jusqu'à l'idolâtrie. Ah ! ces épaules larges ! Ah ! le contraste entre la largeur de ces épaules et l'étroitesse de sa taille !

Durant leur quatrième nuit au monastère, elle en arriva à la conclusion qu'elle s'était trompée. Ce n'était pas son torse qu'elle préférait, mais ses fesses. Elle aimait faire glisser ses mains le long de leurs courbes pendant qu'ils faisaient l'amour. Elle admirait leur force alors qu'il allait et venait au-dessus d'elle, en elle. Elles aussi lui donnaient presque envie de changer d'avis…

Au cours de la cinquième nuit, elle fut séduite par ses yeux. La façon dont ils s'obscurcirent jusqu'à devenir presque noirs quand, pour voir sa réaction, elle se déroba à lui en riant et en faisant mine de ne pas vouloir se déshabiller. Elle adora l'intensité de son regard quand sa large main se tendit vers elle et l'attira jusqu'à lui. Elle adorait la façon dont son regard ne la quittait jamais, quoi qu'elle fasse, la façon dont ces cils épais s'abaissaient quand elle le touchait.

— Arthus, murmura-t-elle. Arthus…

— Ma mie.

La seule chose qu'elle n'aimait pas était la manière brusque avec laquelle il s'arrachait à elle au moment de prendre son plaisir. Elle essayait de ne pas y penser, mais c'était impossible. En observant son visage pendant qu'il se retirait, elle voyait bien que c'était une souffrance pour lui.

Comme il l'avait promis, il prenait garde à ne pas lui faire d'enfant. Ni l'un ni l'autre n'avait envie d'en avoir. Pourtant, chaque fois qu'il se retirait, Claire flanchait et la culpabilité la dévorait. Il était évident qu'il n'aimait pas devoir la quitter de cette façon. Il lui donnait plus de plaisir qu'il n'en prenait.

Et ce n'était pas juste.

Le matin du deuxième jour consécutif sans gel ni neige, Yves, assurant qu'il se sentait guéri, insista pour qu'ils reprennent la route.

Ils firent halte dans des auberges, des manoirs et des châteaux, mais il ne fut pas possible de retrouver cette délicieuse intimité que Claire avait connue avec Arthus au monastère. Elle regrettait leur départ de l'abbaye bien plus qu'elle ne l'aurait imaginé. Alors que leur voyage progressait, un poids semblait vouloir prendre la place de son cœur. Et il se faisait tous les jours un peu plus lourd.

Arthus gardait ses distances et c'était assez difficile à vivre ; elle en était malheureuse. Elle ne pouvait s'empêcher de lui jeter de petits coups d'œil pendant qu'ils chevauchaient. Il lui rendait rarement ses regards et, alors même qu'elle savait qu'il le faisait par délicatesse, pour protéger sa réputation, cela lui déchirait le cœur. On aurait dit que depuis leur départ de Saint-Pierre, il avait oublié l'avoir jamais désirée. A son attitude, personne ne pouvait deviner qu'ils avaient été amants. Yves, qui avait tout loisir de les observer de près, le soupçonnait-il ? Elle n'en avait aucune idée.

Arthus semblait ne pas éprouver de difficultés particulières à la tenir à distance. Il était devenu évident que son désir pour elle avait disparu en même temps que la neige.

Il se montrait poli.

— Ma demoiselle, êtes-vous capable de pousser un peu plus loin ? demandait-il de temps en temps.

— Je pense.

Son formalisme lui déchirait le cœur.

— Ma demoiselle, avez-vous assez chaud ? s'enquérait-il.

— Oui, je vous remercie.

Quand ils arrivèrent enfin en Bretagne, la route s'enfonça dans une vaste forêt. Les silhouettes sinistres des arbres sans feuilles se découpaient sur le ciel gris et, dans le sous-bois, des rouges-gorges et des merles cherchaient leur pitance parmi les feuilles mortes. A un moment, un hurlement lugubre, dans le lointain, lui donna la chair de poule.

— Est-ce un loup ? demanda-t-elle, les yeux écarquillés.

Arthus acquiesça, sans quitter la route des yeux.

— Ne craignez rien, les loups ne nous approcheront pas de jour. Et quand il commencera à faire sombre, nous nous serons déjà arrêtés pour la nuit. Ma demoiselle, demain matin, nous arriverons sur les terres du comte Myrrdin. Vous allez être heureuse d'apprendre que demain donc, avant la tombée de la nuit, vous serez arrivée au château de Fontaine.

Claire contempla le profil d'Arthus, en frottant son cou d'un geste machinal. Il lui parlait avec une telle froideur ! Avait-elle imaginé la chaleur de son regard ? Il n'y en avait plus trace, désormais. D'ailleurs, il ne la regardait même plus… Avait-elle imaginé ses lèvres esquissant un sourire quand elle s'était mise à danser dans le dortoir ? C'était comme si les moments qu'ils avaient passés ensemble appartenaient à un rêve qu'elle aurait fait.

Ses yeux se mirent à piquer. Il avait satisfait ses envies et était déjà en train de l'oublier. Tout ce discours sur le mariage faisait sans doute partie d'une tactique de séduction. Fallait-il qu'elle soit stupide pour avoir cru qu'il tenait à elle !

Elle cligna des yeux, se raidit, et se dit qu'elle devrait

s'estimer heureuse. Si Arthus voulait oublier leur liaison, cela lui allait très bien. De toute façon, elle avait toujours détesté l'idée du mariage. Elle suivit le regard d'Arthus, et sourit tristement à l'horizon.

Que ce grand chevalier puisse avoir envie d'elle l'avait flattée. Elle avait été flattée aussi qu'il ait eu l'intention demander sa main, même si elle avait juré que jamais elle ne se marierait.

Elle était doublement idiote. Un chevalier dont elle avait refusé la demande en mariage ne s'intéressait plus à elle, la belle affaire ! En vérité, elle devrait s'en réjouir. Si Arthus ne la désirait plus, il ne demanderait pas sa main à son père. Ainsi, elle n'aurait à subir aucune révélation embarrassante à Fontaine.

Bien. Très bien.

Une fois qu'elle aurait rencontré le comte Myrrdin, elle se sentirait mieux. Elle pouvait difficilement se sentir plus mal qu'en ce moment.

Arthus avait hâte d'arriver à Fontaine. Claire avait refusé sa proposition, allant même jusqu'à lui interdire de mentionner le mot « mariage ». De sombres pensées tournaient et retournaient dans sa tête jusqu'à lui donner le vertige. Il l'observa discrètement. Celle qui chevauchait à côté de lui était la plus expansive et affectueuse des femmes, et elle refusait de parler mariage.

Pourquoi ? Parce qu'il ne possédait pas de terre ? Espérait-elle que le comte Myrrdin lui trouve un gentilhomme, quelqu'un qui effacerait la honte de sa naissance illégitime ?

Il jura tout bas. Ce qu'ils avaient vécu ensemble était si rare ! Avant lui, elle était innocente. Donc, elle ne pouvait pas le savoir. Jamais personne ne lui avait procuré de sensations aussi parfaites. La chaleur de sa bouche, la façon dont ses muscles se contractaient autour de lui, le parfum qu'elle dégageait quand elle avait envie de lui… Stupide et ignorante femme !

Mon Dieu ! Quand il avait quitté Troyes, il savait que ce voyage serait une épreuve, mais il songeait alors à l'état des routes. Il ne s'était pas douté que cette femme-elfe le mettrait à ce point à l'épreuve. Quoi qu'il en soit, elle changerait d'avis sur la question du mariage. Elle n'avait pas le choix.

En arrivant à Fontaine, il parlerait au comte Myrrdin. D'ici là, il la traiterait avec le plus grand respect. Garder ses distances avec elle était tout le contraire de ce qu'il souhaitait, mais il devait le faire. Il ne fallait pas l'on puisse deviner ce qui s'était passé entre eux.

Cela le tuait à petit feu, pourtant. Ne pas pouvoir prendre sa main, ne pas pouvoir lui sourire… Mais le pire était de ne pas savoir si elle allait de nouveau le repousser. Cette incertitude était insupportable.

Pourquoi ne voulait-elle pas de lui ? se demandait-il sans cesse. Pourquoi ?

La route grimpait et Claire frissonna lorsque la forêt de Brocéliande se referma sur eux. Des chênes noueux et tordus veillaient, telles des sentinelles, sur la forêt endormie. La mousse avait envahi les troncs fendus. Des lianes mortes pendaient aux branches nues et s'entremêlaient comme des filets. Au printemps, quand le bois donnerait naissance à une explosion de vert, les silhouettes squelettiques des arbres et des branches seraient adoucies. Cette forêt n'était pas sans beauté en hiver, mais c'était une beauté âpre et dépouillée.

Au bout d'un moment, la route cessa de grimper et Claire eut une vue plongeante sur une immense étendue boisée. Il y avait des hêtres, des bouleaux et des taillis de noisetiers. Autant de buissons sacrés. Le sol était couvert de feuilles mortes, rousses, ocre, dorées… Ils poursuivirent leur route.

Des ruisseaux apparaissaient et disparaissaient çà et là au détour du chemin. Les eaux qui couraient entre leurs berges jouaient une délicieuse musique. Ici, des eaux blanches gelées semblaient prisonnières de leur bassin de roche. Là, un bosquet donnait l'impression d'avoir été abandonné depuis la nuit des temps. Mis à part le glouglou des ruisseaux, la forêt baignait dans un silence absolu. Le tapis de feuilles mortes assourdissait le bruit des sabots des chevaux, et les oiseaux se taisaient. Si l'on avait dit à Claire que la forêt de Brocéliande avait été victime d'un enchantement, elle aurait été tentée de le croire.

Ils atteignirent le sommet d'une autre colline, et Fontaine apparut soudain devant eux.

Claire aperçut entre des branches noueuses une tour grise crénelée. Solide. Imprenable. Comme la forêt, elle semblait là depuis la nuit des temps.

— Est-là le château de Fontaine ? demanda-t-elle en se penchant.

Arthus approcha et acquiesça en silence. Sans la regarder.

Quand elle se pencha sur sa selle, elle aperçut une autre tour, et une autre encore. Trois tours en tout, des murailles crénelées, plus des constructions éparses qu'elle ne réussit pas à identifier clairement.

Un frisson lui parcourut le dos. C'était Fontaine.

— Arthus ? dit-elle en implorant le ciel qu'il la regarde. Arthus ?

Enfin, ses yeux sombres rencontrèrent son regard.

— Le comte Myrrdin est peut-être absent, reprit-elle en jouant nerveusement avec ses rênes.

Arthus lui avait dit que Fontaine n'était pas la seule possession du comte et qu'il pouvait résider dans un autre de ses manoirs. Il lui avait également expliqué que la jeune duchesse de Bretagne avait besoin d'être conseillée. Le comte était peut-être allé rendre visite à la duchesse Constance…

— Le seigneur de Fontaine sera là, ne craignez rien. Je crois avoir mentionné qu'il ne quittait plus guère son château, ces derniers temps.

« Je crois avoir mentionné… » Le ton d'Arthus était formel et glacial. Elle eut presque peur qu'il la corrige pour avoir oublié ce qu'il lui avait dit.

Elle serra les dents, s'assura que son voile était bien en place — mieux valait ne pas donner une mauvaise impression au comte Myrrdin en apparaissant dans une tenue négligée — et talonna Foudre pour qu'elle se mette à trotter. Elle ne regarda plus dans la direction d'Arthus ; elle n'avait besoin de l'aide de personne. Elle n'en avait jamais eu besoin.

Son estomac se noua. Elle allait rencontrer l'homme qu'Arthus pensait être son père. Il faisait plus que le penser, d'ailleurs : affirmait en avoir la certitude. Elle n'attendait cependant pas grand-chose de cette rencontre. Plus que jamais, la méfiance était de mise. Les hommes qu'elle avait croisés dans sa vie avaient été des tyrans, comme Sandro et son père. Geoffroy, bien sûr, avait été bon pour elle, mais lui aussi avait eu ses faiblesses. Quant à Arthus, qui lui avait pourtant dit qu'elle pouvait compter sur lui comme ami, il l'avait déçue.

Il avait fait mine de lui témoigner de l'amitié pour pouvoir parvenir à ses fins avec elle ; il n'y avait aucune autre explication possible. Cela dit, elle ne regrettait pas — et ne regretterait jamais — ce qu'ils avaient fait ensemble. Ce qu'elle déplorait, c'était la perte de son amitié, et le fait qu'il l'ait manipulée en jouant avec ses sentiments.

Les arbres devenaient plus rares alors qu'ils approchaient des murailles du château, et elle pouvait à présent distinguer le pavillon d'entrée.

S'efforçant de surmonter son appréhension, elle se redressa et se dirigea vers le pont-levis.

Claire trottait fièrement vers l'entrée du château, son voile bleu flottant derrière elle comme le pennon d'un chevalier.

Arthus savait qu'elle était nerveuse et il aurait aimé l'aider, mais ce n'était pas sa place. Ce serait mieux à la fois pour Claire et pour le comte Myrrdin s'il se contentait de les présenter l'un à l'autre et restait en retrait. Il fallait leur laisser la possibilité d'apprendre à se connaître. Lorsque ce serait chose faite, et quelle que soit l'issue de cette prise de contact, il demanderait sa main.

Il avait bien entendu pleinement conscience que la confiance entre Claire et le seigneur de Fontaine ne s'établirait pas en un jour. Ce qui signifiait qu'il ne reprendrait pas la route pour Troyes avant au moins une semaine. C'était étrange… Quand il avait accepté d'escorter Claire, sa seule préoccupation avait été son retour, qu'il espérait alors le plus rapide possible. Il avait perdu beaucoup de son empressement, désormais. Il n'aurait rien à gagner à se déclarer trop tôt. Le comte Myrrdin pourrait se méfier de lui, soupçonner Claire d'être une usurpatrice de mèche avec lui.

Non, même si cela semblait compliqué — les regards sombres qu'elle lui avait adressés depuis leur départ du monastère ne lui avaient pas échappé —, Claire devait établir un lien avec le comte Myrrdin avant qu'il ne demande sa main.

Mais après cela…

En regardant Claire entrer dans la cour, il fronça les sourcils. Elle n'avait pas un caractère facile ; il n'était pas certain qu'elle accepterait sa demande en mariage même s'il avait la bénédiction du comte Myrrdin. En vérité, il avait vécu son rejet comme une humiliation. Elle le déconcertait. Pourtant, l'épouser lui vaudrait mieux que d'épouser un parfait inconnu. Non ? Ils se trouvaient sur un pied d'égalité, et ils éprouvaient de l'affection l'un pour l'autre…

Il lui laisserait le temps, le temps de devenir plus réceptive à sa proposition. Avec de la chance, elle accepterait de rentrer à Troyes avec lui en étant son épouse. Elle avait des amies qui l'attendaient en Champagne.

Il songea à Raphaël de Reims, qui l'avait remplacé au poste de capitaine de la garde du comte Henri et grimaça. Même s'il n'avait pas une envie folle de rentrer, il ferait mieux de ne pas s'attarder en Bretagne. Mieux valait ne pas laisser Raphaël s'installer trop à son aise.

Claire se comportait comme s'il l'avait déçue. Voilà qui promettait ! Si elle était déçue par la réserve qu'il affichait, cela devait signifier qu'elle éprouvait des sentiments pour lui. Quant à lui, pas de doute, il en éprouvait pour elle. Il n'oublierait jamais ces nuits passées au monastère. Arthus sourit en la voyant descendre de cheval et tendre les rênes à un serviteur âgé. Dans cette attitude, elle avait tout d'une grande dame. Elle apprenait vite. En tout.

Quoi qu'il se passe à Fontaine, cela lui serait bénéfique.

Les joues du serviteur étaient aussi profondément craquelées que l'écorce des chênes qu'ils avaient vus dans la forêt. Claire vit sa mâchoire tomber lorsqu'il remarqua ses yeux. Quand elle se tourna pour monter les quelques marches menant à une porte de bois cloutée, le serviteur emmena Foudre. Dans son dos, elle entendit des voix.

— André, tu ne croiras jamais ce que je viens de voir ! Une femme est arrivée, elle a les yeux du comte Myrrdin ! Et ses cheveux… Ses cheveux…

Elle ne comprit pas le reste. Le cœur battant, elle se laissa guider jusqu'à la grande salle du château et entendit vaguement Arthus demander une entrevue avec le comte Myrrdin. On lui ôta sa cape et on la conduisit dans une pièce secondaire où de l'eau fut versée dans une bassine.

— Pour vous rafraîchir, ma dame, dit la fille qui s'était occupée d'elle, en jetant de petits regards à la dérobée à ses yeux. Avant de rencontrer le comte Myrrdin.

— Je vous remercie.

Quand elle revint dans la grande salle, plusieurs femmes — que, à la simplicité de leur robe, elle identifia comme des servantes — apparurent, comme surgies de nulle part. Elles semblaient toutes avoir une bonne raison pour s'approcher d'elle. Et toutes regardaient ses yeux et ses cheveux.

Quel était le problème, avec ses cheveux ?

Alors qu'elle luttait contre l'envie de réajuster son voile, on la fit asseoir près de l'estrade. Les ongles enfoncés dans les paumes, elle baissa les yeux et se concentra sur les bruits qui l'entouraient. Elle entendit vaguement Arthus parler avec un homme qui semblait être l'un des chevaliers du comte.

Puis ils quittèrent la pièce. Une porte claqua.

Des bruits de respiration s'approchèrent. Elle osa lever les yeux. Deux soldats avaient rejoint les servantes, et tout le monde la regardait. Elle contracta les épaules.

Ce n'était pas sa faute si elle était une bâtarde, se dit-elle. Ce n'était pas elle qui avait péché.

La porte par laquelle Arthus était sorti s'ouvrit. Une jeune femme apparut et avança lentement vers elle. Ce devait être quelqu'un d'important, car elle était richement vêtue de pourpre, et son voile était maintenu en place par un cercle en argent ciselé imitant un cordage. Les servantes esquissèrent une révérence lorsqu'elle passa devant elles.

La voix d'Arthus, profonde et familière, filtra par la porte entrouverte.

— Mon seigneur, l'affaire est délicate et j'ai le sentiment qu'un entretien privé conviendrait mieux. Mon seigneur…

— Assez ! Il ne peut s'agir de ma fille.

L'estomac de Claire se contracta. Le seigneur de Fontaine !

— Comte Myrrdin, insista Arthus. Si vous acceptiez de la voir, juste un instant…

— Messire, vous m'insultez. Je n'ai pas d'enfant illégitime.

Claire se concentra pour entendre la suite, mais la femme à la robe pourpre s'était arrêtée juste devant elle, les sourcils froncés. Elle avait les yeux gris et des cheveux noirs comme la nuit.

— Comment vous appelez-vous ? demanda-t-elle.

Claire se leva, la gorge serrée.

— Claire.

— Claire.

La voix de la femme était douce et musicale comme le tintement d'une clochette.

— Je suis la comtesse Fanny.

— Ma dame, c'est un honneur de vous rencontrer, répondit Claire en s'inclinant.

Les pensées s'entrechoquaient dans sa tête. Il s'agissait

de sa demi-sœur, la comtesse des Iles, et son expression contrariée n'augurait rien de bon. Allait-elle la prendre en aversion ? Craignait-elle l'apparition de cette demi-sœur illégitime ? L'appréhension de Claire grandit alors que la comtesse la dévisageait, les lèvres pincées.

— Ma dame ? osa demander Claire.

— Vos cheveux sont roux, déclara la comtesse.

Qu'avaient-ils tous avec ses cheveux ? Elle s'était habituée à ce que tout le monde remarque ses yeux, pas ses cheveux !

Elle haussa les épaules et regarda en direction de la porte. Bien sûr, ce ne serait pas agréable si la comtesse Fanny la détestait, mais le plus important était la réaction du comte Myrrdin.

Si elle n'était pas la bienvenue, elle ne resterait pas, se promit-elle.

Elle commençait à penser qu'Arthus s'était trompé. Aux bribes de conversation qu'elle entendit, elle comprit que l'hypothèse d'Arthus avait grandement outragé le seigneur de Fontaine. Il était naturel que le comte soit en colère. Si elle n'était pas sa fille, il avait de quoi se sentir offensé ; et si elle l'était… Si elle l'était, peu d'hommes aimaient que l'on exhibe devant eux la preuve de leurs péchés.

La porte s'ouvrit brusquement en grand et, avec fracas, alla heurter le mur. Un homme entra. C'était le comte Myrrdin. Grand et maigre, il portait une longue tunique crème, resserrée à la taille par une large ceinture. Une bande d'entrelacs verts avait été appliquée le long de l'encolure. A la façon dont il flottait dans sa tunique, on pouvait deviner que, naguère, il avait été plus robuste. Il avait des cheveux blancs et hirsutes, et une longue barbe qui descendait jusqu'à son buste.

La bouche sèche, Claire s'inclina dans une profonde révérence. Lorsqu'elle se releva, elle tomba en arrêt devant ce regard qui était exactement le même que le sien.

— Un œil gris et l'autre vert…, murmura-t-elle.

Curieusement, le comte ne regardait pas ses yeux. Comme sa fille, la comtesse Fanny, il contemplait ses cheveux. Une main noueuse se tendit — il tremblait — et écarta son voile. Il saisit une mèche cuivrée et la froissa entre ses doigts. Puis il la porta à ses narines, alors que Claire se trouvait dans un état de tension extrême.

Il devint aussi blanc que ses cheveux et déglutit avec peine.

— Mon Dieu ! souffla-t-il. Mon Dieu…

La main posée sur le cœur, il se laissa tomber sur un banc.

Les yeux de la comtesse Fanny s'emplirent de larmes. Elle recula, chancelante, saisit ses jupes et s'enfuit en courant.

— Mon seigneur ? fit Arthus en avançant. Vous sentez-vous bien ? Avez-vous besoin d'aide ?

Les yeux du comte la sondèrent.

— Votre nom, jeune fille ?

— Mon seigneur…

En se mordant la lèvre, Claire désigna la porte par laquelle était sortie la comtesse des Iles.

— Votre fille semble bouleversée.

— Je m'occuperai de Fanny plus tard. Je suppose que vous avez un nom.

— Je m'appelle Claire, mon seigneur.

Le regard vairon s'aiguisa.

— C'est là votre nom de baptême ?

— Je… Je ne sais pas si j'ai été baptisée, messire. Claire est le prénom que j'ai choisi.

Un sourcil blanc se leva.

— Vous avez vous-même choisi votre prénom ?

— Oui, mon seigneur. Il… Il me plaisait.

Elle s'interrompit. Impossible d'en dire davantage sans révéler qu'elle avait choisi elle-même ce prénom quand elle s'était enfuie des Pouilles.

— Vous l'avez choisi car il vous plaisait…

— Oui, mon seigneur.

Les joues du comte Myrrdin retrouvèrent un peu de couleur. En hochant la tête, il regarda dans la direction d'Arthus et se leva.

— Sire Arthus, je m'excuse de ne pas vous avoir cru. Vous m'aviez averti qu'il s'agissait d'une affaire délicate.

En vérité, vous avez sous-estimé la gravité de la chose. Suivez-moi dans ma salle de travail, tous les deux.

Le comte Myrrdin les y précéda et alla s'installer le dos au feu. Il fit signe à Arthus.

— Messire, voulez-vous bien fermer la porte, je vous prie ?

Arthus obéit.

La pièce était vaste. L'espace devant la fenêtre, dont la partie la plus haute était en verre coloré, était garni de nombreux coussins. Quand le soleil donnait, des taches vertes et dorées se projetaient sur le sol usé par les allées et venues. Il y avait une table en bois, deux bancs, une étagère... Claire n'eut pas le temps d'en voir plus.

— Je n'ai pas d'enfant illégitime, dit tout à coup le comte.

Arthus fit un pas de côté.

— Peu d'hommes peuvent en être certains, mon seigneur.

— Je le suis. J'ai été fidèle à Mathilde.

Penchant la tête sur le côté, il dévisagea Claire avec une intensité telle qu'elle se sentit comme écorchée vive.

— Je m'entretiendrai avec vous dans un moment, très chère. D'abord, j'ai des questions à poser à sire Arthus. Où avez-vous trouvé cette jeune fille ?

— A Troyes, mon seigneur. Je l'ai vue lors d'un tournoi et j'ai été tout de suite frappé par ses yeux et par leur ressemblance avec les vôtres.

— Je ne savais pas que nous avions déjà été présentés, messire.

— Nous ne l'avons pas été. Vous êtes venu à Troyes quand j'étais enfant. Je vous ai vu parler avec le comte Henri, et j'ai remarqué vos yeux, mon seigneur. Tout le monde parlait d'eux.

Le comte Myrrdin leva un sourcil en direction de Claire.

— Ce sont les inconnus qui les regardent avec le plus d'insistance, ne trouvez-vous pas ?

La question, et la voix douce avec laquelle elle avait été posée, donnèrent à Claire l'impression qu'une barrière avait cédé en elle. Elle déglutit.

— Oui, mon seigneur, c'est vrai.

— Papa, vous pouvez m'appeler papa.

En entendant cela, Arthus sentit sa gorge se serrer. C'était donc terminé. Il avait rempli sa mission. La partie officielle, en tout cas. Le comte Myrrdin était de toute évidence disposé à accepter Claire comme sa fille.

— Venez ici, ma chère.

Le comte Myrrdin mena Claire près de la cheminée. Quand pour la deuxième fois il porta une mèche de cheveux roux à ses narines, Arthus frémit.

Que se passait-il ?

— Pardonnez-moi, ma chère…

La voix du comte se brisa. Il se détourna, les poings serrés. Quand il lui fit de nouveau face, ses yeux brillaient. Il lui souleva doucement le menton et lentement, attentivement, étudia ses traits.

— Ma fille…, murmura-t-il après s'être éclairci la voix. Vous voilà enfin.

« Enfin » ? Pourquoi avait-il dit « enfin » ?

Il lui passa les bras autour des épaules et sourit.

— Ma fille, répéta-t-il en la serrant dans ses bras. Je vous ai cherchée, encore et encore, mais je ne vous ai jamais retrouvée !

Le comte garda ses bras autour d'elle sans la quitter des yeux un instant. Il continuait à toucher ses cheveux en secouant la tête.

— Vous êtes son portrait exact.

Arthus frémit de plus belle. Quelque chose lui échappait. Le comte Myrrdin vieillissait, peut-être avait-il du mal à se souvenir de ses péchés de jeunesse. Quoi qu'il en soit, c'était un soulagement de constater que Claire avait trouvé sa place.

Il chercha son regard.

— Je vous l'avais dit, murmura-t-il. Je vous avais dit que cela ne faisait aucun doute. Vous êtes bien sa fille illégitime. Vous êtes en sécurité, désormais.

Le comte fronça ses sourcils broussailleux. Malgré son âge avancé, il entendait parfaitement bien.

— Ma fille illégitime ? Vous vous trompez, messire.

Claire est le portrait même de ma Mathilde. Elle est ma fille. Ma fille légitime.

Arthus se figea.

— Claire est le portrait de la comtesse Mathilde ? demanda-t-il d'une voix que lui-même ne reconnut pas.

— Que vous arrive-t-il, messire ? Je vous ai dit que je n'ai jamais été infidèle à Mathilde.

Claire resta bouche bée.

— Mes cheveux…, murmura-t-elle en enroulant une mèche autour de son doigt. Dans la grande salle, les gens regardaient autant mes cheveux que mes yeux. Je dois avoir les cheveux de ma mère.

— En effet. Et vous avez aussi hérité de ses traits délicats.

Brièvement, le comte détacha son regard de la fille qu'il venait de retrouver.

— Sire Arthus, vous ne pouviez pas savoir, mais si vous aviez vu ma Mathilde, vous n'auriez aucun doute.

Son regard se brouilla comme s'il revoyait des images de sa jeunesse et son expression s'adoucit. Puis, très vite, il se remit à dévisager Claire avec émotion.

Arthus avait l'impression d'avoir reçu un énorme coup en plein visage. Il se sentait comme assommé.

Claire était une enfant légitime, songea-t-il, consterné. Il avait pris sa virginité et elle était l'héritière d'un comté ! Si seulement il avait su… Si elle avait été présentée au comte Henri, celui-ci aurait peut-être compris. Hélas ! elle avait quitté Troyes sans qu'il la voie.

Sa gorge était serrée. Il déglutit.

— Mon seigneur, la comtesse Mathilde et le comte Henri se connaissaient-ils ?

— Ils se sont rencontrés à Paris, peu après notre mariage. Pourquoi ?

Arthus regarda Claire d'un air penaud.

— Je suis désolé que vous n'ayez pas eu l'occasion de

rencontrer le comte Henri, ma dame. Il vous aurait tout de suite reconnue.

— « Ma dame », répéta Claire, abasourdie, avant de saisir la manche de son père. Mon seigneur…

— Papa, l'interrompit le comte Myrrdin avec un geste impatient. Je suis votre père, et c'est ainsi que vous devez vous adresser à moi.

— Papa, comment pouvez-vous être sûr de ce que vous avancez ? demanda Claire d'une voix aussi faible qu'un murmure. Je ne sais même pas quand je suis née.

— Peu importe. Je sais exactement quel âge vous avez. Mathilde n'a eu qu'un enfant. Vous avez dix-huit ans.

Claire étouffa un petit cri, avant d'inspirer profondément.

— Je suis une enfant légitime…

— Oui, ma très chère, vous l'êtes, acquiesça le comte en lui caressant la joue. Sire Arthus, je suis d'accord avec vous : Claire a mes yeux, mais ses traits sont ceux de Mathilde. Ce sont ses cheveux, aussi, et sa silhouette. Tout, sauf ses yeux, appartient à Mathilde, ajouta-t-il en se redressant. Claire est le portrait même de sa mère. C'est un peu comme si Mathilde était revenue à la vie.

Visiblement ému, il la serra de nouveau dans ses bras.

— Bienvenue chez vous, ma très chère. Bienvenue à Fontaine.

Malgré sa stupeur, Arthus comprenait désormais pourquoi tant de gens la regardaient quand elle avait traversé la cour du château. Ils étaient trop loin pour remarquer ses yeux, et c'était donc sa ressemblance avec la comtesse Mathilde qui les avait frappés. Même s'il était heureux pour Claire à qui la bonne fortune venait de sourire, il regrettait qu'elle soit l'héritière de Fontaine. Cette pensée, dont il avait honte, ne le quittait pas.

— Comment est-ce possible, mon seigneur ? demanda-t-il. Comment peut-on *perdre* sa fille ?

— Cela, sire Arthus, est une question brûlante. Je vais essayer d'y répondre aussi vite que possible.

Avant de poursuivre, le comte se tourna vers Claire.

— Souhaitez-vous que l'on continue à vous appeler Claire, très chère ?

Claire avala sa salive.

— Oui, mon seigneur.

— Très bien. A partir de maintenant, vous serez connue sous le nom de dame Claire de Fontaine, même si vous avez été baptisée Fanny peu après votre naissance.

Les lèvres légèrement entrouvertes, les yeux brillants, Claire écoutait son père. Elle buvait ses paroles. Ses sourcils n'étaient pas froncés et son expression était pleine d'espoir, sans la moindre trace d'étonnement.

Elle changeait déjà ; elle lui avait déjà échappé, déplora Arthus. Retrouver son père avait été une chose, mais elle était aussi en train de découvrir qu'elle n'était pas née hors mariage et que ses parents s'étaient profondément aimés.

Mon Dieu ! C'était dame Claire de Fontaine qu'il était en train de regarder. Cela changeait tout.

Soudain, les yeux du comte s'emplirent de tristesse.

— J'ai honte de dire que je ne me souviens pas exactement de ce qui s'est passé après votre naissance. La seule chose que je me rappelle, c'est la mort de Mathilde.

Claire posa la main sur le bras de son père.

— Elle est morte en couches ?

Il répondit par un brusque hochement de tête.

— J'étais plongé dans un état d'intense torpeur, aveuglé par le chagrin. Quelqu'un a voulu m'en sortir en me présentant un bébé baptisé Fanny. Mathilde avait toujours aimé ce prénom, précisa le comte en posant la main sur celle de Claire. A l'époque, il ne m'est pas venu à l'esprit de mettre en doute le fait qu'il s'agissait bien de ma fille. Pourquoi l'aurais-je fait ? Je pleurais Mathilde. Il m'a fallu des semaines avant de regarder vraiment Fanny et des années avant de commencer à penser qu'elle n'était peut-être pas réellement ma fille.

— La comtesse Fanny ! s'exclama Claire, la main devant la bouche. Sainte Mère, pensez-vous qu'elle savait ?

Le comte secoua la tête.

— Non. Non. Quand Fanny m'a été présentée, elle n'était qu'un nourrisson, innocent comme l'agneau.

— Mon seigneur… Papa, je pense qu'elle a compris, à présent. Avez-vous vu la façon dont elle s'est enfuie tout à l'heure ?

— Non, je vous avouerais que je n'ai pas vraiment fait attention.

— Papa, je pensais que votre f… que la comtesse Fanny refusait de me reconnaître comme sa demi-sœur, mais je me trompais. En fait, elle est bouleversée. Quelqu'un devrait aller la trouver.

Elle fit un pas vers la porte, mais le comte la retint.

— Ne faisons rien dans la précipitation. Messire, ajouta-t-il en regardant Arthus, puis-je compter sur votre discrétion ?

— Bien sûr, mon seigneur. Mais, demanda Arthus en fronçant les sourcils, êtes-vous certain de l'innocence de la comtesse Fanny ?

— J'en suis certain. Je l'ai vue grandir. C'est quelqu'un de profondément bon. J'ai appris à l'aimer.

Il sourit à Claire, avant de poursuivre.

— Fanny n'est peut-être pas ma vraie fille — comprenez-moi bien, je vous en prie — mais il me paraît juste de dire qu'elle est devenue ma fille adoptive. Votre arrivée ici a bouleversé son univers. Elle a certaines attentes, et je ne voudrais causer chez elle ni détresse ni désarroi. Je ne la renierai pas, évidemment.

— Je comprends, dit Arthus.

— Et vous, ma chère, comprenez-vous ?

— Je comprends, papa.

Une larme perla au bout de ses cils et elle s'éclaircit la voix.

— Vous ne la reniez pas.

— Comment le pourrais-je ? Une enfant si gentille ! soupira le comte. Au fil des années, il m'est apparu de plus en plus clairement qu'elle ne pouvait être ma fille. Je ne retrouvais rien de Mathilde en elle. Ni de moi, d'ailleurs.

Il est difficile de se rendre compte de ces choses quand les enfants sont petits. Mais quand Fanny a grandi…

Il haussa les épaules.

— Quand j'ai été sûr de moi, il était trop tard, car je l'aimais. J'ai mené mon enquête au village — discrètement, car je ne voulais pas que Fanny l'apprenne. Mais si quelqu'un savait quelque chose, alors il s'est tu. Il n'y avait trace de vous nulle part, et tout ce que j'avais, c'était des doutes sans aucune preuve.

Claire est une enfant légitime.

Arthus serra les poings. Il ne pouvait demander sa main. Il ne pouvait prétendre à devenir l'époux de la fille légitime d'un comte. Elle serait promise à un mariage prestigieux, gage d'une alliance politique d'importance. Il n'avait plus qu'à disparaître de sa vie. Il entendit vaguement que le comte lui demandait quelle avait été son enfance, mais n'entendit pas tout de suite ce qu'elle répondit.

Dans un état de stupeur, il contemplait la bouche de Claire.

Jamais plus il ne l'embrasserait.

Chapitre 10

— Vous n'aviez pas de famille ?

Le comte semblait abasourdi par ce que venait de lui dire Claire.

— Claire, vous deviez bien avoir une famille ! Comment avez-vous survécu ?

Arthus brûlait de savoir ce qu'elle pouvait penser en ce moment. Ce que *dame* Claire pouvait penser… Seigneur ! S'il avait du mal à accepter qu'elle soit la fille légitime du comte Myrrdin, il n'osait imaginer ce qu'il pouvait en être pour elle. Elle devait se sentir totalement perdue. Il attendit sa réponse en retenant son souffle. Il avait essayé de la faire parler pendant des semaines, en vain. Peut-être le comte aurait-il davantage de succès.

— Mon sei… Papa, je suis désolée, mais je préférerais ne pas parler de cela.

— Vous craignez un châtiment ? dit le comte avec douceur. Il ne faut pas. Comme Fanny, vous êtes innocente.

— Papa, ne m'avez-vous pas dit que quand Fanny vous a été présentée elle n'était encore qu'un nourrisson ?

— C'est juste, répondit le comte qui plissa ses yeux vairon en esquissant un sourire. Croyez-moi, j'ai échafaudé des dizaines de théories au cours des années. Toutes sont plausibles, mais aucune n'a été prouvée jusqu'ici. L'échange a pu avoir lieu à n'importe quel moment au cours de vos premières semaines. Il y a dix-huit ans, le chagrin m'avait fait perdre la raison. Vous avez pu avoir été volée et la nourrice, craignant d'être punie, a pu trouver un autre enfant pour vous remplacer.

— Papa, qu'est devenue cette nourrice ?

Le comte retira sa main de celle de Claire le temps de se passer la main dans les cheveux.

— Elle est morte il y a plusieurs années, dit-il en soupirant. Nous ne saurons peut-être jamais la vérité. Ce qui m'importe, c'est que vous soyez de retour.

Arthus chercha le regard du comte.

— Mon seigneur, avec le temps, vous découvrirez peut-être pourquoi Claire a été enlevée. Bientôt, tout le monde au château va savoir que Claire — pardon, que *dame* Claire — est de retour. Si quelqu'un au village a menti ou s'est tu en espérant que ce secret ne serait jamais découvert, il comprendra vite que tout a changé. Vous apprendrez alors peut-être ce qui s'est passé.

Alors que deux paires d'yeux vairons le fixaient, Arthus poursuivit.

— Comte Myrrdin, j'aimerais mener ma propre enquête au sujet de dame Claire.

Il regretta ses mots au moment même où il les prononçait. Qu'était-il en train de faire ? Pourquoi prolonger son séjour à Fontaine ? Puisqu'il ne pouvait demander la main de Claire, il devait retourner le plus vite possible à la cour de Champagne et reprendre son poste. Sire Raphaël n'attendait que l'occasion de prendre sa place…

Heureusement, le comte Myrrdin fit non de la tête.

— Il n'y aura pas d'enquête. Pas avant que j'aie arrangé les choses de façon satisfaisante pour tous avec ma fille — avec mon autre fille, Fanny.

— Très bien, messire.

— A présent, ma chère, continua le comte en faisant asseoir Claire devant la fenêtre, je veux tout savoir de vous. Où avez-vous vécu ? Pourquoi avez-vous mis tant de temps à rentrer ?

L'air mal à l'aise, Claire s'agita sur son siège.

— Je… J'ai grandi dans les Pouilles, papa.

— Dans les Pouilles ? Que diable êtes-vous allée faire dans les Pouilles ?

Elle écarta les bras en signe d'ignorance et Arthus retint sa respiration. Voilà justement les questions auxquelles il aurait aimé qu'elle réponde, mais qu'elle avait toujours soigneusement évitées.

— Je n'ai aucun souvenir de la Bretagne, papa. J'ai eu l'impression de voir le duché pour la première fois quand je l'ai traversé avec Ar… avec sire Arthus.

Le comte Myrrdin plissa les yeux.

— Quel est votre plus vieux souvenir ? Que s'est-il passé dans les Pouilles ?

— Je…

Claire regarda ailleurs. Elle semblait tant souffrir que, bien que voulant connaître la réponse, Arthus se surprit à chercher un moyen pour détourner l'attention du comte. Claire fut toutefois plus rapide que lui.

— Papa, dites-moi… Que va-t-il advenir de la comtesse Fanny ?

— Fanny…, commença le comte en grimaçant puis en se passant la main sur la nuque. La situation est compliquée… Comme vous le savez sans doute, Fanny est mariée à Tristan le Beau, le comte des Iles. Ils pensent tous les deux qu'elle est mon héritière et, jusqu'à aujourd'hui, elle l'était. Il va falloir procéder en douceur et avec tact avec elle. Ainsi qu'avec le comte Tristan.

En soupirant, le comte prit Claire par les épaules et la regarda droit dans les yeux.

— Soyez tranquille, ma chère. Vous aurez tout ce qui vous revient de droit.

Claire lui rendit son regard.

— Rien en presse. Tout cela est si… soudain.

Arthus eut mal pour elle. Il pouvait lire dans ses pensées comme si elle les avait exprimées à haute voix. Elle craignait que son père change d'avis. Il n'était manifestement pas le seul à lire en elle, car le comte Myrrdin la regardait en souriant.

— Claire, mon sang coule dans vos veines ; vous êtes ma fille et mon héritière. Vous serez reconnue et vous retrouverez la place qui vous revient de droit. Mais nous devons procéder en douceur, je le répète. Je vais devoir réfléchir à ce qu'il y a de mieux à faire. Fanny recevra un dédommagement, bien entendu, mais elle et le comte Tristan ont certaines… attentes. Le comte des Iles est le régisseur de Fontaine depuis deux ans et, depuis, il se prépare pour le jour où il était censé prendre les rênes du domaine.

Claire se mordit la lèvre.

— Vais-je le rencontrer aujourd'hui ?

— Non, pas aujourd'hui. Il est en ce moment à Rennes, auprès de la duchesse.

Elle poussa un petit soupir.

— Papa, la comtesse Fanny avait vraiment l'air bouleversée quand elle s'est enfuie, tout à l'heure.

— J'irai lui parler plus tard. Elle ne peut pas être allée bien loin.

En observant Claire avec son père, Arthus comprit qu'il était temps pour lui de se retirer. Ils avaient besoin de temps pour apprendre à se connaître, et lui avait besoin de temps pour réfléchir. Claire était l'héritière d'un comté. Sa réapparition causait déjà des complications qui lui rappelèrent qu'il n'était plus envisageable de demander sa main. Fontaine était une possession très importante, et dame Claire de Fontaine était censée faire un mariage politique. L'homme qui l'épouserait aurait besoin de l'accord et de la bénédiction de la duchesse et de son premier conseiller, Roland de Dinan. Le roi d'Angleterre aurait également son mot à dire, puisque la Bretagne se trouvait sous sa juridiction. Il faudrait même en informer le roi de France…

Le comte Myrrdin ne permettrait jamais qu'un simple chevalier épouse sa fille. Dame Claire de Fontaine n'était pas à sa portée.

La pensée qui lui vint tout de suite après ne fit qu'aggraver son désarroi.

L'époux de Claire s'attendrait forcément à ce qu'elle soit vierge…

— Excusez-moi, mon seigneur, dit-il. Je vais vous laisser seuls pour que vous fassiez connaissance.

Il avait vraiment besoin de réfléchir.

Le reste de l'après-midi passa comme dans un rêve. Claire se sentait étourdie. La chance lui souriait de façon extraordinaire. Cela ne pourrait pas durer. Elle allait sans doute se réveiller d'un instant à l'autre, et son ancienne vie reprendrait son cours.

Mais non. En face d'elle se tenait son père. Elle n'avait jamais imaginé que ce type de père puisse exister. Pourtant, avec l'aide d'Arthus, elle l'avait trouvé. Le comte Myrrdin semblait aimant, bienveillant.

Cependant, elle remarqua vite que le comte était parfois un peu étrange. De temps en temps, il s'abstrayait dans le silence, et son regard se perdait dans le vague, comme s'il était absent. Ces surprenantes petites absences, elle s'y ferait. Elle se ferait à tout puisque, aujourd'hui, elle avait appris que contrairement à tout ce qu'elle avait toujours cru, sa naissance avait été désirée. Elle n'avait pas été abandonnée par des parents ne se souciant pas de son sort.

Je ne suis plus seule au monde, se répétait-elle sans cesse.

Malgré ses absences, son père semblait sincèrement préoccupé par ce qu'elle allait devenir. Ils ne se connaissaient pas encore, mais l'avenir semblait riche de possibilités, tout comme de responsabilités nouvelles. Elle avait envie de se pincer pour y croire.

Elle n'était plus seule au monde…

Son retour inattendu posait des problèmes, bien entendu. Le plus évident étant la comtesse Fanny.

— Papa ?

— Oui, mon enfant ?

— J'aimerais pouvoir considérer la comtesse Fanny

comme ma sœur. Pensez-vous qu'elle acceptera que je m'adresse à elle en tant que telle ?

Le comte sourit et lui tapota la main.

— Je l'espère. Je vais aller la trouver très bientôt pour lui parler.

Son expression redevint sérieuse.

— Claire, je lui ai donné un manoir en dot, et j'aimerais qu'elle le conserve.

— Mais c'est l'évidence même !

Le regard du comte s'aiguisa.

— Il faut que je vous prévienne. Le manoir de St-Méen est par tradition la possession des comtes de Fontaine. De droit, il devrait vous revenir à votre mariage.

Elle secoua la tête.

— Vous l'avez donné à la comtesse Fanny, vous ne pouvez pas le lui reprendre.

— C'est très généreux de votre part. Mais avant de vous décider, vous devriez peut-être attendre de le voir.

— Je ne changerai pas d'avis. La comtesse doit conserver son manoir.

Le comte hocha la tête. Il scruta le feu, et ses traits se crispèrent.

— C'est l'époux de Fanny, plutôt qu'elle-même, qui représentera la plus grosse difficulté. Le comte Tristan est ambitieux, et c'est avant tout pour son héritage qu'il a épousé Fanny. Un héritage qui n'est désormais plus le sien.

Elle ne sut que dire.

— Je suis affreusement désolée.

Le comte Myrrdin se caressa la barbe d'un geste machinal.

— Heureusement, l'affection semble grandir entre eux. Fanny aime son époux, cela ne fait aucun doute. J'espère que, de son côté, le comte Tristan s'est attaché à elle. Parce que sinon…

— Depuis combien de temps sont-ils mariés ?

— Deux ans. Ils se sont mariés quand Fanny avait seize ans.

— Ont-ils des enfants ?

En attendant la réponse, elle retint son souffle. Elle ne voulait surtout pas causer de tort à une famille.

— Pas encore.

— Craignez-vous que le comte Tristan demande l'annulation du mariage ?

— Il le pourrait, répondit le comte en soupirant. Si vous étiez revenue au début de leur mariage, je pense que c'est ce qu'il aurait fait. Comme je vous l'ai dit, il est ambitieux. Fier. Je devrais envoyer un message à Rennes pour lui expliquer ce qui s'est passé.

— Quitte-t-il souvent Fontaine ?

— Bien qu'il ait aussi ses propres terres à administrer, il est mon régisseur et réside donc ici la plupart du temps. Il garde un œil attentif sur ce qui se passe partout aux alentours. C'est un excellent régisseur, et il s'est très vite adapté à Fontaine.

— Cela a dû l'aider de penser qu'un jour il régnerait sur ce comté.

Elle se mordit la lèvre. Tant de sujets la préoccupaient !

— Que se passe-t-il ? demanda le comte, l'air inquiet.

— Papa, il m'est difficile de penser que mon bonheur va sans doute faire le malheur de quelqu'un. Et cela me chagrine que ce soit le comte et la comtesse des Iles qui en fassent les frais.

Le visage du comte se durcit.

— Ne pensez plus jamais cela ! Jamais, vous entendez ? Ma très chère, c'est vous qui êtes ma fille légitime. Rien ne pourra changer cela. J'aime Fanny et je ne l'abandonnerai pas, mais rien ne pourra changer le fait que vous êtes la chair de ma chair. C'est compris ?

— Oui, papa.

Il poussa un petit soupir.

— Cela suffit, à présent. Où en étions-nous ?

— Vous disiez que le comte Tristan était un excellent régisseur.

— Ah, oui. Fanny et son époux ne seront pas lésés, ma chère. Comme je vous l'ai dit, le comte Tristan possède des terres. Il a décidé ces derniers temps de privilégier la Bretagne, et c'est pour cela que de temps à autre il rejoint l'entourage de la duchesse Constance à Rennes.

En proie au doute, elle regarda son père. D'après ce qu'elle venait d'entendre, le comte Tristan ne serait certainement pas homme à abandonner Fontaine sans combattre.

En soupirant de nouveau, le comte se leva.

— Notre duchesse est une enfant, et il faut surveiller le roi d'Angleterre. Le roi Henri fait toujours passer ses intérêts avant les nôtres. Je vous expliquerai cela en détail plus tard ; le sujet est vaste. En attendant, si cela vous agrée, je me ferai un plaisir de vous faire visiter le château et ses alentours.

— Et la comtesse Fanny ? Irons-nous lui parler ?

Le comte hocha la tête.

— Oui, bien entendu, nous lui parlerons. Mais pour l'instant, poursuivit-il en lui offrant son bras, si vous voulez bien m'accompagner, ma très chère, j'ai plusieurs personnes à vous présenter.

Pendant les deux heures qui suivirent, il lui présenta une foule de gens, mais ils ne virent pas la comtesse Fanny. Ni Arthus, d'ailleurs.

Claire avait la tête qui tournait. Elle avait hâte de pouvoir parler avec Arthus. Que pensait-il de son nouveau statut ? Contrairement à ce qu'ils avaient cru, elle n'était pas une enfant illégitime. Au contraire, elle était tout ce qu'il y avait de plus légitime. Elle était une dame ! Comment allait-elle s'adapter à ce bouleversement ? S'étant lui-même élevé dans la société, Arthus saurait certainement la conseiller.

Elle entra dans la grande salle au bras de son père. En prévision du souper, quelques servantes disposaient une nappe sur la longue table. Ni la comtesse Fanny ni Arthus n'étaient en vue.

Le comte fit signe à l'une des femmes d'approcher.

— Eléonore, s'il vous plaît…

La femme s'avança et s'inclina.

— Mon seigneur ?

— Claire, voici Eléonore. Eléonore, voici ma fille, ma vraie fille. Dame Claire de Fontaine.

Eléonore s'inclina devant Claire tandis que des murmures s'élevaient : « Dame Claire de Fontaine… A-t-il bien dit "de Fontaine" ?… Est-elle sa fille ?… Il a dit qu'elle était sa vraie fille. C'est donc qu'elle est légitime… » Puis, inévitablement, vint la question que tout le monde se posait : « Que va devenir la comtesse Fanny ? »

Le regard sombre d'Eléonore croisa celui de Claire.

— Ma dame, dit-elle.

Le comte Myrrdin s'éclaircit la voix.

— Eléonore, voudriez-vous vous consacrer désormais à d'autres tâches ?

— Quelles autres tâches, mon seigneur ? demanda Eleonore en écarquillant les yeux.

— Votre mère était naguère la chambrière de mon épouse. Pensez-vous être capable de remplir les mêmes fonctions auprès de ma fille ?

— Oh ! mon seigneur ! s'exclama Eléonore en souriant. Rien ne me ferait plus plaisir que d'être la chambrière de dame Claire.

Le comte se tourna vers Claire.

— Eh bien, ma fille, acceptez-vous Eléonore comme chambrière ?

Claire revit Arthus au souper, mais elle ne parvint pas à croiser une seule fois son regard. Elle avait pris place sous le dais à côté de son père, et Arthus se trouvait à l'autre bout de la table, avec les hommes de la garde. Il semblait à l'aise en compagnie des soldats, songea-t-elle, alors qu'elle l'observait en train de rire à une plaisanterie du capitaine de son père.

Brièvement, il tourna la tête dans sa direction. Du moins fut-ce qu'elle crut. Elle avait dû se tromper car, aussitôt, il bougea légèrement sur son siège de façon à regarder tout à fait ailleurs. Le cœur de Claire se serra. Arthus l'évitait. Pour tout dire, il se comportait comme s'il la connaissait à peine. Cela semblait impossible. Etait-ce le même homme qui lui avait fait l'amour si tendrement ?

Il m'a proposé de l'épouser, se répétait-elle. *Pourquoi ne regarde-t-il pas vers moi ?*

Alors qu'elle lui jetait un nouveau regard à la dérobée, la réponse lui vint tout à coup. Arthus s'inquiétait pour sa réputation ; il essayait de la protéger. Il gardait ses distances depuis qu'ils avaient quitté le monastère mais, maintenant qu'il savait qu'elle était une enfant légitime, il allait sans doute redoubler de prudence.

Je suis dame Claire de Fontaine, fille légitime d'un comte, se répétait-elle, comme si elle avait toujours du mal à y croire.

Elle se redressa. Son existence venait de changer du tout au tout, au-delà de toute espérance. Il allait y avoir des difficultés à surmonter, mais celle-ci — la froideur d'Arthus — était particulièrement difficile à supporter. Elle devait pourtant y faire face : son entourage aurait certaines attentes quant à sa façon de se comporter. Il y aurait des règles, et elle devait les apprendre si elle voulait s'acclimater à son nouvel environnement.

Son cœur lui faisait affreusement mal. Elle n'avait pourtant aucune raison de se mettre dans un tel état. Arthus était soucieux de sa réputation, voilà pourquoi il gardait ses distances. En privé, il se montrerait certainement plus expansif. A cette pensée, elle se sentit soudain plus légère. Oui, s'ils se rencontraient en privé, il ne refuserait pas de lui parler. En privé, les choses redeviendraient simples entre eux, comme elles l'avaient été au monastère. Elle devait le voir seul, le plus tôt possible.

Elle fixa son verre de vin d'un œil absent.

Je suis une dame.

C'était difficile à concevoir. De plus, il y avait une chose contre laquelle son titre ne pouvait rien, une angoisse face à laquelle elle se sentait toujours aussi seule, même si elle venait de retrouver sa famille.

Sandro. Et les accusations qui pesaient sur elle dans les Pouilles.

Ces accusations restaient bien réelles. Elle avait appris qu'elle était fille de comte, mais elle ne se sentait pas plus capable que la veille de les contester. Arthus était la seule personne à qui elle aurait pu se confier, mais sa fonction de capitaine de la garde rendait la chose impossible. Non, tant que les accusations portées contre elle ne seraient pas levées, son changement de statut ne signifierait rien. Mais ces pensées étaient bien trop sombres pour un jour comme celui-ci. Elle avait retrouvé son père ! Elle avait une famille…

Avec détermination, elle se força à penser à autre chose. Où était la comtesse Fanny ? Elle devait lui parler. Tout l'après-midi, elle l'avait cherchée.

Son père posa la main sur son bras. Il lui tendit un couteau dans un fourreau bleu finement ouvragé.

— Ma fille, j'aimerais que vous acceptiez ce présent.

Elle prit le couteau et l'examina. Des motifs celtiques étaient gravés sur le manche en ivoire, et la lame très affûtée étincelait à la lumière des bougies. Avec son fourreau bleu et son manche ciselé, il était digne d'une princesse.

— Je vous remercie, papa, il est magnifique.

— Vous allez partager un plat avec moi.

Claire déglutit. Tout le monde la regardait, et elle n'y était pas habituée. Contrairement aux nobles dames, les esclaves étaient invisibles. Que savait-elle de la façon dont une dame était censée se comporter ? Jamais elle n'aurait espéré pouvoir s'asseoir un jour au côté de son père, et encore moins sous un dais ! Pourtant c'était là qu'elle se trouvait en ce moment même. Après un moment de panique, elle se rendit compte qu'elle n'était pas tout à fait ignorante. Son père lui faisait un grand honneur en partageant son plat avec elle. C'était un signal très fort qu'il adressait à ses domestiques pour leur faire comprendre qu'il la considérait comme son héritière. C'était un coup de maître.

— Je vous remercie, papa. La comtesse Fanny ne mange-t-elle pas avec nous ?

Le comte fit signe à un serviteur de s'approcher.

— Drého, as-tu vu Fanny ?

— Non, mon seigneur.

— Envoie quelqu'un à sa chambre. J'aimerais qu'elle se joigne à nous.

Le serviteur s'inclina. Il revint bientôt, alors que Claire, à qui son père proposait du gibier, essayait de ne pas regarder celui qui, à l'autre bout de la table, se détournait si ostensiblement d'elle.

— Chassé sur nos propres terres, très chère, dit le comte. Goûtez, je vous en prie.

— Mon seigneur…, fit Drého en s'inclinant de nouveau.

Il semblait embarrassé. Claire sut tout de suite ce qu'il allait dire.

— Mon seigneur, annonça-t-il, la comtesse Fanny n'est plus à Fontaine.

Les doigts du comte s'immobilisèrent au-dessus du plat.

— Ne dis pas de bêtises, voyons. Bien sûr qu'elle est à Fontaine.

— Non, mon seigneur. Je viens de parler au sergent Léry. La comtesse est partie à cheval cet après-midi.

— Quoi ? fit le comte, l'air excédé. Que dis-tu ?

— C'était peu de temps après l'arrivée de dame Claire.

— Enfer et damnation ! s'exclama le comte en plantant son couteau dans la table. Je croyais Fanny plus intelligente que cela. Je suppose et j'espère qu'elle n'est pas partie seule.

— Deux serviteurs l'accompagnaient, mon seigneur. Ainsi que sa chambrière.

Le comte jeta un coup d'œil vers la fenêtre.

— Il fait nuit, constata-t-il. Il est trop tard pour se lancer à sa poursuite. A-t-elle dit où elle allait ?

— Oui, mon seigneur. Elle a dit au sergent Léry qu'elle partait pour St-Méen.

— Pourquoi diable le sergent n'en a-t-il pas parlé plus tôt ?

Drého baissa les yeux.

— La comtesse lui a demandé de ne rien dire avant que vous ne vous soyez retiré dans vos appartements pour la nuit.

— Je vois. Je te remercie, Drého. Ce sera tout.

Claire attendit, pensant que son père allait appeler ses hommes et leur ordonner de rattraper la comtesse Fanny, mais il n'en fit rien. Au lieu de cela, il sembla sombrer dans une sorte d'abattement, et continua de manger distraitement, les yeux baissés sur la nappe.

— Papa ?

Il n'y eut pas de réponse. En tout cas pas de la part de son père. L'un des chevaliers du comte, messire Briand, leva les yeux vers elle.

— Ma dame, puis-je me permettre de vous donner un conseil ?

— Je vous en prie.

— Il vaut mieux que vous laissiez votre père tranquille pour le reste de la soirée, dit-il à voix basse. Le comte Myrrdin n'est plus tout jeune, et votre arrivée a dû le perturber.

— Est-il malade ? demanda Claire en jetant un regard inquiet à son père.

— Non, non, s'empressa de la rassurer sire Briand. C'est juste que parfois, il a ces… absences.

— Des silences curieux ? Des moments de rêverie ?

— Oui, ma dame, c'est exactement cela. Il redeviendra lui-même très vite. Mon conseil est de ne plus rien lui dire de trop éprouvant avant demain.

Claire hocha la tête et se servit un morceau de gibier, qu'elle mâcha pensivement. Qu'allait faire son père à propos de la comtesse Fanny ? La pauvre femme devait être désespérée pour s'être enfuie ainsi de Fontaine. Il aurait dû s'en rendre compte, et l'envoyer chercher, au moins pour apaiser son esprit.

Etait-il possible que les « absences » de son père cachent un malaise profond ? Elle espérait se tromper mais, étant donné qu'il affirmait aimer sincèrement la comtesse, il aurait vraiment dû essayer de lui parler dans l'après-midi.

Quelques mots pour la rassurer ne lui auraient rien coûté. Quelque chose allait mal, très mal.

— Messire Briand ?

— Ma dame ?

Le comte Myrrdin donnait l'impression d'être dans un tout autre monde ; il traçait des arabesques sur la nappe damassée avec la pointe de son couteau. Claire ne voulait pas prendre le risque de le mettre en colère en mentionnant la comtesse Fanny, mais elle ne supportait pas l'idée que celle-ci puisse avoir l'impression d'être chassée de chez elle. Comme le comte Myrrdin ne semblait pas aussi capable de faire face à la situation qu'elle l'avait d'abord cru, c'était à elle de faire son possible pour l'aider. Elle devait parler à sa sœur adoptive. Et vite.

La comtesse devait savoir que le comte Myrrdin l'aimait et qu'elle serait toujours la bienvenue à Fontaine.

Elle baissa la voix.

— A quelle distance se trouve le manoir de St-Méen, messire ?

— A environ douze milles d'ici, ma dame.

— Il faudrait donc deux ou trois heures pour y arriver, c'est bien cela ?

— A cheval ? Oui, ma dame, c'est à peu près cela.

La réponse du chevalier la découragea.

— Alors il est trop tard pour envoyer quelqu'un la rattraper ce soir.

— Je le pense, répondit sire Briand. Surtout avec cette neige.

— Il neige ?

— Oui, ma dame, depuis le coucher du soleil.

Claire s'était vu attribuer une chambre à coucher dans l'une des tours, et elle disposait d'un grand lit pour elle toute seule. Ce fut étrange de se réveiller seule le lendemain matin. Elle bâilla et s'étira, goûtant la sensation des draps propres, la douceur d'un matelas garni de plumes…

Son père l'avait non seulement dotée d'une femme de chambre personnelle, mais il avait également insisté pour que toute une série de robes lui soient confectionnées. Quand Claire lui avait expliqué qu'elle avait déjà plusieurs nouvelles robes, il n'avait rien voulu entendre.

Avant le souper, Eléonore et lui l'avaient emmenée dans une pièce contenant plusieurs armoires richement décorées. Dans l'une d'elles, elle découvrit une robe de soie topaze qui lui allait parfaitement. Puis Eléonore lui montra du brocart vert de Thessalie et plusieurs qualités de drap anglais plus fin que le drap de laine qu'elle avait acheté sur les sollicitations d'Arthus.

— Ce drap vert a l'air bien chaud, avait-elle remarqué.

— Prenez-le, avait répondu le comte. Il fera une bien belle cape.

— J'en possède déjà une.

— Une seule ne suffira pas, avait dit le comte avant de s'adresser à Eléonore. Je veux ce qui se fait de mieux pour ma fille. Faites-lui faire tout ce qui lui plaira.

— Oui, mon seigneur.

Sur ce, le comte Myrrdin s'était retiré, sa tunique blanche traînant derrière lui.

— Je vous verrai dans la grande salle tout à l'heure pour le souper, ma chère.

— Oui, papa.

La veille, elle avait été si bouleversée qu'elle n'avait pas eu réellement le loisir de réfléchir aux curieux moments d'absence de son père. Mais ce matin, alors qu'elle était encore au lit, elle y repensa et se souvint des mises en garde de sire Briand.

Devait-elle comprendre que, même si le comte semblait se porter bien, il n'avait plus toute sa tête ?

Il fallait qu'elle parle avec la comtesse Fanny. Elle saurait quoi faire.

Elle se leva, s'enroula dans une couverture et se dirigea vers la fenêtre. A chacune de ses expirations, un petit nuage de buée se formait devant elle. Elle ouvrit le volet et regarda dehors.

Sous un ciel plombé, la neige tombait en bourrasques. Tout était couvert d'une épaisse couche blanche : les murs du château, l'enceinte, l'eau gelée des douves, ainsi que le paysage à perte de vue. On ne distinguait même plus la route qui traversait la forêt.

Une tache verte attira soudain son regard. Un homme encapuchonné — il s'agissait d'Arthus, elle connaissait cette cape — traversait le pont-levis. Elle le regarda se diriger vers les écuries, puis alla rapidement s'habiller. Si elle se dépêchait, elle pouvait encore le rattraper. Elle voulait lui parler — elle aurait notamment besoin de ses conseils concernant sa nouvelle vie —, et les écuries étaient peut-être le bon endroit pour le faire. Avec pour seule compagnie les garçons d'écurie et les chevaux, il oublierait sans doute sa froideur.

Elle commencerait par lui demander de l'escorter jusqu'à St-Méen pour aller voir la comtesse Fanny.

Chapitre 11

— Arthus ? Sire Arthus ?

Claire échappa au vent mordant pour se réfugier dans la toute relative chaleur des écuries. Acier se trouvait dans la stalle du fond et elle entendit le murmure d'une conversation. Arthus parlait avec un valet.

Des regards surpris se tournèrent vers elle.

— Dame Claire ?

Resserrant sa cape autour d'elle, elle s'approcha d'eux.

— Bonjour, messire. Je viens vous demander une faveur.

— Je vous écoute, ma dame.

« Ma dame. » Un frisson la parcourut, sans rapport avec le froid.

— Arthus, j'aimerais me rendre au manoir de St-Méen, et j'ai besoin d'une escorte. Accepteriez-vous de m'y accompagner ?

Arthus afficha une expression renfrognée.

— A quelle distance se trouve ce manoir ?

— A deux heures d'ici, à peu près, à ce que l'on m'a dit.

Il secoua la tête.

— Je ne pense pas que vous devriez monter à cheval par ce temps, ma dame. Pas même pour une demi-heure. Je suis sûr que le comte Myrrdin serait du même avis que moi.

D'un signe de tête, il congédia le valet.

— Merci, Marc, ce sera tout.

— Je vous en prie, Arthus, dit-elle lorsque le valet se fut éloigné. Je ne vous le demanderais pas si ce n'était pas important.

Il croisa les bras sur son large torse.

— J'ai peine à voir ce qu'il peut y avoir de suffisamment important pour vous pousser à sortir avec cette tempête de neige…

— La comtesse Fanny a quitté Fontaine peu après notre arrivée. J'ai besoin de lui parler.

Il s'adossa au mur.

— Elle est en colère, et vous voulez vous excuser.

Elle avança d'un pas et le regarda dans le fond des yeux.

— Il faut que vous compreniez à quel point c'est important, Arthus.

Ne voulant rien dire qui puisse faire apparaître son père sous un mauvais jour, elle hésita un instant avant de poursuivre.

— Je veux qu'elle comprenne qu'il n'est pas dans mes intentions de la voir…

— Déshéritée ?

Elle ferma un instant les yeux.

— Dit comme cela, cela paraît affreux.

Il haussa les épaules.

— En fait, que vous le vouliez ou non, c'est ce qui va se produire. Et je comprends qu'elle ne déborde pas de joie à cette idée.

Elle le dévisagea, légèrement incrédule.

— Vous présentez les choses comme si j'avais prévu de prendre sa place dès le début, alors que vous savez très bien que ce n'est pas le cas. Qui est responsable de mon arrivée ici ? dit-elle en pointant le doigt vers lui. Si vous n'étiez pas allé trouver le comte Henri, je ne serais pas là du tout.

— Vous regrettez d'avoir entrepris ce voyage ? demanda-t-il, les traits durcis.

— Bien sûr que non. Je suis au comble du bonheur d'avoir rencontré mon père, répondit-elle avant de soupirer. Je suis désolée, Arthus… Je suis contente d'être ici et je n'ai rien à vous reprocher. C'est juste que, même dans mes rêves, je n'aurais jamais espéré que ma vie puisse se transformer à ce point. Arthus, je suis une enfant légitime !

— Cela change tout, n'est-ce pas ?

— Cela ne change pas qui je suis, comme vous et tous les autres pourrez vous en rendre compte. Mais il est certain que je ne m'y attendais pas. Et vous devez admettre que cela crée des difficultés. L'avenir de la comtesse Fanny en est une. Si mon père tient parole, c'est moi qui vais devenir son héritière. Arthus, ajouta-t-elle en souriant, vous me regardez avec froideur, et je le déplore. J'ai besoin de votre aide. Je ne sais pas comment tenir mon nouveau rôle de fille de comte. J'aimerais vous demander, et je suis même prête à vous supplier si cela est nécessaire, de repousser votre retour en Champagne.

— Ma dame, mon intention est de partir dès que la tempête se sera calmée.

Dehors, on entendait les serviteurs déneiger les abords du château.

— Ce ne sera peut-être pas avant quelques jours. Arthus, je vous en prie, restez ! Restez au moins un peu. J'ai vraiment besoin de vos conseils.

— Votre père vous dira tout ce que vous avez besoin de savoir.

— J'aimerais pouvoir en être sûre, murmura-t-elle. Parfois mon père semble un peu… ailleurs.

— Il doit forcément y avoir un régisseur, ici. Vous pourrez lui demander tout ce que vous voulez.

Elle posa la main sur son bras. Il ne semblait pas décidé à abolir cette muraille qu'il avait érigée entre eux, alors même qu'ils étaient seuls dans l'écurie.

— Arthus, avez-vous oublié ? C'est l'époux de la comtesse Fanny qui est le régisseur de Fontaine.

— Evidemment, cela est ennuyeux…

— Je suis sûre que le comte Tristan est quelqu'un d'honorable. Mon père ne l'aurait pas choisi comme époux pour Fanny, sans cela. Mais je doute fort qu'il ait très envie d'expliquer le fonctionnement du domaine à celle qui risque de l'en chasser. Arthus, j'ai vraiment besoin de votre aide. Les défis que je vais devoir affronter ne vous sont pas étrangers, je le sais.

— Vraiment ?

— Je vous en prie, Arthus… Je sais ce que vous avez accompli. Par votre naissance, vous n'étiez pas destiné à devenir chevalier. Vous vous êtes élevé grâce à votre courage, votre volonté et votre bravoure. Vous devez être capable de m'aider.

Soudain, assaillie par un souvenir un peu vague, elle fronça les sourcils.

— Vous étiez le régisseur du comte Luc, n'est-ce pas ?

Il hocha la tête avec brusquerie.

— J'étais le régisseur de la Corbelière avant de rejoindre la garde personnelle du comte de Champagne.

Elle sourit franchement.

— C'est bien ce qu'il me semblait. Alors vous êtes vraiment la personne dont j'ai besoin.

— Claire… Dame Claire, je dois rentrer à Troyes.

— Pourquoi ?

« Pourquoi ? »

La question de Claire, pourtant simple, prit Arthus de court, et il lui fallut un moment avant de pouvoir y répondre.

Parce que, ma très chère innocente, vous n'êtes plus à ma portée. Vous êtes une héritière, et je ne puis supporter d'être assis à l'autre bout de la grande salle, obligé de vous regarder de loin. Je meurs d'envie de vous prendre dans mes bras, de sentir la chaleur de votre peau contre la mienne. Je veux connaître chaque parcelle de votre corps. Je veux que votre odeur de lavande soit davantage qu'un vague souvenir. Je veux qu'elle inonde mes sens du matin au soir. Je veux embrasser cette bouche délicatement ourlée, je veux…

— Clai… Ma dame, vous savez que j'ai juré allégeance au comte Henri. Je dois rentrer à Troyes.

— Mais, Arthus…

— J'ai prêté serment, devant le comte et devant Dieu. Je suis capitaine de la garde.

— Vous avez juré allégeance au comte Luc, et pourtant vous servez désormais le comte Henri. Ne pourriez-vous pas jurer allégeance à mon p…

— Non ! s'exclama-t-il avant de se radoucir et de poser la main sur celle de Claire. Claire, il faut que vous compreniez que je dois rentrer.

Elle plongea ses yeux vairons dans son regard, puis prit une grande inspiration.

— Je comprends. Votre devoir vous appelle à Troyes. Mais je pense qu'il y a autre chose que cela, ajouta-t-elle en plissant les yeux.

— Que voulez-vous dire ?

Elle haussa les épaules.

— Ce n'est qu'une impression. Vous sembliez très réticent à quitter Troyes. Quelque chose vous y retient, quelque chose qui vous tracasse et vous obsède.

Abasourdi, il la dévisagea.

— Comment savez-vous cela ?

Elle sourit.

— Qu'est-ce donc, Arthus ? Dites-moi.

— C'est… Je…

De façon inexplicable, la perspicacité de Claire lui donna envie de la prendre dans ses bras et de l'embrasser jusqu'à perdre la raison.

— Cela concerne mon humble naissance. Le problème, vous l'avez identifié en soulignant que je n'étais pas destiné à être chevalier. Malheureusement, Troyes regorge de valeureux gentilshommes bien nés, tous prêts à prendre ma place.

— Oh ! ce n'est que cela ! fit-elle d'un ton presque impatient.

Sa réaction le fit sourire. C'était presque comme si elle ne voyait aucune différence entre lui et un chevalier issu de la noblesse. Cette différence, elle la découvrirait pourtant bientôt. Elle venait d'arriver à Fontaine, mais il y avait fort à parier que le comte Myrrdin lui choisirait très vite un chevalier bien né pour époux. Ou peut-être même un comte. Le seigneur de Fontaine avait trouvé un comte pour la jeune fille qu'il avait élevée comme son enfant, et il pourrait difficilement faire moins pour sa véritable fille.

Il ne voulait surtout pas assister à cela.

— Oui, ce n'est que cela, dit-il. Mais sachez que le comte Henri a déjà choisi l'un de ces gentilshommes, sire Raphaël de Reims, pour me remplacer à la tête des chevaliers de la garde.

— Vous craignez qu'il vous supplante.

Ce n'était pas une question.

— Je dois surveiller mes arrières, expliqua-t-il le regard fixé sur le mur. J'ai peur que le comte Henri se dise que sire Raphaël vaut mieux que moi.

— Il ne fera jamais cela.

Déstabilisé par tant d'assurance et de calme, il la regarda sans savoir que répondre. Elle lui adressa un sourire timide et charmant avant de se détourner.

Instinctivement, il tendit la main pour la retenir.

— Je resterai quelques jours, ma dame, si cela peut vous rendre service, dit-il en haussant les épaules. La neige… Et Yves… Il m'est trop précieux pour que je prenne le risque qu'il retombe malade.

Elle eut alors un regard plein de chaleur, un regard qui lui fit oublier qu'ils se trouvaient dans une écurie glaciale.

— Arthus, vous ne pouvez pas me tromper. Je sais que vous adorez ce garçon.

— En effet.

Se rendant compte qu'il tenait toujours sa main, il la lâcha et se gratta la tête.

— Ma dame, si cela vous agrée, je vous escorterai jusqu'à ce manoir dès que le temps le permettra. Mais ensuite, je rentrerai à Troyes.

Elle se hissa sur la pointe des pieds pour l'embrasser sur la joue. Une bouffée de chaleur le parcourut.

— Je vous remercie, Arthus. Vous êtes un véritable ami. Je sais que mon père aurait trouvé quelqu'un d'autre pour m'escorter, mais je préfère de loin que ce soit vous. Tout le monde est si étrange, ici. D'ailleurs tout est étrange, ici…

Il s'éclaircit la voix et essaya de ne pas regarder la bouche de Claire. Il ne pouvait s'empêcher de penser au baiser profond et enivrant dont il avait vraiment envie.

— Cela prendra sans doute un peu de temps, mais vous vous y habituerez, vous verrez.

— Un peu de temps ? C'est sans doute le moins qu'on puisse dire.

Il déglutit. Ce petit baiser lui avait été donné sans façon, et avait semblé être le signe d'une affection sincère. Cependant, il n'avait aucune idée de ce qu'elle pensait vraiment. Elle lui souriait avec innocence, apparemment sans se rendre compte qu'il brûlait de recevoir un tout autre type de baiser. Un vrai baiser. Il voulait l'embrasser comme il l'avait fait dans le dortoir du monastère. Comme un amant embrassait sa maîtresse. Cela lui rappela qu'il devait aborder avec elle un sujet délicat.

Il avait pris son innocence, et il ne fallait pas qu'elle en souffre.

— Ma dame ?

Son beau visage s'assombrit.

— Je préfère quand vous m'appelez Claire.

— Ma dame, répéta-t-il avec fermeté. J'ai réfléchi à ce qui s'est passé entre nous au monastère, et j'ai pris ma décision. Je dois en parler à votre père.

Elle retint son souffle et, de ses doigts fins, agrippa sa tunique.

— Pas à propos de ce que nous… de ce que vous et moi… Arthus, non ! Vous ne pouvez pas y penser sérieusement.

— Si, Claire. Il faut que vous compreniez que je… que nous… Cela n'aurait jamais dû se produire. Votre père est censé vous trouver un époux, et quand ce sera chose faite… Claire, vous auriez dû arriver vierge au mariage.

L'air buté, elle leva le menton.

— Je vous l'ai déjà expliqué, Arthus. Je n'ai aucune envie de me marier, donc cette question n'a pas lieu d'être.

Il secoua la tête.

— En tant qu'héritière de Fontaine, vous devez vous marier. Votre père insistera.

— Père fera comme je lui dirai.

Elle parlait avec détermination, mais il voyait bien qu'elle essayait de se convaincre elle-même.

Il posa sa main sur son bras.

— Vous réussirez peut-être à rallier votre père à votre point de vue mais, croyez-moi, vous ne convaincrez jamais le roi d'Angleterre.

— Le roi Henri ? demanda-t-elle en clignant des yeux. En quoi mon mariage regarde-t-il le roi Henri ?

Il poussa un long soupir. Elle était d'une innocence déconcertante.

— La Bretagne est un duché placé sous la juridiction du royaume d'Angleterre. Le roi Henri ne permettra jamais qu'un des plus grands comtés de Bretagne soit aux mains d'une femme.

— Vous voulez me contraindre à la servitude ?

— Vous contraindre à la servitude ? répéta-t-il, interloqué. Pourquoi diable dites-vous cela ? Je ne fais que constater une évidence. Fontaine est un riche comté, la main qui tient ses rênes doit être ferme.

— Je vous l'ai déjà dit, je ne souhaite pas me marier.

— Mais enfin, Claire, c'est inévitable !

— Non. Je ne me marierai jamais. Ni avec vous ni avec personne.

Elle saisit ses jupes et, furieuse, quitta précipitamment l'écurie.

Arthus porta la main à sa joue, où brûlait encore la chaleur de son baiser.

Après leur rencontre dans l'écurie, Claire ne lui adressa pas la parole durant près d'une semaine et, n'ayant pas grand-chose à faire pour s'occuper avant que les routes soient praticables, Arthus ne cessa de ressasser ses dernières paroles.

« Je ne me marierai jamais. »

La neige continuait de tomber, ensevelissant tout sous son épais manteau. Ils étaient coupés du reste du monde. La forêt de Brocéliande resplendissait d'un blanc immaculé. Les bruits étaient étouffés. Des glaçons pendaient le long des murs du château, comme des guirlandes qui scintillaient au soleil. Puis, un jour, il fit moins froid, et les glaçons se mirent à fondre goutte à goutte. Des flaques se formèrent çà et là. Puis il neigea de nouveau et la guirlande se reforma.

« Je ne me marierai jamais. »

Curieusement, la véhémence de Claire l'avait libéré d'un poids. Au monastère, elle avait rejeté sa proposition de mariage avec un tel empressement qu'il l'avait vécu comme un camouflet. La violence de son rejet l'avait piqué au vif et il s'était senti insulté, blessé. Aveuglé par un puissant mélange de désir et de frustration, il n'était pas parvenu à mettre de l'ordre dans ses pensées.

Cependant, si l'on supposait que son aversion n'était pas dirigée contre lui personnellement mais contre le sacrement du mariage, cela changeait tout.

« Je ne me marierai jamais. »

Elle avait parlé avec tant de conviction… Pourquoi ? C'était presque comme si le mariage lui faisait peur. Mais pour quelle raison ? La plupart des femmes n'attendaient que cela. Elles passaient leur temps à harceler, supplier, ou cajoler les hommes pour qu'ils se décident à demander leur main. Même Gabrielle, qui n'entretenait pas de mystère sur la façon dont elle gagnait sa vie, y avait si souvent fait allusion qu'il avait été contraint de la prévenir que si elle continuait, il irait chercher son plaisir ailleurs.

L'aversion de Claire pour le mariage était quelque chose de rare, mais pas unique. Soudain, il revit le visage de sa mère. Comme Claire, elle avait craint le mariage, et vivre dans le péché avec son père ne l'avait pas empêchée d'être follement heureuse avec lui.

Bien qu'il n'ait été encore qu'un enfant à la mort de sa mère, il s'était souvent interrogé sur la relation libre de ses parents. Quand il leur avait posé la question, ils avaient refusé de s'expliquer. Il avait toutefois surpris parfois des bribes de conversation et, en mettant toutes ces informations bout à bout, il avait compris que sa mère devait être déjà mariée quand elle avait rencontré son père.

Son mari l'avait maltraitée et, quand le père d'Arthus lui avait offert sa protection, elle avait été prompte à s'installer à la forge. Ses parents avaient vécu heureux malgré le caractère illicite de leur relation et malgré les médisances de certains. Sa mère avait été qualifiée de traînée, de putain, mais elle était restée sourde aux insultes, qui n'avaient cessé qu'au moment où Emile avait été fait chevalier par le comte Henri.

Sa mère n'avait jamais voulu se remarier à cause de la violence de son mari. D'où venait la méfiance de Claire vis-à-vis du mariage ?

Pendant qu'il attendait que la route vers la Champagne émerge de sa couverture de neige et de glace, il chercha la réponse. Ce n'était pas chose facile. Alors que les jours se succédaient, tous plus glaciaux les uns que les autres, il devint évident que ses remarques sur le mariage avaient tellement fâché Claire qu'elle l'évitait. Il commença à se dire qu'il avait rêvé qu'elle lui avait demandé de l'escorter jusqu'à St-Méen.

Un soir, il la trouva en compagnie de sa chambrière, en train de se réchauffer les mains devant le feu dans la grande salle. Elle quitta la pièce lorsqu'il y entra.

Simple coïncidence ? Possible.

Le lendemain, il tenta une approche plus directe, en allant directement à sa rencontre au donjon. Elle lui parla, mais très brièvement.

— Excusez-moi, messire, je dois m'entretenir avec la cuisinière.

Sur ce, elle se dirigea en toute hâte vers les cuisines, le laissant à la porte.

Nouvelle coïncidence ? Probablement pas.

Quand il la revit, elle se trouvait près du pont-levis et parlait avec le sergent Léry. Il leva un sourcil vers elle et sut qu'elle l'avait vu car elle leva le nez, l'air de rien. Elle ne vint toutefois pas le rejoindre.

Une autre fois, il sortait de l'écurie quand un mouvement sur le chemin de ronde attira son regard. Un voile vert flottait au vent. Claire se promenait sur les remparts au bras de son père. Etant donné qu'elle refusait de lui parler, il devenait évident qu'elle ne voulait plus de lui pour l'escorter jusqu'à St-Méen. Il lui avait fait peur en évoquant la question du mariage.

Elle craignait le mariage, ressassait-il. Pourquoi ? Ce n'était pas l'acte d'amour qui la rebutait. La passion qu'elle lui avait témoignée au monastère en était la preuve. De quoi avait-elle donc peur, alors ?

Il espérait à demi qu'elle avait oublié son impulsive demande en mariage. Sur le moment, elle ne lui avait pas semblé impulsive du tout. Elle lui avait paru être la solution logique à de nombreux dilemmes, étant donné que Claire lui plaisait beaucoup et qu'il n'avait pas envie de se séparer d'elle. Mais cela, c'était avant qu'il découvre la vérité sur sa naissance.

Qu'elle le veuille ou non, Claire devrait se marier. Le comte Myrrdin l'avait reconnue, ce qui signifiait qu'elle devait donner un héritier au comté de Fontaine. Son mariage, qui devrait être approuvé par le roi d'Angleterre, se ferait en grande pompe.

Que dirait son époux lorsqu'il découvrirait qu'elle n'était plus vierge ? Elle ne serait pas la première noble dame à avoir perdu son innocence avant son mariage, mais cela pourrait poser problème. Heureusement, les possessions de son père étaient nombreuses, et elles aideraient son époux à ravaler sa fierté. Malgré tout, Arthus se sentait affreusement coupable.

Il se sentait d'autant plus coupable qu'il éprouvait toujours du désir pour elle. Un désir brûlant, illicite, dangereux. En un sens, ils restaient des étrangers l'un pour l'autre, même s'il connaissait ses secrets les plus intimes. Il n'oublierait jamais la chaleur de son corps lorsqu'elle se blottissait contre lui dans son sommeil. Il n'oublierait jamais la douceur de ses cheveux. Il connaissait les petits cris qu'elle poussait quand le plaisir la saisissait. La lavande la lui rappellerait toujours. Tout en regardant la tache verte se déplacer, il soupira. Il semblait que, une fois de plus, il se soit trompé à son sujet. Claire — dame Claire — s'adaptait parfaitement bien à sa vie à Fontaine.

Plus vite il serait parti, mieux il se sentirait.

Arthus était en train de seller Acier en vue d'aller inspecter l'état des routes lorsque la lumière baissa dans l'écurie. Un serviteur était entré, et Claire se tenait dans l'embrasure de la porte. Elle enfilait ses gants. Il fronça les sourcils. S'apprêtait-elle à sortir à cheval avant qu'ils sachent si les routes étaient dégagées ? Elle portait une nouvelle cape, verte, et un voile assorti. Un voile qui cachait ses merveilleux cheveux roux.

— Bonjour, messire Arthus, lança-t-elle avec un sourire poli. Où est Yves ? Avez-vous l'intention de partir sans lui ?

Tout en passant le mors entre les dents d'Acier, Arthus secoua la tête.

— Yves se trouvait à l'armurerie la dernière fois que je l'ai vu. Comme il n'a pas neigé hier, je vais aller voir quelles routes sont praticables.

Quelques stalles plus loin, un valet était en train de seller la petite jument noire.

— Ma dame, reprit Arthus, j'espère que vous n'avez pas l'intention de monter à cheval aujourd'hui.

— Je dois parler à la comtesse des Iles, répliqua-t-elle, le menton levé.

— Vous allez à St-Méen ? Je vous conseillerais d'attendre que nous ayons contrôlé l'état des routes.

Elle tapa du pied et ses yeux lancèrent des éclairs.

— Messire, je pense que la comtesse est malheureuse. Et elle manque à papa. Il faut que je lui parle le plus rapidement possible.

Ce regard, il le connaissait. Elle ne changerait pas d'avis.

— Je suppose que vous allez vous faire escorter.

Elle désigna le serviteur.

— Conan m'accompagne.

— Un seul serviteur. Aucun garde ?

Elle secoua la tête et son voile vert remua autour de son visage. La main d'Arthus se crispa sur le harnais d'Acier. Si un accident survenait, un seul serviteur ne suffirait pas. Et malgré la neige et la glace, des brigands pouvaient très bien se cacher dans la forêt.

— Un seul serviteur ne suffit pas.

— Arth… Messire, mon père pense qu'il ne peut rien m'arriver.

— Il vous faut au moins un garde, ma dame. Je crois que je ferais mieux de vous accompagner.

Elle plissa le front.

— St-Méen ne se trouve pas exactement sur votre chemin, me semble-t-il.

— En effet, mais il est hors de question que vous preniez la route sans une escorte digne de ce nom.

En réalité, Arthus était tout sauf mécontent. Il n'avait pas prévu de faire ce crochet, mais l'occasion de dire adieu à Claire à l'abri d'oreilles indiscrètes était assez séduisante.

— Etes-vous sûr ? Je ne voudrais pas retarder votre retour en Champagne.

— Ce n'est pas une journée de retard qui fera une grande différence.

Elle s'effaça pour qu'il conduise Acier dans la basse-cour et ils attendirent près d'un puits que l'on amène la petite jument. Arthus observa Claire. Elle avait de légers cernes sous les yeux. Peut-être ne se faisait-elle pas à sa nouvelle vie aussi bien qu'il le pensait. Ses riches vêtements lui allaient très bien, même si cela ne l'aurait pas dérangé de lui ôter ce voile pour passer la main dans ses cheveux. Juste une fois… Une dernière fois…

— Encore une nouvelle cape ? demanda-t-il. Le vert vous va particulièrement bien.

— Je vous remercie. Je possède trois capes, désormais. Et au moins une douzaine de robes. Et une chambrière.

— C'est… dans l'ordre des choses, me semble-t-il.

Elle lui adressa un regard un peu morne.

— Vraiment ? Eléonore est une très gentille fille, mais je ne sais jamais quoi lui dire. En fait, tout cela me semble surtout très étrange.

— Vous semblez vous être très bien adaptée à cette nouvelle existence.

— Pas du tout, répondit-elle en fronçant les sourcils.

— Votre père vous aidera à vous habituer à votre vie de gente dame.

Elle lui adressa le même regard morne, avant de hausser les épaules.

— Peut-être. Mais les absences de papa ne facilitent pas les choses.

— Ses « absences » ?

— Papa semble avoir oublié que je n'ai jamais appris à commander à des domestiques ni à tenir une maisonnée. Mon accent étranger est prononcé. Il faudrait que je prenne des leçons pour le perdre afin que tout le monde me comprenne correctement.

— Je n'ai jamais eu la moindre difficulté à vous comprendre.

— Peut-être. Mais je ne sais pas comment me comporter en public et…

Elle s'interrompit, car Conan amenait les chevaux. Remarquant un paquet fixé à l'arrière de la selle du serviteur, Arthus interrogea Claire du regard.

— Papa a insisté pour que Conan emporte des couvertures et de la nourriture.

— Je constate que les « absences » du comte Myrrdin sont somme tout assez limitées, murmura-t-il sèchement.

Claire pinça les lèvres et secoua la tête.

— Vous ne comprenez pas, dit-elle à voix basse, tout se mettant en selle. Je ne pense pas que papa aille très bien. Il va même plutôt mal.

Il ne répondit rien. Le comte Myrrdin lui semblait au contraire exceptionnellement alerte, pour un homme de son âge. Il avait tout de suite trouvé une chambrière à Claire, lui avait fait confectionner une collection de robes à faire pâlir d'envie une reine. Il fallait juste reconnaître qu'il était assez curieux qu'il la laisse s'aventurer sur les chemins sans une escorte en bonne et due forme.

Pensif, il ajusta son casque, se mit en selle à son tour, et talonna Acier. Ils empruntèrent le pont-levis et franchirent les douves gelées. Le serviteur, emmitouflé dans sa cape et son capuchon, fermait la marche.

Evidemment, ils ne virent personne sur les routes. La neige fraîche et compacte crissait sous les sabots des chevaux. La luminosité était aveuglante, et les ombres des arbres bleues. Claire eut très vite mal aux yeux. Elle remarqua des piquets de bois plantés à intervalles réguliers au bord de la route. Des bornes. A son arrivée, elle n'y avait pas prêté attention et, pour le moment, elles n'étaient pas vraiment nécessaires. Mais si la neige s'amoncelait, elles pourraient s'avérer précieuses.

La selle d'Arthus grinça lorsqu'il se tourna vers elle.

— Depuis combien de temps la comtesse Fanny est-elle à St-Méen ?

— Depuis un peu plus d'une semaine, dit-elle en soupirant. Son absence contrarie papa. Je me suis dit qu'il fallait que j'essaie de la ramener.

Il souleva la visière de son casque.

— Il se peut que votre visite lui déplaise.

— C'est possible, mais je pense plutôt que papa et tous les gens de Fontaine lui manquent. Il paraît que le comte

Tristan est toujours à Rennes. Elle doit être seule et sans doute très malheureuse.

— Cl… Ma dame, vous venez juste de retrouver votre père. Donc, naturellement, vous ne pouvez pas imaginer le perdre de nouveau. Mais la comtesse a toujours cru qu'elle était sa fille. Il est normal qu'elle ressente de la colère, pas seulement contre vous, mais aussi contre le comte Myrrdin.

— Elle ne peut pas en vouloir à papa. Ce n'est pas sa faute si j'ai été volée ! Et ce n'est pas sa faute non plus si on l'a trompé en la faisant passer pour moi.

— Elle doit ressasser tout cela à l'envi, et aussi se demander si la personne responsable de ce méfait est encore à Fontaine. Il se peut qu'elle ne veuille jamais revenir.

— D'un autre côté, il se peut qu'elle ait envie de savoir qui sont ses vrais parents…

Comme Arthus secouait la tête, son casque étincela dans la lumière. Elle était heureuse qu'il ait levé sa visière. Ainsi, elle pouvait voir son expression. Et il était plus humain, plus Arthus, avec sa visière levée. C'était agréable de le regarder… Il lui avait beaucoup manqué, ces derniers jours, et il lui manquerait quand il serait parti. A cette pensée, son cœur se serra.

Il lui adressa un regard froid.

— Ma dame, elle a cru être la fille d'un comte. Je ne suis pas sûr que découvrir l'identité de ses vrais parents soit une perspective exaltante pour elle, car ils n'ont sans doute rien de bien prestigieux.

— Le statut…, murmura-t-elle en fronçant les sourcils. Décidément, cette question semble vous obséder.

Le soleil bas d'hiver fit plisser les yeux à Arthus.

— Chacun a sa propre place, ma dame. Seigneur, chevalier, moine, paysan… Nous avons tous un rôle précis à jouer sur cette terre.

— Et gare à celui qui briguerait une place qui n'était pas la sienne au départ ?

Le visage de marbre, il la dévisagea. Sentant qu'il cachait une blessure profonde, elle tendit la main vers lui.

Comme il ne fit aucun mouvement pour la saisir, elle la retira en rougissant.

— Cela a un rapport avec la mort de votre frère, n'est-ce pas ? Arthus, qu'est-il arrivé à Emile ? Comment est-il mort ?

— Il est mort au château de Troyes. On nous a dit qu'un accident était survenu durant une séance d'entraînement. Ce fut la version officielle.

— Et l'autre version ?

Elle le vit se raidir.

— Père a appris qu'Emile s'était retrouvé encerclé non par un, mais par trois chevaliers, tous bien plus expérimentés que lui, expliqua-t-il en grimaçant. Apparemment, il a été désarçonné, et tous se sont jetés sur lui. Ils ne lui ont laissé aucune chance.

— Et les hommes qui l'ont tué ? N'ont-ils pas été poursuivis ?

— J'étais enfant, à l'époque, et père ne m'a pas tout raconté. Je sais qu'avant sa mort Emile parlait souvent d'un chevalier qui lui en voulait particulièrement.

— Pourquoi ?

— Parce qu'il avait été fait chevalier à la place de son fils.

— Donc, Emile s'est retrouvé acculé par trois chevaliers…

— Trois frères au lignage irréprochable qui ne pouvaient pas supporter de voir le fils illégitime d'un armurier passer devant l'un des leurs. Ils ont juré qu'il s'agissait d'un accident…

— Il semble curieux que le comte Henri n'ait rien fait…

— Le comte Henri se trouvait à Paris. Père est allé le voir dès son retour. Mais la parole d'un armurier qui n'avait pas assisté directement à la scène ne pesa rien contre celle de trois chevaliers, censés avoir été les témoins directs de « l'accident ».

Il haussa de nouveau les épaules.

— Vous devinez sans doute ce qu'il en a résulté. L'on répondit à père que des chevaliers mouraient à l'entraînement tous les jours, ce qui bien sûr est vrai. Que pouvait-il faire ?

Claire soupira.

— La mort d'Emile est bien entendu tragique, Arthus, mais vous la laissez diriger votre vie. Vous supposez que tous les gentilshommes pensent comme ceux qui ont tué votre frère. Vous avez eu maintes fois la preuve du contraire, et pourtant vous l'ignorez délibérément. D'après ce que j'ai entendu, le comte Luc vous a choisi comme régisseur, et ensuite le comte Henri vous a proposé de devenir le capitaine de sa garde personnelle. C'est sans doute la preuve que tous les gentilshommes ne sont pas faits sur le même moule que les assassins de votre frère. Non ?

Le silence s'installa. Ils durent franchir un tronc d'arbre tombé en travers du chemin. Des traces d'animaux, renards, cervidés, étaient visibles çà et là dans la neige.

Il se passa un long moment avant qu'Arthus ne reprenne la parole.

— Je reconnais que j'ai eu de la chance de pouvoir entrer au service d'hommes généreux et ouverts. Le comte Henri et le comte Luc font figure d'exception parmi leurs pairs.

— Je me demande s'ils sont si rares que cela. Les barrières entre un chevalier et son seigneur sont-elles vraiment aussi hautes que vous semblez le penser ? Je n'en suis pas si sûre. En vérité, je me demande si ce n'est pas vous qui érigez ces barrières.

— Que voulez-vous dire ?

— Vous savez ce que l'on dit : « Cherche et tu trouveras »... Vous cherchez des barrières et vous les trouvez.

Tout en parlant, elle se rendit compte qu'elle était tout à fait dans le vrai. Arthus avait constamment besoin de s'assurer que les barrières étaient bien en place. Ce qu'elle ne comprenait pas, c'était pourquoi.

Il lui décocha un regard noir.

— Moi ? Non, ce n'est pas moi qui érige des barrières, ma dame. Ce sont les autres. Certains naissent pour régner, d'autres doivent vivre plus humblement.

— Donc, ces barrières ne peuvent jamais être abattues ? C'est absurde ! Et ce duc normand, alors ? Comment s'appelait-il, déjà ? Le bâtard...

Il émit un bref rire.

— Je pense que vous voulez parler du duc Guillaume de Normandie.

— Il est devenu roi d'Angleterre…

— Claire, le roi Guillaume était peut-être un bâtard, mais son père était duc de Normandie.

« Claire ». Elle sourit. Il l'appelait de nouveau Claire.

— Le sang noble de Guillaume de Normandie l'a aidé. Est-ce ce que vous voulez dire ?

— Votre vie est en train de changer, n'est-ce pas ? Et c'est entièrement grâce à votre naissance.

— Et grâce au fait que je suis une enfant légitime. Je me demande quelle est la barrière la plus infranchissable : la naissance modeste ou l'absence de légitimité ?

Elle le regarda d'un air soucieux et baissa la voix.

— Inutile de répondre à cette question, Arthus. Je n'essaie pas de vous provoquer. Moi-même je m'interroge, et je pense également qu'il existe une barrière quasi insurmontable, que vous avez pourtant réussi à franchir.

— Et laquelle, ma dame ?

— Celle des préjugés. Arthus…

Hésitante, elle jeta un coup d'œil par-dessus son épaule. Le serviteur était loin derrière eux et, avec son capuchon remonté, il ne pouvait certainement pas les entendre.

Le mors d'Acier cliqueta.

— Vous devriez savoir que vous pouvez tout me dire, Claire.

« Claire »… Encore une fois.

— J'aimerais le penser.

Elle crispa les mains sur ses rênes. Elle avait déjà avoué avoir du mal à se faire à sa nouvelle vie de fille de comte, et n'avait pas menti. Sa prochaine confession ne serait toutefois pas facile.

— Rassurez-vous, je ne vous demanderai pas de rester à Fontaine. Je comprends tout à fait que vos engagements vous rappellent à Troyes. Mais vos conseils seraient vraiment les bienvenus.

Il inclina la tête.

— Je ferai de mon mieux pour vous aider.

La route enneigée serpentait le long d'une douce colline. Les arbres étaient moins nombreux, par ici. Des volutes de fumée s'élevaient au-dessus des branches gelées. Il y avait des fermes à proximité.

Elle s'éclaircit la voix.

— Cela concerne des événements qui se sont produits il y a bien longtemps.

— Après votre départ contraint et forcé de Bretagne ?

Elle hocha la tête.

— Je vais vous raconter mon plus vieux souvenir.

La fumée s'enroulait autour des branches. Claire riva les yeux sur les dessins qu'elle formait.

— Mon plus vieux souvenir concerne une femme. Une femme qui s'occupait de moi dans les Pouilles. Elle s'appelait — elle s'appelle toujours — Veronica. Le jour où j'ai compris qu'elle n'était pas ma mère est gravé dans ma mémoire. C'était l'été. Dehors, les abeilles bourdonnaient sur la terrasse. La porte était ouverte, le soleil entrait dans la pièce et le sol — en marbre blanc veiné de gris — était chaud sous mes pieds. Veronica arrangeait des lys dans un vase sur une petite table et je l'aidais. Par maladresse, j'ai renversé de l'eau. Elle m'a frappée.

Alors qu'elle se remémorait la douleur vive causée par ce coup qui lui avait fendu la lèvre, elle se passa les doigts sur la bouche.

— « Sale petite esclave maladroite ! » s'est-elle exclamée. Elle n'était pas ma mère : je lui appartenais.

Elle avait parlé sans regarder Arthus mais, à la façon dont Acier secoua la tête, elle comprit qu'il avait tiré sur les rênes, sans doute par réflexe.

— Vous lui *apparteniez* ?

— Oui, répondit-elle en suivant du regard un troupeau d'oies sauvages qui volaient haut dans le ciel.

— Et elle vous frappait ?

— Souvent.

Une boule se forma dans sa gorge. Elle dut déglutir pour pouvoir continuer.

— Je sais que ce ne devait pas être la première fois que Veronica me frappait, car je ne me souviens pas d'avoir été surprise. Mais c'est le premier coup que j'ai gardé à la mémoire, la première fois qu'elle m'a traitée de « sale esclave ». J'ai eu de la chance, cela dit, je n'ai jamais été fouettée…

Arthus jura.

— Claire, je vous en supplie, regardez-moi !

Se préparant à affronter elle ne savait quoi — du mépris, de la pitié ? — elle le regarda. Sa main, large et emprisonnée dans un gantelet de mailles, était tendue vers elle. Instantanément, toute la tension la quitta, comme de l'eau aspirée par une bonde. En soupirant, elle posa sa main dans la sienne et elle sentit une caresse réconfortante. Ses yeux se mirent à piquer et toute la forêt disparut derrière un brouillard de larmes.

— En quittant Troyes, je pensais que je ne vous le dirais jamais, avoua-t-elle avec un petit rire.

— Je suis honoré que vous vous soyez confiée à moi. Je me doutais que votre passé avait dû être douloureux, mais à ce point…, dit-il en plissant le front, l'air abasourdi. Pourquoi avoir attendu jusqu'à aujourd'hui pour me le dire ?

Elle regarda de nouveau en arrière.

— Vous pouvez parler librement, Claire. Le serviteur ne nous écoute pas. Il est trop occupé à se demander quand nous arriverons et si son souper sera froid.

Chapitre 12

Arthus ne pouvait y croire. Claire avait été esclave ? Elle avait appartenu à une habitante des Pouilles prénommée Veronica ? Sa première réaction fut un besoin quasi irrépressible de l'assaillir de questions. Combien de temps était-elle restée esclave ? Comment avait-elle recouvré la liberté ? S'était-elle enfuie ?

Se retenir de les poser toutes fut difficile, mais il y parvint. Ce ne devait pas être facile pour elle. Il ne fallait pas la harceler.

Son beau visage semblait mordu par le froid et son nez était légèrement rougi, mais c'était surtout la dureté de son regard qui l'inquiétait. Cette tension qui paraissait l'habiter. Cela faisait bien trop longtemps qu'elle portait seule ce fardeau.

Elle inspira profondément.

— Arthus, je ne veux vraiment pas que quelqu'un d'autre l'apprenne.

— Vous pouvez compter sur ma discrétion.

— Merci…, dit-elle avant d'hésiter un instant. Il y a deux raisons pour lesquelles je me suis confiée à vous. La première est que j'ai besoin que vous me donniez votre avis. Pensez-vous que je devrais en parler à mon père ? Il m'a interrogée sur ma vie dans les Pouilles. Au moment où nous avons quitté Troyes, je pensais garder ce secret à jamais enfoui en moi. Il me semblait que ce qui était arrivé à la fille illégitime du comte Myrrdin n'était pas important, mais…

— Pas important ? l'interrompit-il en la regardant dans les yeux. Claire, personne ne devrait être réduit en esclavage, quelle que soit sa naissance ! Je savais que cette ignoble pratique existait, mais jamais je n'aurais pensé y être confronté un jour. Vous avez été victime d'une grave injustice. Vos propriétaires — et les marchands d'esclaves qui vous ont vendue — devraient payer pour leurs crimes. Il faut les empêcher de nuire !

— Cela me soulagerait d'apprendre qu'ils ont été punis par la justice, mais…

Sa capuche tomba en arrière lorsqu'elle secoua la tête, et quelques petites boucles cuivrées voletèrent.

— Mais je veux vraiment tirer un trait sur mon passé. En même temps, je viens de découvrir mon statut d'héritière. A votre avis, papa doit-il être prévenu ?

— Vous avez peur de sa réaction.

Elle baissa la tête.

— Oui.

— Le comte Myrrdin sera horrifié, annonça Arthus d'une voix ferme. Comme n'importe quel père à sa place. Mais je pense que vous devriez lui dire la vérité. Si des trafiquants d'esclaves étaient à l'œuvre à Fontaine quand vous étiez un nouveau-né, alors ils peuvent toujours s'y trouver et sévir. Votre père doit en être informé.

Elle chercha son regard.

— Je suis vraiment inquiète au sujet de papa. Vous avez dû le remarquer : parfois il se tait et regarde dans le lointain, parfois il s'échappe au beau milieu d'une conversation.

— Ses chevaliers ne m'ont parlé de rien de tel.

— C'est parce que vous êtes un étranger. Ils préfèrent certainement ne pas parler de cela devant vous. Je doute fort, ajouta-t-elle en soupirant, que papa puisse supporter beaucoup d'autres… surprises.

Arthus étouffa un petit grognement. Il n'avait rien remarqué d'étrange chez le comte Myrrdin. Cela dit, il devait reconnaître que depuis son arrivée à Fontaine, c'était exclusivement Claire qui avait accaparé son attention.

— Ce n'est pas tout, continua-t-elle en respirant laborieusement. Papa est de toute évidence inquiet à propos de la comtesse Fanny, et je m'attendais à ce qu'il envoie quelqu'un la chercher. Ils ont besoin de se parler, pourtant il ne fait rien. C'est comme s'il était paralysé… Il semble incapable de prendre la moindre décision, et encore plus d'agir. C'est moi qui ai insisté pour aller la trouver à St-Méen et essayer de la ramener. Cela ne vous semble-t-il pas étrange qu'il n'ait rien tenté dans ce sens ?

— Il espérait sans doute que la comtesse retrouverait ses esprits et rentrerait d'elle-même. De plus, les routes n'étaient pas praticables.

Arthus était certain que l'inquiétude de Claire était sans fondement. Elle était quelqu'un de nerveux, et maintenant qu'elle s'était confiée à lui, il comprenait pourquoi. L'esclavage… Seigneur ! Quel enfer d'être soumis à quelqu'un et de devoir le servir et lui obéir à n'importe quelle heure du jour et de la nuit ! Le contraste entre son passé dans les Pouilles et le futur qui l'attendait était abyssal. Quel changement de statut ! Etourdissant…

— Claire, la fragilité du comte ne m'a pas frappé. Je vous recommande chaudement de tout lui dire, et le plus vite possible.

Il s'éclaircit la voix avant de poursuivre.

— Vous m'avez dit avoir deux raisons de vous confier à moi à propos de votre passé. Quelle est la seconde ?

Elle se mordit la lèvre.

— C'est à propos des marchands d'esclaves. Etant donné que vous êtes capitaine de la garde, je pense que j'aurais dû vous en parler plus tôt…

Elle prit une grande inspiration.

— Il y a des trafiquants d'esclaves à Troyes.

— Des trafiquants d'esclaves ? A Troyes ? s'exclama-t-il, sidéré.

— C'est à cause d'eux que je suis partie. Je… J'ai

pensé que je devais vous le dire, afin que vous puissiez les surveiller à votre retour.

— Je n'y manquerai pas. Le comte Henri sera stupéfait. Quel dommage que vous ne m'en ayez pas parlé plus tôt ! ajouta-t-il après une courte pause.

Elle baissa les yeux.

— Je suis désolée…

Il lui adressa un gentil sourire qui dissimulait ce qu'il ressentait. Elle ne lui avait pas fait confiance. Vu son passé, ce n'était pas surprenant, mais c'était assez douloureux. Dès le premier regard, il avait éprouvé pour elle une réelle affection et il avait supposé que cela avait été réciproque.

— Vous aviez peur, j'imagine. Vous ne me connaissiez pas depuis longtemps. Les reconnaîtriez-vous ?

— Je connais l'un d'eux. Mon maître avait l'habitude de se fournir chez lui. Il s'appelle Lorenzo da Verona. Dans les Pouilles, on l'appelle *Il Veronese*, le Véronais.

Le regard triste, elle secoua la tête.

— Le pire c'est que… Que je me suis réfugiée à Troyes parce que je pensais que j'y serais en sécurité. Je savais que l'esclavage était interdit en Champagne, et j'avais entendu vanter les mérites et l'efficacité de la garde du comte. J'étais certaine que les trafiquants esclaves n'oseraient jamais mettre les pieds à Troyes ni dans ses environs.

Pour la deuxième fois de la matinée, Arthus se retrouvait en train d'essayer de prendre la mesure de ce que Claire lui disait. Des trafiquants d'esclaves sévissaient à Troyes… Elle lui avait bien dit qu'elle ne voulait pas quitter Nicole et Hélène, mais c'est en voyant ce Véronais qu'elle avait compris qu'elle n'avait pas le choix. Elle avait eu peur d'être reprise.

Il fallait coûte que coûte arrêter ces esclavagistes. Cette pensée s'imposait à lui.

L'estomac noué, il regarda Claire en fronçant les sourcils.

— Si seulement vous me l'aviez dit ! Il faut que vous sachiez que je vous aurais aidée.

Elle détourna les yeux.

— Je suis désolée. Je vous l'aurais volontiers dit mais… si j'avais parlé, cela serait revenu à avouer que j'avais été une esclave. J'avais honte.

Il observa son profil délicat. Ses yeux s'attardèrent sur la courbe de ses joues, sur les reflets roux de ses cheveux, sur la légère moue que formaient ses lèvres.

— Je suis honoré que vous ayez finalement réussi à me faire confiance, dit-il d'une voix douce. Et je me doute que vous risquez de trouver cela pénible, mais avant que je reparte pour Troyes, j'aimerais que vous me disiez tout ce que vous savez sur ce Lorenzo da Verona.

Elle frissonna, comme horrifiée à la simple évocation de ce nom.

— Je ne veux plus jamais revoir cet homme de ma vie !

— C'est compréhensible. Mais comprenez-vous que si nous réussissions à l'arrêter votre témoignage serait des plus précieux ?

— Mon témoignage ?

Sa voix s'était étranglée, et elle continua beaucoup plus bas.

— Vous ne pouvez pas l'envisager avec sérieux ! Je ne veux pas que les gens sachent que j'ai été esclave !

Il serra les dents. Se montrait-il trop exigeant ou y avait-il quelque chose qu'il ignorait encore ? Il haussa les épaules.

— Votre témoignage ne sera peut-être pas nécessaire. A mon retour, le Véronais aura sans doute déjà filé, et on ne l'attrapera jamais…

— Mais si vous l'arrêtez malgré tout, vous voulez que je témoigne contre lui ? Devant le comte Henri ?

— Cela pourrait s'avérer utile.

— Jamais je ne pourrais faire cela ! s'exclama-t-elle. Jamais !

— Très bien, répondit-il d'une voix volontairement calme et apaisante. Personne ne vous forcera à rien.

— Jurez-moi que vous ne direz rien à personne ! dit-elle en lançant un regard de bête traquée derrière elle. A propos de ma vie dans les Pouilles.

— Je n'en soufflerai pas le moindre mot sans votre

permission. Comme je vous l'ai dit, il se peut que nous ne retrouvions jamais cet homme. Mais avant mon départ, j'aimerais que vous m'en fassiez une description aussi détaillée que possible.

Elle acquiesça, et il n'insista pas davantage. Elle avait déjà suffisamment souffert. Inutile qu'il en rajoute.

— Ma dame ?

Derrière eux, le serviteur s'éclaircit la voix.

— Le manoir n'est plus très loin, désormais. Vous pouvez presque l'apercevoir, là-bas, au pied de la colline.

— Je vous remercie, Conan. Voulez-vous bien ouvrir la marche, je vous prie ?

Le manoir de St-Méen, construction carrée en pierre ceinte d'un mur recouvert de givre, s'élevait au milieu d'une clairière. Les douves étaient remplies de neige et le portail fermé. Un chien-loup attaché au mur, près de l'entrée, devait servir de garde, car il se dressa d'un bond quand il les vit et se mit à aboyer.

— Je ne vois personne à part le chien, constata Claire. L'endroit paraît désert.

— Il y a de la fumée qui s'échappe de la cheminée, là.

— Croyez-vous que la comtesse Fanny refusera de nous recevoir ? demanda-t-elle en fronçant les sourcils.

A sa grande surprise, Conan réussit à ouvrir le portail et ils le franchirent sans la moindre difficulté, malgré les aboiements incessants du chien qui tirait sur sa chaîne.

— Où sont tous les gens ? demanda Claire, en acceptant la main d'Arthus pour descendre de cheval.

Son regard semblait chaleureux, mais lorsqu'il recula en esquissant la plus formelle des révérences, elle se dit qu'elle avait dû imaginer cette chaleur. Etait-il déçu qu'elle ait refusé de témoigner ? Sans doute. Bien sûr, le Véronais ne serait peut-être jamais arrêté, mais elle avait déçu Arthus et ce n'était pas une pensée très agréable.

— Après vous, ma dame.

La comtesse ne se trouvait pas dans la grande salle, même si un feu y brûlait. Par une porte ouverte, à l'autre bout de la pièce, Claire aperçut un escalier sombre.

— Bonjour ! appela-t-elle. Y a-t-il quelqu'un ?

Personne ne répondit. St-Méen semblait abandonné, même si les châtaignes qui étaient en train d'éclater dans le feu disaient le contraire.

Elle retira ses gants et s'approcha de la cheminée.

— Bonjour ! répéta-t-elle. Comtesse Fanny ?

Dehors, le chien aboyait, encore et encore. Personne ne se montra.

— Il doit bien y avoir quelqu'un. Il y a des chevaux dans l'écurie, dit Arthus.

En se frottant les mains pour les réchauffer, elle échangea un regard avec lui.

Il désigna l'escalier d'un mouvement du menton.

— Montons, proposa-t-il.

L'escalier en colimaçon ouvrait sur un couloir éclairé uniquement par des meurtrières. La main sur la poignée de son épée, la respiration formant de la buée dans l'air glacial, Arthus ouvrait les portes les unes après les autres. Pièce de rangement. Cabinet privé. Chambre vide. Placard à linge…

Autre chambre.

La comtesse Fanny s'y trouvait, assise sur des coussins disposés devant la fenêtre, en compagnie d'une femme plus âgée qu'elle. Elles brodaient les bords d'un grand drap blanc étalé sur leurs genoux. Dans la cheminée, seules quelques braises rougeoyaient.

La comtesse leva la tête vers la porte lorsqu'ils entrèrent et Claire comprit que les deux femmes faisaient semblant de broder. Le nez de sa sœur adoptive était rouge, et elle avait des cernes noirs sous les yeux. Elle donnait l'impression de n'avoir pas dormi depuis son départ du château. L'autre femme avait l'air d'une domestique de confiance. Sans doute s'agissait-il de la chambrière de la comtesse. Elle aussi avait les joues marbrées et gonflées. Elles avaient pleuré toutes les deux.

— Dame Claire, dit la comtesse Fanny d'une voix tremblante. Vous êtes venue savourer votre triomphe… Je savais que cela ne prendrait pas longtemps. Vous voulez que je m'en aille.

Claire s'empressa d'avancer.

— Loin de là. Je suis venue vous convaincre de rentrer à la maison. Vous manquez beaucoup au comte Myrrdin, ma dame.

La bouche de la comtesse Fanny se tordit.

— Fontaine n'est plus ma maison, comme chacun le sait. Par naissance vous…

Elle toussota pour s'éclaircir la voix.

— Par naissance, vous me surpassez. Vous pouvez m'appeler Fanny.

— Ma dame, répéta Claire avec fermeté.

Son cœur cognait dans sa poitrine. Elle avait eu raison d'insister pour venir. Cette pauvre femme était dans tous ses états à cause de son arrivée, et elle la regardait avec une profonde aversion. Elle se raidit. Elle avait déjà dû affronter l'indifférence d'autrui, affronter la cruauté, les bas instincts et la rage, mais jamais elle n'avait été regardée avant tant de haine. Des torrents de détestation se déversaient des yeux de la comtesse Fanny.

— Ma dame, si vous le permettez, j'aimerais vous considérer comme ma sœur. Mais c'est seulement si vous-même vous vous considérez comme ma sœur que je me sentirai assez à l'aise pour vous appeler Fanny.

La comtesse la détailla longuement, de la tête aux pieds.

— Vous n'êtes pas ma sœur. Vous et moi ne partageons pas une seule goutte du même sang. Ma dame — elle se redressa, le regard glacial — je suis une voleuse, une vagabonde mendiant à votre porte.

Arthus eut un mouvement d'impatience. Le sentant sur le point d'intervenir, Claire lui adressa un discret signe de tête afin de l'en dissuader.

— Ma dame, vous n'êtes rien de tel, répondit-elle de sa

voix la plus chaleureuse. Je pense que vous avez été aussi stupéfaite que moi de découvrir ma véritable identité.

La comtesse tordit la bouche dans une grimace de dédain.

— Stupéfaite… On peut dire cela, oui.

— J'aimerais vraiment pouvoir vous considérer comme ma sœur.

La comtesse des Iles la dévisagea. Son expression n'était plus froide ni fière, mais abasourdie. Abasourdie et brisée.

Le cœur de Claire se serra. Elle avait encore un gros travail de persuasion à accomplir avant d'être acceptée par la comtesse…

Suivant son instinct, elle s'assit à côté d'elle et effleura sa main, qui était glacée.

— Ma dame, j'ai des choses à vous dire, et cela prendra peut-être un certain temps.

Elle regarda la comtesse ainsi que sa chambrière en souriant.

— Nous pourrions descendre ; le feu brûle plus fort dans la grande salle. A moins que quelqu'un n'aille chercher du bois pour raviver celui-ci.

La chambrière renifla, puis s'essuya le nez du revers de la main.

— Je vais m'occuper du bois.

— Merci, Marie, murmura la comtesse.

Marie adressa un regard très direct à sa maîtresse.

— Ma dame, je pense que vous devriez écouter ce que dame Claire a à vous dire.

Alors que la chambrière se dirigeait vers le couloir, Arthus lui emboîta le pas.

— Je vais aller chercher Conan, afin qu'il vous aide à ramener du bois.

— Je vous remercie, messire.

Une fois Arthus et la chambrière partis, Claire se cala contre les coussins et regarda la comtesse dans les yeux.

— J'ai toujours voulu avoir une sœur.

— Je ne suis pas votre sœur, ma dame.

— Papa vous aime.

— Vraiment ? Dans ce cas, pourquoi m'a-t-il laissée partir aussi facilement ? Pourquoi n'a-t-il envoyé personne me chercher ?

— Il… Oh ! Fanny… Acceptez-vous que je vous appelle par votre prénom ?

— Comme il vous plaira.

— Fanny, je suis si heureuse que vous ayez accepté de m'écouter ! Cela fait des jours et des jours que j'ai envie de parler de papa avec quelqu'un.

— Ah oui ?

— Il me semble avoir quelques problèmes, et j'ai besoin de savoir comment vous y faites face. Parfois il est tout à fait normal mais, à d'autres moments, il semble basculer dans un autre monde. Vous avez dû le remarquer.

Fanny la regarda sans rien dire et, en voyant ses yeux, Claire comprit que ce qu'elle avait pris pour de la haine était en fait de la peur. Son accueil : « Vous voulez que je m'en aille » lui revint à la mémoire.

La comtesse avait peur qu'elle soit venue lui réclamer St-Méen. Le manoir faisait partie de la dot de Fanny, et c'était donc en quelque sorte un cadeau qu'elle avait fait à son époux. Elle devait craindre de ne plus rien avoir à offrir à son bien-aimé. Par ailleurs, elle considérait probablement St-Méen comme son ultime refuge, et l'idée d'avoir à y renoncer devait lui être intolérable.

En souriant, Claire examina ostensiblement la pièce. Un bouclier en argent sur lequel étaient peintes trois fleurs de potentille noires était accroché au-dessus de la cheminée. Les coussins de soie joliment brodés sur lesquels elles étaient assises étaient moelleux et confortables. Oui, sa sœur adorait cet endroit. Il était manifestement plein de souvenirs heureux.

La porte sur laquelle donnait l'escalier claqua dans le lointain et des pas résonnèrent. La voix d'Arthus se fit entendre.

— Marie, disait-il, laissez Conan porter les bûches.

Elles sont bien trop lourdes pour vous. Occupez-vous plutôt du petit bois.

— Quelle magnifique tapisserie ! s'extasia Claire en observant les tentures murales.

Installés au milieu des bois, dames et chevaliers banquetaient autour d'une table couverte d'une nappe damassée. Une bordure argentée parsemée de potentilles noires avait été ajoutée tout autour de la tapisserie.

— C'est somptueux, murmura-t-elle en se tournant vers Fanny. L'argent et le noir ne sont pas les couleurs de Fontaine, toutefois.

— Non, ce sont celles de mon époux.

— C'est vous qui avez réalisé cette tapisserie ?

— Marie et moi l'avons faite ensemble.

— Elle est vraiment très belle. Cette pièce est très accueillante. Vous aimez St-Méen, et cela se voit.

— Je me sens chez moi, ici.

Arthus entra, accompagné de Conan et de Marie, et Claire baissa la voix.

— Fanny, père vous a donné ce manoir, qui faisait partie de votre dot. Je ne vous le reprendrai pas. Il est à vous, pour toujours.

Les yeux de Fanny s'embuèrent.

— Vraiment ? fit-elle d'une voix étranglée.

— Quelle sœur serais-je si je vous dépouillais de votre dot ?

— Je vous remercie, ma dame, mais vous ne devez pas connaître la tradition. Depuis des générations, St-Méen appartient aux seigneurs de Fontaine. Pap… le comte Myrrdin me l'a donné car j'étais son héritière. L'idée était que je le cède moi-même à mon héritier, le prochain comte de Fontaine. Si vous me laissez St-Méen, non seulement vous privez vos enfants de ce qui leur revient de droit, mais vous bousculez également une tradition qui remonte à des générations.

— Les traditions sont faites pour être bousculées, répondit Claire en haussant les épaules. Et celle-ci tout particulièrement, car elle ne tient absolument pas compte des circonstances actuelles.

Les yeux de Fanny se mirent à briller, et elle esquissa un léger sourire.

— Je vous remercie, ma dame, dit-elle en essuyant une larme. Vous êtes la grâce et la bonté mêmes.

— Ne dites pas cela voyons !

Claire tendit la main et, quand Fanny l'accepta et la serra, elle sentit un grand soulagement la gagner. Dieu merci, la situation semblait évoluer dans le bon sens. Elle en profita pour aborder sans attendre le sujet qui la préoccupait tant.

— Mais laissons-cela, voulez-vous ? Si je suis venue jusqu'ici, c'est surtout parce que j'avais besoin de parler de papa avec vous. Tout à l'heure, quand nos chevaux seront assez reposés, vous accepterez peut-être de rentrer au château. Papa…

— Il n'est pas malade, j'espère ? Il allait bien quand je suis partie.

Claire ne put réprimer une grimace.

— Non, il n'est pas malade, mais je m'inquiète vraiment pour lui. Je pense que ce qui le ronge est lié à son âge. Cela ne se remarque pas si facilement. Parfois il a du mal à suivre une conversation, parfois son esprit est affûté comme la lame d'un couteau. Quand je suis arrivée, il était au mieux de ses capacités. Un peu plus tard dans la soirée, après que nous eûmes découvert votre fuite, il était complètement abattu. J'ai l'impression que la moindre complication le déroute. Et l'inquiétude ne fait qu'empirer les choses. Il ne va pas bien, depuis que vous êtes partie.

Fanny regardait le feu, l'air soucieux.

— J'ai remarqué que papa semblait ailleurs, par moments, mais j'avais mis cela sur le compte de la fatigue liée à son âge.

— Le fait qu'il ne soit plus très jeune joue sans doute un rôle important dans ses absences. Fanny, vous lui manquez, et je pense qu'il a besoin de vous. Je sais que vous voir lui fera le plus grand bien. Je vous en prie, acceptez de rentrer avec nous ! Nous pourrions partir dès que les chevaux seront assez reposés.

— Très bien, acquiesça Fanny en souriant, j'accepte. Pap… Le comte Myrrdin me manque aussi.

Claire plissa le front.

— Papa vous considère toujours comme sa fille. Vous avez grandi à Fontaine, et il vous aime. Je suis sûre qu'il vous le dira quand vous vous reverrez.

— Il n'a rien tenté pour m'y ramener, alors qu'il aurait très bien pu le faire, lança Fanny, sceptique.

— Mon arrivée a été un choc pour tout le monde, et je pense que papa trouve la situation plus compliquée que nous nous en rendons compte. Il est heureux de m'avoir retrouvée…

Elle jeta un coup d'œil vers Arthus qui était en train de mettre des bûches dans la cheminée. Des étincelles s'élevèrent dans l'âtre en crépitant.

— … mais toutes ses habitudes ont été bousculées. Plus rien n'est comme avant. C'est comme s'il était totalement perdu, depuis mon arrivée et la découverte de votre départ.

— Il paraît que vous êtes tout le portrait de la comtesse Mathilde.

— C'est ce que tout le monde dit. Fanny, papa erre dans un brouillard qui semble se déplacer avec lui à chaque pas qu'il fait. Il est troublé par ce qui s'est passé, comme nous tous. Dans son cas, l'inquiétude le ronge et le rend malade. Lui comme moi avons besoin que vous rentriez au château. Si vous êtes à ses côtés, je suis convaincue qu'il se remettra vite. Rentrez avec nous. Je vous en prie…

Arthus avait mis des bûches dans le foyer et surveillait la reprise du feu. Après avoir déposé leur chargement de bois, Conan et la chambrière étaient partis. Devait-il aller attendre en bas ? Claire et sa sœur conversaient à voix basse, mais il entendait tout. Claire ne disait rien à la comtesse qu'elle ne lui ait déjà dit, mais il trouvait sa générosité — la facilité avec laquelle elle s'était séparée du manoir — déconcertante. Voire irritante.

Il s'éclaircit la voix.

— Mes dames, je vais aller voir les chevaux.

Il esquissa une révérence, puis quitta la pièce.

Elle abandonnait un manoir… Il serra les poings pendant qu'il parcourait le long couloir sombre. Cette décision, prise avec tant de désinvolture, mettait en évidence le fossé qui les séparait désormais. Elle était dame Claire. Héritière du comté de Fontaine. Tandis que lui…

A l'écurie, le serviteur avait dessellé des chevaux et était en train de brosser Acier.

— Laissez-moi faire, déclara Arthus en prenant la brosse des mains de Conan.

— Oui, mon seigneur.

— Conan, fit-il d'un ton peu amène.

— Oui, mon seigneur ? répondit l'homme en reculant d'un pas.

— Conan, je suis un chevalier. Pas un seigneur.

Et un chevalier sans terre. Il aurait donné n'importe quoi pour un manoir de la moitié de la taille de St-Méen. Et elle, elle s'en débarrassait comme s'il s'agissait d'une babiole achetée à la foire !

— Oui, messire, toutes mes excuses.

Se rendant compte que Conan le regardait comme s'il craignait qu'il lui saute à la gorge, il secoua la tête et se passa la main dans les cheveux.

— Je suis désolé, Conan. Ne faites pas attention à moi. Je suis de très mauvaise compagnie aujourd'hui.

Conan le regarda un moment sans rien dire, avant d'acquiescer.

— Cela ne fait rien, messire. C'est certainement votre retour en Champagne qui vous préoccupe.

Arthus passa la brosse sur les flancs d'Acier en étouffant un vague grognement.

— Ce ne doit pas être agréable de faire un si long voyage à cette période de l'année, poursuivit Conan. Il va être difficile de quitter le confort de Fontaine.

Serrant la brosse au point que ses jointures blanchirent, il se força à répondre avec légèreté.

— Je serai heureux de retrouver mon chez-moi.

Sans qu'il comprenne pourquoi, les mots lui laissèrent un goût amer dans la bouche. Il eut tout à coup très froid, et se mit à regarder Acier sans le voir. C'était un mensonge. Il n'avait aucune envie de rentrer à Troyes, pas si Claire devait rester à Fontaine. Il voulait qu'elle soit avec lui, il la voulait à ses côtés, où qu'elle doive vivre.

Que diable lui arrivait-il ? Claire ne lui appartenait pas. Certes, ils avaient partagé la même couche, mais cela ne lui donnait pas pour autant de droits sur elle. Elle n'était rien de plus qu'une jolie fille avec qui il avait vécu des moments rares et délicieux. Il ne devait pas laisser son désir le détourner de son devoir. Et Troyes ne manquait pas de jolies filles ; il en trouverait facilement une autre.

Il prit une grande inspiration. Dès le dégel, il partirait. Même si l'idée de rester encore un peu le tentait, il fallait qu'il rentre. Si le Véronais sévissait à Troyes, le comte Henri devait en être informé. Les gardes allaient devoir mettre en place un système de patrouilles et renforcer leurs troupes. Il était de son devoir de débarrasser la Champagne des trafiquants d'esclaves.

Mais ce n'était pas la seule raison qui le poussait à quitter la Bretagne au plus tôt. Il avait conscience d'être devenu curieusement possessif. Pour le bien de Claire, il devait s'éloigner d'elle. Elle avait dit qu'elle ne se marierait jamais, mais elle serait contrainte de changer d'avis. Qu'elle le veuille ou non, dame Claire de Fontaine se marierait, et elle ferait un beau mariage. Il devait laisser le champ libre à celui que son père choisirait pour elle et grâce à qui la descendance des seigneurs de Fontaine serait assurée.

— Le vent a perdu de son mordant, murmura-t-il en regardant par la porte, les sourcils froncés.

— Oui, messire. Le redoux ne va pas tarder. Vous serez plus vite rentré en Champagne que vous ne le pensez.

L'hiver garda son emprise sur Brocéliande une semaine encore puis, un beau jour, les routes redevinrent praticables. Sous une fine croûte de gel, la sève circulait de nouveau. Les bourgeons commençaient à pointer au bout des branches, et de petites touffes vertes perçaient la neige comme de minuscules aiguillons.

Le temps n'était pas le seul à signifier à Arthus que le moment était venu de partir. Après des débuts difficiles, Claire et sa sœur adoptive semblaient bien parties pour devenir amies. Cela était dû en grande partie au comte Myrrdin, dont le visage s'éclairait dès qu'il les voyait ensemble. Au début, leur relation amicale n'était sans doute fondée que sur leur volonté de faire plaisir au comte, mais leurs rapports allaient évoluer vers quelque chose de plus solide, il n'en doutait pas.

Comment la comtesse ne pourrait-elle apprécier la sollicitude de Claire qui avait fait la route jusqu'à St-Méen pour la rassurer au sujet de l'amour que lui portait son père ? Comment ne pourrait-elle apprécier à sa juste valeur la générosité de celle qui l'avait autorisée à conserver le manoir ?

Claire de Fontaine était bienveillante ; elle était pleine de tact et généreuse. Elle avait toutes les qualités requises pour faire une excellente châtelaine et, très vite, elle s'en rendrait compte elle-même.

Le jour de son départ, Arthus attendit que tout le monde ait déjeuné avant d'aller trouver Claire afin de lui faire ses adieux. Les domestiques avaient déjà débarrassé la table, lorsqu'il se tourna vers Yves.

— As-tu rangé tes affaires et es-tu prêt à partir, mon garçon ?

— Oui, messire.

Arthus désigna la porte de la tête.

— Va préparer les chevaux. Je te rejoins sous peu.

Claire se tenait près du dais, occupée à examiner une nappe avec deux servantes. Sa robe avait la couleur du ciel de juin et son voile était si léger qu'on aurait dit de la dentelle. Elle semblait calme, sereine. Et faite à son rôle d'héritière de Fontaine.

En ayant l'impression d'avoir une dague fichée dans le cœur, il avança.

— Ma dame ? J'aimerais vous dire un mot, si vous permettez.

Les servantes s'éloignèrent, emportant la nappe, et il se trouva seul face à ces yeux rares et magnifiques. Sa gorge se serra lorsqu'il songea que c'était sans doute la dernière fois qu'il les voyait.

Elle baissa le regard.

— Vous partez, dit-elle d'une voix blanche. Vous partez ce matin.

— Je… Oui.

Les mots lui manquèrent soudain, et ce fut tout ce qu'il put répondre. Pourtant, il avait préparé un petit discours. Il avait prévu de lui dire qu'elle ferait une dame parfaite, une dame que tout seigneur serait fier d'épouser. Il avait prévu de lui dire qu'elle ne devait pas s'inquiéter au sujet de la santé de son père, qu'un homme capable de faire en sorte que ses filles deviennent amies était certainement en possession de toutes ses facultés mentales. Il avait prévu de lui dire… une foule de choses. Mais il ne parvenait pas à faire abstraction des servantes qui s'affairaient dans la grande salle, des soldats qui se réchauffaient devant la cheminée, d'Yves qui l'attendait à l'écurie.

— Il est grand temps, reprit-il seulement, glacé par le regret.

Elle sourit.

— Le devoir vous appelle à Troyes.

— Oui, ma dame.

Elle lui offrit sa main de la plus élégante des manières, une main fine et délicate, encore légèrement rougie et marquée par l'excès de travail. Il put constater que les cicatrices de son rude passé étaient en train de disparaître. Il baisa le bout de ses doigts et se força à sourire.

— Je suis heureux que vous ayez retrouvé votre maison, ma dame.

— Je vous remercie de m'avoir amenée ici, messire. Je sais les désagréments que je vous ai causés.

Elle s'interrompit, esquissa un sourire et, pendant un merveilleux moment, ses yeux se mirent à pétiller.

— Enfin, la plupart du temps..., précisa-t-elle.

— Pas du tout, répondit-il en effleurant son poignet d'une discrète caresse.

Sa remarque lui rappela juste au bout moment que, avant de partir, il devait absolument lui demander quelque chose. Sachant qu'ils n'étaient pas seuls, il se pencha vers elle autant qu'il l'osa et baissa la voix.

— Vous me préviendrez au cas où notre séjour au monastère aurait eu des conséquences.

Elle plissa le front.

— « Des conséquences » ? répéta-t-elle tandis que ses joues s'empourpraient. Oh ! Non, messire, il n'y a aucune conséquence.

— Vous en êtes certaine ?

— Absolument certaine.

Une vague glacée passa en lui. Ce n'était pas de la déception, mais cela y ressemblait fort. Sans rien laisser paraître de son trouble, il la regarda droit dans les yeux.

— Vous serez heureuse ici, je pense.

Il l'espérait sincèrement, en tout cas.

Les doigts fins de Claire se refermèrent autour des siens.

— Messire, vous avez été pour moi un incomparable ami, et je suis terriblement désolée de vous voir partir. Veuillez vous souvenir que vous serez toujours le bienvenu à Fontaine. Nous serons honorés de vous revoir, à n'importe quel moment.

— Je vous remercie, ma dame. Pour ma part, j'aimerais

que vous sachiez que si d'aventure vous avez besoin de mon aide, vous ne devez pas hésiter à me faire mander.

— Je vous remercie.

Avec un sourire timide et un petit regard à la dérobée aux soldats debout près de la cheminée, elle retira sa main.

— Adieu, sire Arthus. Dieu vous protège.

— Adieu, dame Claire.

Chapitre 13

Claire regarda fixement le large dos d'Arthus pendant qu'il traversait la grande salle. Elle avait l'impression qu'un sort l'avait pétrifiée. Quand il prit sa cape verte qu'il avait laissée sur une table et la jeta sur ses épaules, elle dut serrer les poings pour s'empêcher de se lancer à sa poursuite. Ses yeux se mirent à piquer.

— Ma dame ? Vous sentez-vous bien ?

Elle revint à la réalité qui l'entourait. Une des servantes était de retour, tenant la nappe pliée sur son bras.

— Ma dame, que désirez-vous que nous fassions d'autre ?

Claire ouvrit la bouche pour répondre, mais la referma aussitôt. Dans son esprit, il n'y avait de place que pour une seule pensée.

Arthus s'en va.

— Plus tard, Jeanne. Plus tard, murmura-t-elle.

Saisissant ses jupes, elle quitta la grande salle puis courut vers l'escalier de la tour. Elle grimpa, plus haut que sa chambre, jusqu'à la porte donnant sur le chemin de ronde.

Un vif vent d'ouest sifflait entre les créneaux et, dans le ciel encore bleu, quelques nuages gris qu'il apportait annonçaient qu'il pleuvrait bientôt. Elle enroula son voile autour de son cou, et trouva un endroit d'où elle avait une vue dégagée sur le pont-levis et la route qui quittait la Bretagne.

Son attente ne fut pas longue. Un bruit de sabots résonna, puis elle vit la cape verte d'Arthus et les gardes qui le saluaient. Yves chevauchait à son côté. Tout paraissait minuscule. La licorne de son bouclier prenait la lumière tandis que son casque étincelait.

Elle s'accrocha au parapet, en proie à une émotion qu'elle n'aurait pas dû ressentir. Une émotion qui, jusque-là, lui était totalement inconnue.

Non, c'était faux. Cette émotion qui lui serrait le cœur n'était pas tout à fait inconnue. Elle l'avait ressentie dans une moindre mesure pour Geoffroy, ainsi que pour Nicole et Hélène. Elle commençait à la ressentir pour son père. L'amour. Il semblait que ce qu'elle éprouvait pour Arthus était similaire. Pouvait-il s'agir d'amour ? Vraiment ?

Aveuglée par les larmes, elle le regarda franchir le pont-levis et s'engager sur la route. Les pics de glace accrochés aux remparts étaient en train de fondre. De grosses plaques noires et fangeuses remplaçaient peu à peu la neige accumulée au pied des murs.

Etait-ce de l'amour ?

Elle eut envie de l'appeler et de sentir ses bras forts autour d'elle. Elle eut envie…

Derrière elle, la porte de la tour s'ouvrit sur le comte Myrrdin. Le vent soulevait ses cheveux et sa barbe.

— Il est donc parti ?

Le cœur trop lourd pour parler, elle ne put que hocher la tête.

— Hmm. Je pensais que ce chevalier resterait, dit-il en la regardant dans les yeux.

Il semblait tourmenté. Elle n'avait pas l'habitude d'être la cause de l'inquiétude d'autrui et ne voulait pas le contrarier. Elle se força donc à parler.

— Sire Arthus a juré allégeance au comte Henri de Champagne.

Son père eut un petit geste dédaigneux.

— Ce n'est pas un serf. Je pensais que vous trouveriez un moyen de le faire rester.

Elle cligna des yeux pour chasser ses larmes, et regarda la route qui menait à la forêt et hors de la Bretagne. Partout la neige fondait. Les trois chevaux — ils ramenaient Foudre au comte Henri — laissaient des traces fangeuses derrière eux. Quand la pluie viendrait, ils chemineraient dans un océan de boue.

Son père fit un pas de côté et émit un petit rire.

— Vous pensez que je n'ai rien remarqué, mais je sais.

Malgré le vent froid, les joues de Claire devinrent brûlantes.

— Que savez-vous, papa ?

— Vous aimez cet homme.

— Papa ! s'exclama-t-elle d'une voix étranglée. C'est faux.

Le comte sourit.

— Ne me mentez pas, ma fille, vous l'aimez. Je ne suis pas le plus bavard des hommes, ce qui me laisse le temps d'observer. Et je suis certain qu'il vous aime également, ajouta-t-il en lui tapotant la main.

Son cœur fit un bond dans sa poitrine.

— Vraiment ?

Le comte inclina sa tête blanche.

— Je m'attendais presque à ce qu'il me demande la permission de vous faire sa cour.

Il l'observait avec une telle intensité qu'elle commença à se demander si elle ne se serait pas trompée au sujet de ses facultés déclinantes.

— Je l'aime beaucoup, papa, admit-elle, se surprenant elle-même. Mais je n'ai aucune intention de me marier.

Son père grommela quelque chose d'incompréhensible et regarda au loin. Le vent jouait avec ses cheveux, qui ressemblaient à un nuage blanc.

Arthus et Yves trottaient parmi les arbres. Par moments, Claire distinguait la licorne sur son bouclier et, à d'autres moments, tout ce qu'elle voyait étaient des troncs sombres et un enchevêtrement de branches dénudées. Un corbeau croassa. Dans les profondeurs inconnues de la forêt, les coups de bec d'un pic-vert résonnèrent.

Arthus était parti…

— Il faut que vous vous mariiez, Claire. Si vous me l'aviez demandé, j'aurais accepté qu'il vous courtise. Mais je dois dire que je suis soulagé que vous n'en ayez rien fait.

— Vous êtes soulagé ? Pourquoi ?

— Vous aurez besoin d'un bon régisseur pour veiller sur le domaine, quand je ne serai plus là. Et même si je reconnais que sire Arthus Ferrer est un excellent chevalier, j'ai entendu dire que sa gestion de la Corbelière a été tout sauf exemplaire.

— Que voulez-vous dire, papa ? demanda-t-elle, le souffle coupé.

— La Corbelière était dans un état indescriptible quand il a quitté le domaine. Le château était en pleine déréliction.

Claire observa l'espace entre les arbres, les traces boueuses dans la neige, les branches encore blanches.

— En pleine déréliction ?

Ce ne pouvait pas être vrai. Arthus était diligent. Appliqué et consciencieux en toutes circonstances. Précis.

— Papa, qui vous a dit cela ?

— Apparemment, c'est de notoriété publique. Et même si je ne puis rien vous refuser, j'aimerais que le régisseur de Fontaine soit une personne de confiance. La terre est tout, très chère. Sans la terre, nous ne sommes rien.

Il sourit et lui tapota de nouveau la main avant de poursuivre.

— Ne vous inquiétez pas, je trouverai un bon régisseur. Quelqu'un qui vous plaira. Et vous n'avez pas à redouter que je vous presse. Vous ne serez pas obligée de vous marier tant que vous ne vous y sentirez pas prête.

L'estomac de Claire se contracta douloureusement. Elle ne voulait pas que son père, adorable et animé par les meilleures intentions du monde, lui trouve un mari. Et il se trompait au sujet d'Arthus. Il se trompait lourdement. Arthus, un mauvais régisseur ? Impossible !

Elle soutint son regard.

— A aucun moment vous ne m'avez paru avoir des réserves au sujet de sire Arthus, papa. Pourquoi ne pas m'en avoir parlé plus tôt ?

Le regard du comte Myrrdin perdit de son intensité et de son acuité.

— Je… Je…

Son expression s'assombrit et son visage exprima la plus grande confusion.

— Je… J'ai oublié.

— Vous avez oublié ?

— Je pensais à une chose que m'a dite le père Alar.

— De quoi s'agit-il, papa ?

Il referma sa main sur la sienne.

— Quand vous êtes arrivée à Fontaine et qu'il n'y a plus eu aucun doute concernant votre ascendance, j'ai demandé au père Alar de mener une petite enquête au village. Je voulais savoir ce qui s'était passé après votre naissance.

Le vent s'acharnait contre le voile de Claire, comme s'il voulait le lui arracher.

— Vous avez appris quelque chose ?

— Oui, une petite chose. Cela concerne une confession que le père Alar a recueillie il y a quelques années. Comme vous le savez, les confessions doivent rester absolument secrètes, mais étant donné les circonstances et le laps de temps écoulé, le père Alar a estimé qu'il pouvait parler. Une villageoise lui a confié que sa sœur avait volé un bébé, une petite fille. La femme n'était plus elle-même suite à la mort de son propre enfant.

— Elle m'a volée ?

— Et elle a fui Fontaine. Sa sœur ne l'a jamais revue et sa trace a été perdue. On peut imaginer que cette femme est allée jusque dans les Pouilles avec vous.

Un nuage gris passait au-dessus du château. Claire le regardait avancer, en réfléchissant.

Elle avait été volée par une femme malheureuse qui avait ensuite fui Fontaine. Comment donc était-elle tombée entre les mains des marchands d'esclaves ? Comment ?

— Cette femme était une folle, papa ?

— C'est probable. Je suppose que la nourrice a eu peur en découvrant votre disparition… Elle a dû vous remplacer par Fanny.

Il s'éclaircit la voix.

— Le père Alar certifie que la nourrisse ne lui a rien confessé à ce sujet. Donc, il ne s'agit que d'une supposition.

— Sait-il d'où venait Fanny ?

— Malheureusement non.

Claire aurait aimé pouvoir apprendre à Arthus ce que le prêtre avait raconté, même si cela n'expliquait pas comment elle était tombée entre les mains des marchands d'esclaves. Arthus était la seule personne à savoir qu'elle avait été esclave, et elle aurait aimé en discuter avec lui.

La femme en question était-elle morte en chemin ? Si elle était malade, peut-être avait-elle été obligée de mendier. Elle avait peut-être été forcée de la vendre aux trafiquants d'esclaves en échange de nourriture. Et cela aurait pu se produire n'importe où entre la Bretagne et les Pouilles.

En hochant la tête d'un air absent et en esquissant un vague sourire, le comte Myrrdin lui lâcha la main et contempla son domaine. Son nez était rouge et, autour de ses yeux, sa peau était toute plissée. Les veines de ses mains marbrées par le froid saillaient.

Claire retint son souffle. Son père était un vieillard ; il aurait dû porter sa cape.

Elle passa son bras sous le sien.

— Papa, où est votre cape ?

— L'un des chiens l'a mangée, peut-être ?

— Papa ?

Elle frissonna. La période de lucidité quotidienne de son père semblait terminée. Elle n'apprendrait plus rien sur son enfance aujourd'hui.

— Je n'en sais rien, très chère. Rien du tout.

— Venez avec moi. Nous ferions mieux d'aller nous mettre au chaud.

Sur la route, la neige qui fondait se transformait en boue qui éclaboussait les jambes des chevaux et leurs flancs. L'étalon gris d'Arthus ne l'était plus réellement. Acier s'était transformé en une créature tachetée presque méconnaissable. La cape d'Yves était maculée de brun, et celle d'Arthus ne valait guère mieux. La boue recouvrait entièrement leurs bottes.

Et la pluie ! Elle s'abattait sur eux avec une telle constance qu'Arthus aurait presque pu croire que les dieux s'étaient ligués contre eux. Yves et lui étaient trempés de la tête aux pieds. Son épée devait être en train de rouiller dans son fourreau. S'attendant presque à en voir le motif effacé, il jeta un coup d'œil à son bouclier. Mais non, la licorne tenait bon, frêle silhouette blanche dans un monde de boue et de pluie.

Arthus regarda Yves en grimaçant. Malgré la pluie, il les avait poussés loin, et vite. Il avait espéré qu'en se concentrant sur la route à parcourir, il cesserait de penser à Claire.

Cela n'avait pas fonctionné. Elle lui manquait terriblement. C'était curieux car, vers la fin de son séjour à Fontaine, il n'avait pas passé beaucoup de temps avec elle. Il savait néanmoins qu'elle n'était pas loin et ce qu'elle était en train de faire. Parfois elle parlait avec son père dans la grande salle ou vérifiait l'état des réserves pour la cuisine. A d'autres moments, elle brodait avec Fanny, qui lui enseignait de nouveaux points. Un jour, il l'avait entendue demander au prêtre s'il accepterait de lui apprendre à lire et écrire. Même s'il n'avait pas été avec elle, il avait été heureux de savoir où elle se trouvait. Mais désormais…

Il s'était efforcé de s'occuper l'esprit. Il s'obligea à penser aux trafiquants d'esclaves et à réfléchir à la façon dont il pourrait mettre la main sur eux, à imaginer ce qu'il dirait lorsqu'il parlerait au comte Henri.

Rien ne fut efficace. Il avait l'impression d'avoir perdu une partie de lui-même. C'était une sensation inédite, et il n'aimait pas cela. Alors il avait poussé ses limites, et celles du pauvre Yves, un peu plus loin que d'habitude.

Ils voyageaient depuis plusieurs jours et avaient déjà bien avancé.

— Tu as été courageux, Yves. Malgré ce sale temps, nous avons parcouru une grande distance, aujourd'hui.

— Quand arriverons-nous à Troyes, messire ?

— Nous sommes déjà en Champagne. Avec de la chance, nous serons chez nous demain.

— Voilà une nouvelle qui me réjouit.

— As-tu assez chaud, mon garçon ? Nous ne pouvons pas nous permettre que tu tombes de nouveau malade.

— Je vais bien, messire.

Derrière les nuages, le soleil déclinait et l'obscurité gagnait du terrain. Au loin, quelques lumières brillaient.

— Dieu merci…, murmura Arthus.

— Qu'y a-t-il, messire ?

— Un village, droit devant. Nous allons chercher une auberge pour nous abriter et nous sécher.

Ils trottèrent à vive allure jusqu'à la cour de l'auberge. Une servante courait dans tous les sens après un poulet effrayé qui avait dû s'échapper du poulailler. Deux cavaliers avec une charrette attelée étaient sur le point de partir. Ils ressemblaient à des marchands. Les pauvres, ils avaient dû prévoir de voyager de nuit. L'homme de tête était emmitouflé dans une épaisse cape ; la torche qu'il tenait crachotait et vacillait sous la pluie. La torche ne durerait pas longtemps, et Arthus commençait à les plaindre, lorsque sa curiosité fut éveillée. Il y avait quelque chose, chez eux, qui le dérangeait.

Quelque chose, mais quoi ? Intrigué, il les regarda manœuvrer dans la cour. Le cavalier à la torche passa le premier, suivi de l'homme qui guidait le cheval tirant la charrette. Arthus observa celle-ci plus attentivement. Elle ressemblait à n'importe quelle autre charrette de marchand… Voyager de jour était déjà assez pénible en cette saison, alors pourquoi voyager de nuit, surtout avec un temps pareil ? S'ils étaient des commerçants, leur marchandise serait trempée et perdue avant leur arrivée.

Arthus s'adressa au second cavalier alors que la charrette se mettait en branle.

— Bonsoir. Il est courageux de prendre la route par une telle nuit ! J'espère que vous n'avez pas loin à aller.

— Non, pas loin, grommela l'homme en évitant soigneusement son regard.

Les roues de la charrette patinèrent dans la boue. Elle n'était pas pleine. Elle contenait deux ou trois ballots informes dans le fond, et plusieurs cordes enroulées qui ressemblaient à des serpents. Les ballots semblaient bien emballés ; avec un peu de chance, leur contenu ne serait pas trop abîmé par le voyage sous la pluie. La marchandise devait avoir une certaine valeur pour qu'on se donne la peine de la transporter par une nuit pareille. Sans doute ces marchands allaient-ils livrer une commande spéciale à un seigneur local.

Les gens ordinaires devaient faire des choses pénibles, parfois, pour pouvoir manger, songea-t-il, désabusé.

En secouant la tête, il se retourna vers la cour. Une lumière jaune filtrait de l'écurie. Deux serviteurs attendaient à l'entrée, bien à l'abri.

— Nous allons enfin pouvoir nous restaurer et nous reposer, dit-il à Yves en souriant.

— Je le pense aussi, messire.

Rentrant la tête dans les épaules pour lutter contre la pluie, il guidait Acier vers l'écurie quand il entendit un cri étouffé. Le cri était venu de derrière lui. Le bruit d'un coup sourd lui succéda, immédiatement suivi par d'autres cris. Il fit aussitôt volte-face et son regard se posa sur la charrette qui s'éloignait en brinquebalant dans la nuit.

Il crut distinguer un mouvement à l'arrière de la charrette.

— Mon chevalier ! Mon chevalier !

Le sang d'Arthus se glaça dans ses veines. C'était une voix d'enfant, une voix si aiguë qu'elle perçait le fracas de la pluie qui tombait.

— Mon chevalier ! Au secours ! Au secours !

— Allez chercher de l'aide, vite ! ordonna-t-il aux serviteurs. Il se passe quelque chose.

Les deux hommes ouvrirent des yeux ronds.

— Quoi donc, messire ?

— Dépêchez-vous !

L'un des domestiques se précipita vers l'auberge tandis que l'autre saisissait une fourche.

— Je viens avec vous, messire.

— Merci. Vous êtes un homme courageux.

L'épée à la main, Arthus talonna Acier qui se mit à galoper, projetant de la boue de toutes parts.

— Yves, à moi !

Alors qu'il se rapprochait de la charrette, l'ombre à l'arrière se fit plus nette et se révéla être la silhouette d'une petite fille.

— Mon chevalier ! Sire Arthus !

L'enfant hurlait, comme si elle craignait pour sa vie. Comment connaissait-elle son nom ? Elle avait les cheveux si trempés et le visage si sale qu'il ne la reconnut pas tout de suite.

— Mon chevalier ! Sire Arthus !

— Hélène ?

Mon Dieu ! Un bâillon desserré pendait au cou de l'enfant, mais il s'agissait bien d'Hélène, sans erreur possible. Elle avait les mains entravées.

Avec un rugissement de colère, l'homme de tête lança la torche qu'il tenait vers lui. Des étincelles jaillirent. Acier se cabra et rua. Au même instant, Yves arriva à sa hauteur, suivi de près par le serviteur qui pataugeait dans la boue en brandissant sa fourche.

Des cris et du remue-ménage provenaient de l'auberge où l'autre domestique avait donné l'alarme. Du coin de l'œil, Arthus vit la lame argentée de l'épée d'Yves.

— Calme-toi et tiens fermement ton arme, mon garçon, conseilla-t-il. Rappelle-toi ce que tu as appris à l'entraînement.

Seul l'homme qui avait lancé la torche représentait une menace. L'autre, avec son visage rond comme la lune et sa bouche béante, était trop lent.

— Je m'occupe de l'homme de tête, lança-t-il. Toi, surveille l'autre.

Il talonna Acier qui bondit en avant.

L'homme venait droit sur lui. Il se tenait si mal en selle qu'il était étonnant qu'il ne soit pas déjà à terre. Ses étriers heurtaient les flancs de son cheval avec plus d'énergie que de raison et, en même temps, il tirait sur ses rênes comme s'il voulait stopper sa monture.

— Signaux contradictoires…, murmura Arthus. Je plains son cheval.

La cape de son adversaire claquait au vent comme une voile dans la tempête, et il vacilla lorsqu'il brandit son épée.

Leurs armes se heurtèrent avec fracas et l'homme, porté par son élan, poursuivit sa course tandis qu'Acier faisait demi-tour. Ils s'engagèrent dans un second assaut, puis dans un troisième. La pluie avait redoublé. Comme par miracle, l'homme restait en selle malgré tout, distribuant les coups d'épée avec si peu de finesse et de précision qu'il n'aurait pas été étonnant qu'il blesse son propre cheval. Arthus attendit son heure, sachant qu'elle viendrait, et vite. Son adversaire manquait cruellement de pratique.

Et l'occasion s'offrit d'elle-même. Après un mouvement désordonné, l'homme perdit un étrier. Une autre maladresse le fit basculer sur le côté et lâcher son épée qui s'envola en tournoyant dans la nuit. Il s'affala lourdement dans la boue et son cheval déguerpit.

Arthus sauta à terre et posa la pointe de son épée sur la gorge de l'homme.

— Vous rendez-vous ?

— Allez au diable ! Oui, je me rends…

Il avait un accent étrange, assurément pas champenois. Arthus se raidit. Pouvait-il s'agir de Lorenzo da Verona ? Les paroles de Claire lui revinrent à la mémoire : « Il y a des trafiquants d'esclaves à Troyes », avait-elle dit avant de faire allusion à leur chef, « connu sous le nom du Véronais ».

Cet homme pouvait-il être celui qui l'avait poussée à quitter Troyes précipitamment ?

Le serviteur à la fourche se précipita vers eux, suivi d'une foule excitée. Yves se tenait près de la charrette. Il s'était bien débrouillé ; le deuxième homme aussi avait été neutralisé.

Arthus jeta un coup d'œil vers Hélène. Elle était en train de grelotter à l'arrière de la charrette avec ses trois — non *quatre* — compagnons d'infortune, tous attachés à la structure de la charrette. Mon Dieu ! Si ces hommes étaient bien des marchands d'esclaves, ils auraient à en répondre devant la justice. Le comte Henri allait être horrifié en apprenant la nouvelle. Du trafic d'esclaves en Champagne…

— Sire Arthus ! s'écrièrent les enfants en tapant des pieds. Sire Arthus !

Arthus regarda le serviteur, et désigna l'homme toujours allongé dans la boue.

— Attachez-le. Et emmenons tout ce petit monde au sec.

— Compte sur moi, messire, répondit le serviteur.

Quatre enfants frissonnaient devant la cheminée de l'auberge en frottant leurs poignets et chevilles rougis par les cordes. Arthus était assis sur un banc, avec Hélène sur ses genoux, et essayait de la consoler pendant que la femme de l'aubergiste poussait un à un les enfants derrière un linge tendu afin qu'ils retirent leurs vêtements trempés et sales. Les servantes entraient et sortaient avec des bassines d'eau chaude.

Les occupants de l'auberge murmuraient entre eux, lançant de temps à autre des regards apitoyés vers la cheminée et le linge tendu. Les malheurs de ces enfants avaient frappé tous les esprits. A l'autre bout de la salle, les deux hommes pieds et poings liés, étaient attachés à un pilier. Pour plus de sécurité, Arthus avait chargé Yves et les domestiques de garder l'œil sur eux.

— J'ai des tuniques qui ne vont plus à mes fils, dit la femme de l'aubergiste, tout en s'occupant du plus petit garçon. Elles sont un peu élimées par endroits, mais elles sont propres et sèches.

— C'est vraiment très généreux de votre part.

La femme disparut derrière le drap tendu et, par-dessus le crépitement du feu, Arthus entendait sa voix pleine de gentillesse.

— Mon pauvre agneau, quel horrible bleu ! Mais tu es vraiment courageux. Tiens, cet onguent te fera du bien. Tu veux le mettre tout seul, ou tu préfères que je le fasse ?

Doucement, Arthus prit les poignets d'Hélène qui s'agrippait à lui de toutes ses forces. Son petit visage était appuyé contre sa tunique. Des marchands d'esclaves ! Ces enfants s'en souviendraient-ils encore dans quelques années ? Il espérait que non, mais sans trop y croire. Ils étaient sans doute déjà trop grands pour oublier.

Tel était l'abominable sort qu'avait dû connaître Claire, songea-t-il, horrifié.

La seule différence était qu'elle n'était encore qu'un nourrisson quand elle s'était retrouvée aux mains de ces monstres. Il n'y avait pas de nourrisson aujourd'hui, mais ce petit garçon, quel âge pouvait-il bien avoir ? Deux ans tout au plus…

L'aubergiste sortit de la cuisine.

— Excusez-moi, messire, vous m'avez demandé ce qu'il y avait à manger. Nous avons de la soupe de pois au jambon et du pain à volonté. Il y a aussi du poulet froid et de la tourte de pommes aux épices.

— Je vous remercie. Je suis sûr que cela plaira à ces enfants. Donnez-leur à manger autant qu'ils voudront. Je paierai pour eux.

— Très bien, messire.

Quelques minutes plus tard, une servante déposa le pain et la soupe sur une table.

Arthus caressa les cheveux trempés et emmêlés d'Hélène et lui fit doucement lever le visage.

— Hélène, as-tu faim ?

Elle lui sourit et acquiesça.

— Que s'est-il passé, Hélène ? Pourquoi n'es-tu pas à Troyes ?

Le sourire disparut. La fillette secoua la tête et ses yeux s'emplirent de larmes.

— Maman..., fit-elle d'une voix brisée. Maman...

Nicole était peut-être morte, supposa-t-il, désolé.

— Il est arrivé quelque chose à Nicole ?

— Elle va très mal. Elle a été encore plus malade quand Claire est partie. Et puis ces hommes sont arrivés. Ils ont demandé où était Claire.

— Comment s'appellent-ils, Hélène ? Le sais-tu ?

Hélène renifla et secoua la tête.

— Ils m'ont frappée. Et ils ont frappé les autres aussi. Ce sont des hommes très très méchants.

— Ils ne te frapperont plus jamais, assura Arthus. Demain, nous les conduirons au comte Henri et il veillera à ce qu'ils soient punis.

La fillette fourra son pouce dans sa bouche. Un pouce sale et couvert de boue. Avec précaution, car il avait peur de la brusquer, il le lui retira.

— A ton tour d'aller mettre des vêtements secs, dit-il en se levant. Tu es trempée. Et ensuite, tu vas manger.

Hélène regarda les marchands d'esclaves avec crainte.

— Et s'ils s'échappent ? S'ils viennent me reprendre ?

— Sois tranquille, cela n'arrivera pas. Demain, ils seront présentés au comte Henri et mis en prison.

Un petit visage barbouillé de boue se leva vers lui.

— Ils vont aller en prison ?

— Très certainement.

— Et vous me ramènerez à la maison ?

Une mèche de cheveux mouillés était tombée sur ses yeux. Arthus la remit en place.

— Bien sûr.

Il la déposa à terre et la poussa vers le drap près duquel la femme de l'aubergiste l'attendait, la main tendue.

— Maintenant, nous allons bien te sécher et te mettre des vêtements propres.

En se dirigeant vers la femme de l'aubergiste, Hélène tourna la tête et esquissa un petit sourire tremblant.

— J'ai prié pour que vous veniez me sauver, sire Arthus.

Le cœur d'Arthus se serra.

Pendant que la femme de l'aubergiste lui choisissait une tunique à sa taille, Hélène le regarda de nouveau.

— Sire Arthus ?

— Oui ?

— Avez-vous retrouvé Claire ?

— Oui.

— Je le savais ! s'exclama-t-elle en souriant franchement, cette fois. Où est-elle ?

— Claire vit en Bretagne, avec son père.

Elle lui adressa un regard où attendaient mille questions.

— Viens, mon enfant, dit la femme de l'aubergiste. Viens derrière ce drap. Tu interrogeras le chevalier après.

Hélène acquiesça et obtempéra.

Le lendemain, Arthus franchit la porte de Paris pour entrer à Troyes à la tête d'un convoi bien insolite. Le sergent Hubert était en faction à l'entrée du pont-levis du château. Tout en saluant les voyageurs, il écarquilla les yeux en voyant les enfants, les prisonniers et la garde de fortune qu'Arthus avait constituée le matin même. Une garde composée d'Yves et de deux nouvelles recrues, en la personne des serviteurs de l'auberge.

— Capitaine Ferrer, est-ce bien vous ? demanda le sergent en jetant un coup d'œil à la licorne du bouclier, avant de reporter son regard stupéfait sur la charrette.

Arthus releva sa visière et sourit.

— Bienvenue parmi nous, messire.

— Je vous remercie, sergent. Le comte Henri est-il à demeure ?

— Oui, messire.

— Faites-le prévenir immédiatement, voulez-vous ? J'ai besoin de lui parler au plus vite. Dites-lui que l'affaire est de première urgence.

Arthus fut tout de suite conduit au bureau, où le comte Henri était assis, en train de dicter un texte à un scribe qu'il congédia d'un geste de la main.

— Nous finirons plus tard, Pierre.

— Très bien, mon seigneur.

Le comte se leva pour serrer la main d'Arthus.

— Capitaine ! Dieu merci vous êtes de retour ! Je suppose que vous êtes prêt à reprendre vos fonctions à la tête de la garde.

Le sourire du comte Henri était plus chaleureux que jamais, et cela suffit à dissiper toutes les inquiétudes qu'Arthus avait pu nourrir au sujet de Raphaël de Reims et de son éventuel remplacement par ce dernier.

— Bien sûr, mon seigneur.

Il sentit chez son suzerain comme un flottement, ou une légère déception. Y avait-il eu un problème durant son absence ?

— Messire Raphaël s'en est-il bien tiré, mon seigneur ? demanda-t-il pour en avoir le cœur net.

— Assez bien. Le garçon est encore un peu jeune, et donc inexpérimenté, comme vous vous en doutez, mais il s'en est mieux sorti que je ne m'y attendais. Néanmoins, je suis heureux de vous voir de retour, et je vous expliquerai pourquoi en temps voulu. Tout s'est-il bien passé en Bretagne ?

— Très bien, mon seigneur.

Arthus se lança alors dans un bref récit des aventures de Claire.

— Capitaine, vous dites que le comte Myrrdin a reconnu cette jeune femme comme sa fille légitime ? demanda le comte, les sourcils froncés, quand il eut terminé.

— Sans la moindre hésitation. Apparemment, Claire — dame Claire — ressemble tant à la comtesse Mathilde qu'il ne peut y avoir aucun doute, expliqua-t-il, avant de hausser les épaules. Mon seigneur, dame Claire a les yeux du comte Myrrdin. Mais ce que je n'ai découvert qu'en arrivant à Fontaine, c'est qu'elle a aussi les cheveux et la silhouette de la comtesse Mathilde. Tout le monde l'a remarqué à l'instant même où elle a franchi le mur d'enceinte du château.

— Dieu du ciel ! Et la comtesse Fanny, alors ? Comment les choses se présentent-elles pour elle ?

— Le comte Myrrdin la reconnaît comme sa fille adoptive, mon seigneur. Il l'aime sincèrement, mais il a fait de dame Claire son héritière.

Le comte Henri se frotta la joue et regarda autour de lui d'un air pensif.

— La comtesse Fanny va avoir du mal à l'accepter, même si elle conserve son titre grâce à son mariage avec le comte des Iles.

Son regard s'aiguisa, et il poursuivit, avec davantage d'animation.

— Le comte Tristan est fier et ambitieux. Il a épousé la comtesse pour Fontaine, et il est devenu le régisseur de mon ami Myrrdin. Je suis curieux de savoir, capitaine, comment il a réagi à l'arrivée de dame Claire.

Arthus écarta les mains.

— Je ne puis vous le dire, mon seigneur. Le comte des Iles ne se trouvait pas à Fontaine, il était auprès de la jeune duchesse à Rennes.

Le comte Henri fit la grimace.

— Quelle situation délicate ! Il aurait peut-être été mieux que dame Claire ait été une enfant illégitime.

Arthus ne put s'empêcher de prendre la défense de Claire.

— Permettez-moi de ne pas vous rejoindre sur ce point, mon seigneur. Grâce à cette ressemblance avec la comtesse Mathilde, le comte Myrrdin est enchanté de l'avoir retrouvée.

Bien que, si Claire avait été une enfant illégitime, il aurait peut-être pu demander sa main. Et peut-être, malgré ses positions tranchées sur la question, aurait-elle fini par accepter…

Cette pensée, qui venait de germer dans son esprit, ne voulait plus le quitter. Elle le mettait mal à l'aise, et il pensait savoir pourquoi. Quand il avait rencontré Claire, il ne possédait pas de terre, et il n'en possédait toujours pas. S'il ne lui avait pas parlé de sa famille ni raconté de quel milieu il venait, aurait-elle accepté sa demande en mariage ? La question était dérangeante…

— Peut-être. Mais réfléchissez, capitaine, reprit le comte Henri. Les ramifications de cette affaire sont… complexes, c'est le moins que l'on puisse dire. Que s'est-il passé ? Le savez-vous ? Comment le comte Myrrdin a-t-il pu perdre sa fille ? Ne se doutait-il de rien ?

— D'après moi, le comte Myrrdin s'est douté très vite que la comtesse Fanny n'était pas sa véritable fille.

Arthus regarda le comte dans les yeux et choisit ses mots avec soin. Claire lui avait fait jurer de garder le secret au sujet de sa condition d'esclave, et il ne voulait surtout pas la trahir. Il devait donc en dire aussi peu que possible.

— Le comte Myrrdin semble penser que dame Claire a été arrachée à son berceau peu après sa naissance. Il tentait de mener l'enquête lorsque je suis parti, mais je ne puis vous dire s'il apprendra quelque chose ou pas.

Il prit une grande inspiration, et continua.

— Mon seigneur, concernant mon voyage, je dois vous informer que, hier soir, mon écuyer et moi-même avons eu un contretemps fort déplaisant, causé par deux brigands. Par deux trafiquants d'esclaves, pour être plus précis.

— Des trafiquants d'esclaves ?

Le comte Henri fronça les sourcils.

— Quelle coïncidence ! Sire Raphaël m'a rapporté de déplaisantes rumeurs du même acabit.

— Des rumeurs concernant des trafiquants d'esclaves ?

Le comte acquiesça.

— C'est pour cela que je suis content que vous soyez de retour. Sire Raphaël est bien trop crédule. Quelqu'un fait courir des rumeurs sur des vols d'enfants, et il y croit. Il prétend que des trafiquants d'esclaves sévissent en ce moment à Troyes. C'est inimaginable, bien sûr, mais il est si convaincu que j'y ai presque cru. Il m'a amené une femme, qui était comme folle. Elle tenait des propos incohérents à propos d'un enfant disparu. Disparu ? Peut-être, mais je lui ai dit que le plus probable était que son enfant se soit sauvé, ou égaré. Qui plus est…

Arthus secoua la tête.

— Mon seigneur, j'ai le regret de vous informer que sire Raphaël avait raison. Des trafiquants d'esclaves ont bien sévi à Troyes ces dernières semaines.

Le comte Henri le dévisagea, incrédule.

— Pas vous aussi, capitaine ! Je comptais sur vous pour faire taire cette rumeur ridicule.

Le comte exhuma un rouleau de parchemin du fouillis qui s'entassait sur sa table et l'agita sous le nez d'Arthus. Sur le document étaient apposés des sceaux bleus maintenant des rubans jaunes. Une charte commerciale, reconnut Arthus.

— Troyes est la ville la plus sûre de Champagne ! Elle l'est et il faut qu'elle le reste. Que se passera-t-il, alors que notre foire est réputée dans l'Europe entière, si les marchands refusent d'y venir, sous prétexte que la ville n'est plus sûre ? J'ai déjà fait part de mes inquiétudes à ce sujet au roi Louis, mais…

— Mon seigneur, des trafiquants d'esclaves ont bien opéré dans notre ville. Et la preuve de ce que j'avance se trouve en ce moment même sous bonne garde à la prison du château.

— Vous avez une preuve ?

Le visage blême, le comte Henri reposa la charte à côté d'une pile de bâtons de cire à cacheter. Je crois, capitaine Ferrer, que vous devez tout me raconter.

Quand le souper se termina, Arthus avait dû raconter son histoire au moins une douzaine de fois. Il avait été difficile de garder Claire en dehors de tout cela, et il regrettait de ne pouvoir révéler à quel point elle était concernée par cette affaire. Quand le Véronais et son homme de main seraient jugés, son témoignage pourrait s'avérer crucial. Sa parole aurait plus de poids que tout ce qu'ils pourraient trouver à dire pour se défendre. Mais si Claire était incapable de se confier au sujet de son passé à son propre père, elle ne surmonterait sans doute jamais sa peur de témoigner devant le comte Henri.

Arthus ne pouvait l'en blâmer. Avant qu'elle n'arrive en Bretagne, sa vie n'avait été qu'une succession de malheurs. Elle avait déjà assez souffert et, si cela pouvait l'aider, il ferait tout pour lui épargner cette souffrance supplémentaire. Elle l'avait honoré de sa confiance en lui parlant des marchands d'esclaves ; il n'allait pas gâcher cela.

Alors, il avait répété l'histoire autant de fois qu'on le lui avait demandé sans souffler mot des liens entre dame Claire de Fontaine et les trafiquants d'esclaves. Quant au Véronais et à son homme de main, ils étaient sous haute surveillance à la prison du comte Henri, où ils resteraient jusqu'à leur procès.

Hélène avait été confiée aux bons soins de l'une des dames de compagnie de la comtesse Marie et il faisait déjà nuit noire quand Arthus trouva un moment pour la ramener chez elle. Dès qu'il le put, il alla la chercher dans la salle d'ouvrage des dames. Peu après, il s'engageait dans les rues étroites, avec Hélène en train de sautiller à ses côtés.

De la lumière filtrait sous les portes et entre les interstices des volets. L'air était piquant et empli d'odeurs de soupe, de pain en train de cuire et de viande rôtie.

— C'est ici qu'habite Aimée, dit Hélène, en désignant l'une des hautes maisons de bois. Avec Claire, elles sont amies. Quand Claire reviendra, vous verrez.

Arthus n'eut pas le cœur de dire à l'enfant que Claire ne reviendrait probablement jamais. Il marmonna donc quelque chose d'insignifiant et ils traversèrent la rue pour aller chez Nicole.

La maison n'était pas éclairée. Aucun rai de lumière n'était visible sous la porte, ni autour des fenêtres. Arthus tira doucement sur un volet qui ne s'ouvrit pas. Il était bloqué. Il pencha la tête et écouta. Pas un bruit. La maison n'était pas habitée. Cela ne pouvait signifier qu'une chose…

Sa gorge se serra. Hélène était orpheline.

Elle se précipita vers la porte. Alors qu'elle tendait la main vers le loquet, Arthus la prit dans ses bras et l'en détourna.

— Hélène, j'aimerais que tu me présentes Aimée. Dans quelle maison habite-t-elle, déjà ?

— Je veux voir maman d'abord.

Il se sentit assailli par quelque chose qui ressemblait fort à de la panique. Nicole était morte, il le savait. Il aurait préféré se jeter la tête la première dans une mêlée plutôt qu'avoir à affronter le chagrin d'une petite fille. Il la regarda avec désespoir. Que dire ? Que faire ?

— Mon chevalier, dit Hélène en posant la main sur la joue d'Arthus, qui ne manqua pas d'être surpris par ce geste. Ne soyez pas triste. Nous irons chez Aimée dans une minute. Je veux juste voir maman d'abord.

La boule dans la gorge d'Arthus devenait de plus en plus grosse. Il déglutit. Il n'allait pas pouvoir s'en sortir. Dieu du ciel ! En découdre avec les marchands d'esclaves n'était rien par rapport à cela…

— Hélène, dit-il en la serrant contre lui. Hélène, je crois qu'il va falloir être très courageuse…

Les yeux de l'enfant brillaient dans la lumière de la torche qui se trouvait non loin d'eux. Son expression était devenue d'un coup très sérieuse. C'était le type d'expression que l'on pouvait d'habitude observer chez des personnes quatre fois plus âgées qu'elle. Elle semblait remarquablement sage, et immensément triste.

— Je le sais. Avant que le méchant homme me vole, maman m'a dit qu'elle devrait peut-être bientôt s'en aller. Elle m'a dit qu'elle était en train de mourir.

Les yeux d'Arthus se voilèrent et il dut s'éclaircir la voix pour pouvoir parler.

— Ta maman t'a dit qu'elle était en train de mourir ?

Hélène acquiesça et sa main, incroyablement petite et réconfortante, vint tapoter sa joue.

— Oui. Et parfois j'entendais maman et Claire parler de cela. Elles parlaient de ce que je deviendrais quand maman ne serait plus là.

En reniflant, Hélène regarda tristement la porte. Une grosse larme coula sur sa joue.

— Sire Arthus, vous n'avez pas besoin de vous faire du souci pour moi. S'il est arrivé quelque chose à maman, Claire va venir. Je le sais. Elle me l'a promis.

Chapitre 14

— Dame Claire ?

Le capitaine du comte Myrrdin la rejoignit alors qu'elle s'apprêtait à entrer dans l'écurie. La veille, son père lui avait offert une jument baie, et elle se réjouissait de faire ses premiers pas avec elle. Elle n'allait pas commettre deux fois la même erreur et la baptiser trop rapidement. Foudre avait été un nom ridicule pour la jument rapide comme un escargot qui l'avait conduite jusqu'ici. Il semblait que sire Arthus Ferrer ait fait davantage que de lui apprendre à monter. Il lui avait aussi communiqué son amour des chevaux. La jument était une véritable beauté, et il lui fallait un nom qui lui rende hommage.

— Oui, capitaine ?

Le capitaine lui tendit un rouleau de parchemin.

— Ma dame, un envoyé est arrivé de Troyes avec plusieurs lettres. Celle-ci est pour vous.

— Je vous remercie, capitaine.

Claire prit le rouleau et le contempla d'un œil vide. Les lettres inscrites dessus ne signifiaient rien pour elle. Elle n'avait pas encore commencé ses leçons de lecture et d'écriture. Pour elle, cela ressemblait à des gribouillis bruns qui évoquaient un peu des vagues. Ces marques pouvaient-elles vraiment vouloir dire quelque chose ? Il y avait un sceau vert dans lequel était imprimé le dessin d'un chevalier. Il lui fit penser au jeton qui lui avait permis d'entrer aux joutes de la Douzième Nuit. Cela lui parut remonter à une éternité.

Elle passa le doigt sur le sceau et son cœur se mit soudain à cogner dans sa poitrine.

Arthus ! Arthus lui avait écrit.

Elle ne voyait pas pour quelle raison il avait bien pu lui écrire, mais le vert était bel et bien sa couleur…

— Qui a envoyé cette lettre, le savez-vous ? demanda-t-elle pour en avoir le cœur net.

Le capitaine haussa les épaules.

— Je regrette, ma dame. Le messager n'a pas dit de qui elle provenait. Autre chose, ma dame ?

— Non, capitaine, je vous remercie. Ce sera tout.

Pourquoi donc Arthus lui avait-il écrit ?

Seigneur ! Comme il lui manquait ! Depuis qu'il avait quitté Fontaine, elle ne dormait pour ainsi dire plus. Ses nuits, qu'elle avait l'impression de passer en enfer, n'étaient plus qu'une succession de longs moments affreusement vides. Le manque, avait-elle découvert, était semblable à la faim. Il la tourmentait sans répit. Elle se sentait seule. Et elle avait découvert aussi un nouveau sens au mot « malheur ». Le malheur, c'était ne pas savoir ce qu'Arthus était en train de faire. C'était ne pas savoir s'il était heureux ou pas. Etait-il allé rendre visite à cette fille, Gabrielle, au Sanglier noir ?

Quand elle était dans son lit, elle se roulait en boule et essayait de chasser ce sentiment de solitude. Mais la solitude refusait de la quitter. Tout comme le manque. Et le vide. Mais comment pouvait-elle se sentir seule alors que, pour la première fois de sa vie, elle se trouvait avec sa vraie famille ? Elle était entourée de personnes pour qui elle comptait vraiment. Son père l'adorait, sa sœur était devenue une amie, elle aimait beaucoup sa chambrière…

Il lui paraissait ingrat de sa part de se sentir si malheureuse.

Oubliant sa jument, elle se mit à la recherche de Fanny.

Elle la trouva penchée au-dessus d'une table dans la salle d'ouvrage, en train de tracer le patron d'une tapisserie sur un long tissu. Ses doigts étaient tachés par le charbon.

Sans préambule, elle demanda :

— Fanny, savez-vous lire ?

— Oui, pourquoi ?

— Une lettre est arrivée de Champagne.

Alors qu'elle essayait de détacher le sceau, le chevalier vert se cassa en deux.

— Oh non ! s'exclama-t-elle, dépitée, en constatant sa maladresse.

— Que se passe-t-il, Claire ?

— Le chevalier… mais ce n'est pas important. Voilà, j'aimerais que vous me lisiez cette lettre.

L'estomac noué, elle se mordit la lèvre. Si la lettre avait bien été écrite par Arthus, elle aurait préféré découvrir son contenu seule. Mais il fallait que quelqu'un la lui lise, et Fanny semblait la personne la plus sûre. Arthus savait qu'elle n'avait pas appris à lire, et elle était certaine qu'un homme chevaleresque comme lui ne ferait jamais référence à ce qui s'était passé entre eux au monastère ou à quoi que ce soit qui puisse l'embarrasser. Malgré cela, elle aurait été très mal à l'aise si elle avait dû montrer sa lettre à son père. Et elle ne pouvait demander au père Alar !

Fanny s'essuya les doigts, et prit le rouleau de parchemin.

— Cela vient de sire Arthus, dit-elle en paraissant observer ses réactions. Mais j'imagine que vous le saviez déjà.

— Je n'en étais pas sûre.

L'impatience grandissait en elle, les nœuds de son estomac se resserraient.

— Mon Dieu, Claire, mais c'est très long !

— Fanny, que dit-il ?

Son ton mi-impérieux mi-suppliant fit lever un sourcil à Fanny, qui se mit aussitôt à lire.

Dame Claire.

Très adorable dame, je vous salue. Je prie pour que vous, le comte Myrrdin et la comtesse Fanny soyez en bonne santé.

Tout en le regrettant, je crains que cette lettre ne vous cause tristesse et colère. En bref, à une demi-journée de route de Troyes, Yves et moi fûmes hélés par Hélène, la fille de Nicole. Cela s'est passé à l'auberge où nous avions l'intention de passer la nuit. Hélène avait été enlevée par des trafiquants d'esclaves, qui la transportaient dans une charrette avec quelques autres enfants. Hélène a reconnu ma voix et a réussi à attirer notre attention...

Fanny poussa un cri étouffé.

— Des trafiquants d'esclaves ?

Claire enfonça ses ongles dans ses paumes.

— Sainte Mère, Fanny, continuez !

Les yeux écarquillés, Fanny se pencha sur le parchemin.

Avec l'aide de quelques serviteurs et de villageois, nous avons capturé les marchands d'esclaves et libéré les enfants. Ne vous inquiétez pas pour Hélène, elle va bien et elle est en sécurité à Troyes. Les autres enfants ont été rendus à leur famille, et les marchands d'esclaves sont dans les geôles du comte Henri, en attendant d'être jugés. Ma dame, il vous importera peut-être de savoir que l'un d'eux est connu sous le nom du « Véronais ».

Le comte Henri espère trouver des témoins. Les langues se délient et les gens commencent à raconter que les anciennes routes commerciales sont utilisées par les trafiquants d'esclaves depuis des années. Comme vous pouvez vous en douter, le comte a hâte de pouvoir faire toute la lumière sur cette triste affaire. Malheureusement, nous ne connaissons personne susceptible de nous aider. Le comte serait ravi si un témoin se présentait à lui. Cela se produira-t-il ou non, nous n'en savons rien, et nous nous en remettons à Dieu. Mais une chose est certaine, ces hommes seront jugés. Je suis sûr que vous souhaitez comme moi que justice soit rendue.

Hélène parle beaucoup de vous et demande de vos nouvelles constamment. Elle m'a demandé de vous prévenir que Nicole était morte...

Fanny s'interrompit une deuxième fois. Claire sentit le poids de son regard sur elle, puis Fanny soupira et reprit sa lecture.

Hélène est une enfant courageuse et sage. Elle s'est montrée remarquablement forte quand elle a appris la mort de sa mère. Elle m'a demandé si elle pouvait venir vivre avec moi. Je lui ai expliqué que la caserne de Troyes n'était pas un endroit pour une petite fille, et elle a semblé le comprendre. Elle vit en ce moment chez Aimée, juste en face de son ancienne maison. La comtesse Isabelle a proposé de la recueillir, mais Hélène m'a dit qu'elle serait plus heureuse dans un endroit familier, avec des gens qu'elle connaît. Elle ne manque de rien mais vous réclame très souvent.

Elle s'était mis dans l'idée que vous viendriez vous occuper d'elle. Je lui ai expliqué que vous viviez désormais en Bretagne, et elle a très bien compris. Mais elle a insisté pour que je vous prévienne au sujet de Nicole.

Si vous souhaitez répondre à cette lettre, concernant Hélène ou tout autre sujet, je vous suggère de confier votre message à l'envoyé qui est venu jusqu'à vous.

Je demeure, ma dame, votre humble serviteur et dévoué ami. Je prie chaque jour pour que Dieu vous comble et vous protège.

Arthus Ferrer.

— Voilà. Mon Dieu, quelles nouvelles ! conclut Fanny en contemplant la lettre, les yeux ronds. Nicole est-elle la femme chez qui vous viviez à Troyes ?

— Oui. Sa mort n'est hélas ! pas une surprise. Cela faisait plus d'une année qu'elle était au plus mal. Mais l'enfant… Oh ! Mon Dieu…

Les pensées se bousculaient en Claire. Certaines étaient douloureuses. Nicole était morte. Hélène était seule. Les marchands d'esclaves. Le Véronais… D'autres la rendaient nerveuse. Arthus priait pour elle tous les jours. Et il avait gardé son secret, comme il avait juré de le faire. Le comte Henri l'aurait sans doute tenu en plus haute estime encore s'il avait révélé connaître quelqu'un susceptible d'être ce témoin qu'il espérait tant trouver. Pourtant, Arthus n'en avait rien fait ; il avait tenu parole.

Fanny posa la main sur son bras.

— Claire, vous êtes d'une pâleur extrême… Il faut vous asseoir. Je suis désolée pour votre amie Nicole.

— C'était une femme bonne et généreuse.

Alors que ses yeux s'emplissaient de larmes, Claire prit le parchemin. Elle cilla afin de pouvoir distinguer de nouveau les lignes ; elles étaient bien nettes, tracées à l'encre brune. Arthus s'était-il offert les services d'un scribe ou avait-il écrit cette lettre lui-même ?

— Les lettres, tout en bas… Correspondent-elles à son nom ?

Fanny sourit et montra du doigt.

— Oui, cette marque plus grande, c'est un « A », la première lettre de son prénom. Le reste suit. « Arthus Ferrer. »

— Attention, Fanny, votre doigt est sale, vous faites des traces.

— Vous l'aimez.

Même si Fanny avait parlé à voix basse, ses mots résonnèrent dans la pièce.

« Vous l'aimez. »

Claire se figea. Elle ouvrit la bouche pour nier, et la referma aussitôt.

« Vous l'aimez. »

Cela sonnait vrai, et cela semblait vrai.

— L'amour…, murmura-t-elle. Est-ce donc la raison de cette douloureuse sensation de solitude, même si je ne suis pas seule ? Je ressens un grand vide intérieur. Est-ce donc la raison pour laquelle je ne dors plus depuis son départ ?

Fanny pressa sa main et soupira.

— C'est bien de l'amour.

De l'amour. Elle l'aimait…

— Je n'en étais pas sûre. Je pensais…

Elle haussa les épaules, alors que les larmes troublaient sa vision.

— Je n'ai pas l'habitude d'aimer, voyez-vous. Je commençais juste à comprendre que ce que je ressens pour

Nicole et Hélène est de l'amour. Quelle douleur d'avoir appris la mort de Nicole !

— Je partage votre peine, soyez-en certaine. Claire, il y a différentes sortes d'amour.

Fanny jeta un coup d'œil vers la porte, puis baissa la voix.

— Si vous voulez cet homme, vous allez devoir vous battre pour lui.

— Que voulez-vous dire ?

— Papa vous trouvera un époux très vite. Il en parlait encore l'autre jour.

— Non ! s'écria-t-elle. J'ai dit à papa que je ne souhaitais pas me marier.

— Claire, vous ne pourrez pas y échapper. Vous êtes sa fille légitime, et vous devez vous marier.

— C'est impossible !

Jamais elle n'oublierait la façon dont son maître régnait en tyran sur sa femme dans les Pouilles. D'horribles souvenirs refirent surface. Les coups… L'écho des cris stridents de sa maîtresse était aussi glaçant aujourd'hui qu'il l'avait été à l'époque. Claire se souvint des voiles que Veronica portait, non par pudeur, mais pour cacher ses bleus.

— J'ai pu observer à quel point le mariage peut transformer l'homme en démon.

— En démon ? répéta Fanny en jetant un coup d'œil pensif à la lettre. Je doute que sire Arthus soit un démon. Un démon ne s'occuperait pas d'un enfant qui n'est pas le sien.

— Il se montre d'une grande bonté avec Hélène, c'est vrai, admit Claire. J'ai pu le constater de mes propres yeux à Troyes. Et, bien sûr, je sais que sire Arthus ne me traiterait pas mal. Mais je me méfie du mariage.

— Pour quelle raison ?

Claire soupira et chassa ses mauvais souvenirs.

— Ici, je possède un rang, un statut. Et j'ai plus de liberté que je n'aurais jamais pu l'espérer, surtout étant une femme. Je ne veux pas renoncer à cela.

— Je ne vois pas pourquoi vous devriez renoncer à quoi

que ce soit, dit Fanny. L'amour est censé rendre plus fort, et non plus faible. Si vous et sire Arthus vous aimez...

— Vous vous précipitez, Fanny. Je n'ai aucune idée de ce qu'Arthus pense de moi.

Fanny lui prit la main.

— Il vous aime, j'en suis sûre. Il est attiré par vous, cela est certain. Vous avez dû le remarquer.

Claire se frotta les yeux, en espérant que Fanny ne remarquerait pas le rose qu'elle sentait lui monter aux joues. Au monastère, c'était certain, il était attiré par elle...

— Il m'a demandé de l'épouser, annonça-t-elle.

— Vraiment ? fit Fanny en serrant plus fort sa main. Quand ? Et qu'avez-vous répondu ?

Claire se mordit la lèvre.

— C'était au cours de notre voyage. Je lui ai dit non.

— L'aimez-vous ?

Elle acquiesça.

— Beaucoup. Et je crois que je l'aimais déjà au moment où il m'a demandé ma main. Je ne m'en étais pas encore rendu compte, voilà tout. Fanny, poursuivit-elle en serrant à son tour la main de sa sœur, quelle idiote j'ai été ! Je pensais... Je ne savais pas grand-chose de l'amour. Jusque récemment, je n'avais qu'une maigre expérience de la question.

— Sire Arthus a-t-il reparlé mariage après votre arrivée ici ?

Claire fixait des yeux le nom inscrit au bas de la lettre. Elle ignorait si les sentiments qu'elle éprouvait pour Arthus étaient réciproques. Il n'avait jamais prononcé le mot « amour », et il s'en était allé sans se retourner. Il était probable qu'il lui avait proposé de l'épouser au monastère par esprit chevaleresque. Il avait pris sa virginité, et son code de l'honneur lui dictait de demander sa main.

Et elle l'avait éconduit.

— Il a répété ce que vous et papa m'avez dit : que je devais me marier. Il n'a pas renouvelé sa demande.

— Non, bien sûr. Il est trop fier pour cela, je suppose.

— Trop fier ?

— Claire, avant que vous n'arriviez à Fontaine, sire Arthus pensait que vous étiez une enfant illégitime. La situation a complètement changé dès votre arrivée. Il n'a plus osé demander votre main car il connaissait désormais votre noble ascendance. Il a bien compris que papa aurait en tête pour vous un mariage prestigieux.

— Sire Arthus n'a rien dit de tel…

— Il tient à vous, poursuivit Fanny en prenant le parchemin et en le déroulant. Regardez, il commence sa lettre par « Très adorable dame ». Claire, il ne s'agit pas d'une expression courante !

— Ah non ? J'ai passé une grande partie de ma vie dans les Pouilles, donc certaines nuances de la langue française m'échappent encore.

— Croyez-moi : « Très adorable dame » est une expression que l'on emploie uniquement quand on s'adresse à une amie très chère. Et regardez plus loin — un doigt taché de charbon s'approcha du parchemin. Il prie pour vous tous les jours. Vous ne pouvez laisser ce pauvre chevalier se languir à Troyes, Claire. Pas alors que vous regardez cette lettre comme si elle était le Saint-Graal. Qu'allez-vous faire ?

Claire tendit la main pour récupérer la lettre et regarda Fanny droit dans les yeux.

— J'ai fait une promesse en quittant Troyes.

— Vraiment ? Laquelle ?

— J'ai dit que je m'occuperais d'Hélène après la mort de Nicole. Je dois honorer cette promesse.

— Vous retournez à Troyes ?

— Si papa le permet.

Elle s'interrompit et regarda une nouvelle fois le bas de la lettre où Arthus avait écrit son nom.

— Je dois également m'entretenir avec papa au sujet de mon mariage.

— Votre mariage ? Mais ne venez-vous pas de dire que…

— Papa m'a dit qu'il accepterait qu'Arthus soit mon époux, et je dois voir s'il est toujours du même avis.

Le cœur de Claire se mit à battre plus fort. Ce ne serait

pas facile, son père était d'humeur changeante. Et si, par ailleurs, Arthus ne voulait plus d'elle ?

Il fallait absolument qu'elle informe Arthus, et le plus vite possible, de ce dont elle était accusée dans les Pouilles. Si elle avait l'intention d'épouser cet homme, il devait tout savoir d'elle.

— Arthus m'aimait bien, cela je le sais, murmura-t-elle en croisant le regard de sa sœur et en priant pour qu'il continue à bien l'aimer quand il apprendrait la vérité. Fanny, quand deux personnes sont amies, pensez-vous qu'elles puissent ensuite s'aimer d'amour ?

— Je pense en tout cas que cela vaut la peine d'essayer. Vous devez épouser quelqu'un. Pourquoi pas l'homme que vous aimez ?

Claire se redressa.

— Vous avez raison, je vais aller trouver papa sans délai. Toutefois, quoi qu'il décide, je me rendrai à Troyes. Je dois voir Hélène.

— Si vous souhaitez un peu de compagnie, j'aimerais beaucoup venir avec vous. J'ai toujours eu envie de voir la Champagne. Mon mari possède un manoir aux abords de Provins. Nous pourrions y faire étape ou même y loger.

— J'apprécierais énormément votre compagnie. Mais je dois vous prévenir : la route est longue et difficile.

Fanny sourit.

— Pas avec un guide et plusieurs gardes pour nous escorter. Alors c'est décidé, je viens. En chemin, vous pourrez me raconter votre vie dans les Pouilles. Je suis curieuse d'apprendre pourquoi vous êtes incapable de reconnaître l'amour quand il vous tend les bras. Vous me cachez des choses, et je n'aime pas cela.

Claire passa la main sur le parchemin, qu'elle lissa avant de le rouler.

Faisait-elle bien ? Comment Arthus allait-il réagir quand elle lui parlerait de Sandro ?

Fanny l'observait, une lueur malicieuse dans les yeux.

— Au fait, Claire… La prochaine fois que vous recevrez un billet doux, si vous voulez l'ouvrir sans détruire le sceau, essayez donc de glisser une fine lame chauffée à blanc en dessous.

— Un billet doux ?

— Un billet doux est une lettre d'amour, Claire. Et ce que vous tenez entre les mains n'est rien d'autre.

Le cœur empli d'espoir, Claire regarda la lettre et s'interrogea. Une lettre d'amour ? Peut-être… Mais ce que Fanny ignorait, c'était ce qu'Arthus n'avait pas dit dans sa lettre. Il voulait qu'elle témoigne contre le Véronais. Il savait que c'était la dernière chose qu'elle souhaitait, mais cette lettre était sa façon à lui, pleine de tact et de délicatesse, de l'informer de ce qui allait se passer.

Elle ne pouvait pas témoigner. Si elle le faisait, tous les nobles du pays apprendraient que la fille du comte Myrrdin avait été esclave une grande partie de sa vie. Elle ne pouvait pas faire honte à son père de la sorte.

Si, comme elle l'espérait, le comte Myrrdin acceptait qu'elle prenne Arthus pour époux, elle aurait deux raisons de retourner à Troyes. Tout d'abord, elle devrait demander à Arthus s'il voulait toujours d'elle pour épouse. La réponse se trouvait entre les mains de Dieu et, quelle qu'elle soit, ne changerait rien au fait qu'elle devait honorer la promesse faite à Nicole. Elle proposerait à Hélène de venir vivre avec elle à Fontaine ; c'était la deuxième raison de son voyage.

Mais elle ne rentrait pas pour témoigner contre le Véronais. Cela, jamais !

Le comte Myrrdin insista pour que ses filles partent sous bonne escorte vers la Champagne. Une bonne escorte, pour lui, consistait en deux chevaliers avec chacun son écuyer, six soldats, deux serviteurs, ainsi que les deux chambrières de ses filles. Les dames, y compris les chambrières, ne voyageaient pas en charrette, mais à cheval. Tout au long du chemin, le convoi attira grandement l'attention. Dans les villages, les gens s'arrêtaient pour les regarder passer. Des bandes d'enfants couraient derrière eux, riant et piaillant, leur tendant de la nourriture dans l'espoir de la leur vendre : le délicieux gâteau aux amandes de leur mère, une miche de pain au miel et aux raisins secs, un fromage de chèvre…

Après avoir vécu dans l'ombre pendant si longtemps, Claire trouvait étrange d'être l'objet de tous les regards. Cependant, après avoir tendu un sou à une petite fille en échange d'une miche de pain et avoir reçu, en plus du pain, un sourire irrésistiblement édenté, elle se rendit compte avec délice qu'elle s'amusait beaucoup.

Quand elle avait quitté Troyes en début d'année, elle avait dû se hâter, fuir sans se faire remarquer. Elle avait supplié un marchand de l'emmener dans sa charrette. Il était difficile de prendre la mesure du chemin parcouru, tant il était immense. Peu de temps s'était écoulé, pourtant. C'était à peine carême, et elle s'en retournait en Champagne en tant que fille légitime du comte Myrrdin ! Elle avait un père aimant — bien que parfois un peu étrange — et une sœur adoptive avec qui elle tissait des liens plus forts chaque jour. Le plus bizarre était cependant qu'elle était une héritière qui, sur ordre de son père, devait à présent voyager avec une escorte si imposante qu'elle attirait tous les regards.

Ils atteignirent Troyes vers la fin de l'après-midi par une journée de printemps glaciale. Il gelait encore et, sous le givre, les arbrisseaux bourgeonnants étincelaient. Le froid mordant traversait gants et bottes. Aux abords de la ville, Claire distingua les gardes postés sur les murailles. Leurs visages disparaissaient derrière les petits nuages blancs que formait leur respiration.

Ils entrèrent par la porte d'Auxerre, et se retrouvèrent vite en plein marché aux grains.

Le regard de Claire fut tout de suite attiré par l'auberge du Sanglier noir, située de l'autre côté de la place. A cause du froid, aucune fille n'était assise sur le banc installé dans la rue, mais des éclats de rires féminins filtraient par les lamelles des volets en même temps que de la fumée. Cela ne la regardait pas mais, malgré elle, elle se posa mille et mille questions. Gabrielle travaillait-elle ce jour ? Arthus lui avait-il rendu visite ? Souvent ?

— Quel est cet endroit ? demanda Fanny qui venait de se retourner pour voir ce que Claire regardait.

— Ce n'est qu'une taverne, assidûment fréquentée par les soldats de la garnison.

Durant leur voyage, Claire était parvenue à faire taire ses réticences et à s'ouvrir à Fanny qui, en quelque sorte, était devenue sa confidente. Elle lui avait raconté sa vie dans les Pouilles, lui révélant même son infamante condition d'esclave, après lui avoir fait promettre qu'elle n'en parlerait jamais à leur père.

— C'est votre histoire, avait dit Fanny. Vous la lui raconterez quand vous vous sentirez prête, j'en suis sûre.

— Jamais je ne ferai cela, papa aurait honte !

— C'est absurde ! Ce n'était pas votre faute. Sire Arthus le sait-il ?

Claire avait fait la grimace.

— Il sait presque tout.

Bientôt, elle allait devoir lui parler du crime dont elle avait été accusée dans les Pouilles. Tentative de meurtre… Elle était en train d'apprendre à faire confiance aux autres, en particulier à Arthus, mais n'était-ce pas un secret bien trop lourd et honteux ? Elle avait poignardé un homme et l'avait laissé à moitié mort…

L'inquiétude la saisit. Comment Arthus réagirait-il quand elle le lui dirait ?

Elle se ressaisit et sourit en indiquant la rue de l'Epicerie.

— Si nous suivons cette rue, nous arriverons à un pont qui franchit le canal. Le palais est de l'autre côté du pont.

Le comte Myrrdin n'avait autorisé ses filles à entreprendre ce voyage qu'à la condition qu'elles logent au palais du comte Henri. Elles portaient des lettres de leur père destinées au comte, et tout avait déjà été arrangé. Enfin, presque tout… L'estomac de Claire se contracta. Elle ignorait comment le comte Henri réagirait à une requête particulière, qui lui avait été adressée par messager spécial quelques jours avant leur départ.

Son père avait lu la lettre à Claire avant d'y apposer son sceau et, depuis, son contenu l'obsédait jour et nuit. Le comte Myrrdin avait écrit au comte Henri pour lui demander, si sire Arthus était d'accord, de bien vouloir libérer le chevalier de ses obligations envers lui et de lui permettre de regagner Fontaine avec Claire.

Claire n'avait pu s'empêcher de prier tout au long du chemin, avec une ferveur croissante au fil des jours.

Seigneur, avait-elle prié, *faites qu'Arthus veuille de moi, et faites qu'il apprenne à m'aimer.*

Maintenant que le palais du comte Henri ne se trouvait plus qu'à quelques rues, elle n'allait plus tarder à découvrir la réponse du comte.

Arthus l'accueillerait-il en personne ? Il ne fallait pas trop y compter. Il devait certainement être à la caserne avec ses hommes et les autres chevaliers. Comme elle s'en souvenait, la caserne se trouvait derrière les vieux murs romains conservés à l'intérieur du château de Troyes, assez loin du palais lui-même.

Quoi qu'il en soit, ses retrouvailles avec Arthus allaient devoir attendre. Son devoir, et la promesse faite à Nicole, devait passer en premier.

Ils se dirigèrent vers le canal. Claire était entourée d'un côté par sa sœur et de l'autre par sire Denis. Son statut n'était pas la seule chose qui avait changé depuis son dernier séjour à Troyes. Elle adressa un regard chaleureux à sa sœur. Entre-temps, elle avait aussi acquis d'autres richesses.

— Fanny, cela semble difficile à croire, mais je n'avais ni famille ni amis avant d'arriver en Champagne. Maintenant, j'ai la chance d'avoir les deux. D'abord il y a eu Geoffroy…

— Le chevalier qui vous a trouvée sur la route et vous a conduite à Troyes ?

Claire acquiesça.

— Puis il y a eu Nicole et Hélène, et ensuite Aimée…

— Et n'oubliez pas sire Arthus, ajouta Fanny en lui adressant un regard taquin.

Claire se sentit rougir.

— J'ai un père…

Elle tendit la main et attrapa la main de Fanny.

— … et une sœur.

Fanny n'était peut-être pas vraiment sa sœur, mais Claire l'aimait tant qu'elle l'avait vite oublié. Elles étaient sœurs pour tout ce qui comptait vraiment. En chemin, elle n'avait pas été la seule à ouvrir son cœur. Fanny l'avait récompensée en se confiant à elle à son tour.

Mais Claire regrettait presque qu'elle l'ait fait. Elle s'était sentie mal à l'aise en découvrant que la plus grande peur de Fanny était que son époux, le comte Tristan, demande l'annulation de leur mariage quand il apprendrait que sa femme n'était plus l'héritière qu'il pensait avoir épousée. Cela pesait sur sa conscience. L'idée que son retour à Fontaine pourrait être fatal au mariage de Fanny était insupportable.

Quand Claire était allée la trouver à St-Méen, elle avait craint que sa sœur la déteste. Et, pour elle, cela n'aurait pu être causé que par la perspective de la perte brutale d'un héritage sur lequel elle comptait depuis toujours. Jamais elle n'aurait imaginé que la pauvre Fanny pouvait s'inquiéter pour son mariage. Mais Fanny devait se faire du souci pour rien, le comte Tristan n'allait pas la répudier. Ce n'était pas possible…

Où était-il, d'ailleurs ? Il avait certainement appris son arrivée à Fontaine. Pourquoi ne s'était-il pas manifesté ? Il aurait au moins pu venir à Fontaine pour rassurer Fanny. Où était-il donc ?

Claire lâcha la main de Fanny pour guider sa jument et dépasser trois nonnes qui marchaient bras dessus bras dessous au milieu de la rue.

— Fanny…

— Oui ?

— Je suis sûre que vous vous trompez, dit-elle à voix

basse. Votre époux ne vous chassera pas. Depuis quand êtes-vous mariés ?

— Depuis deux ans.

— Durant tout ce temps, le comte Tristan a dû apprendre à vous apprécier. Il est impossible qu'il ne vous aime pas.

Fanny détourna prestement le regard, mais pas assez vite pour empêcher Claire de remarquer les larmes qui brillaient dans ses yeux.

— C'est gentil de votre part de dire cela.

— Sire Arthus ! Elle est ici ! s'écria Yves en faisant irruption dans l'armurerie. Elle vient d'arriver au palais !

Arthus rangea la lance qu'il était en train d'examiner dans son râtelier et s'efforça de garder une expression aussi impassible que possible. Les battements de son cœur s'étaient accélérés, mais il ne voulait surtout pas que sire Raphaël le remarque.

— Un moment, Yves, dit-il avant de s'adresser à sire Raphaël. Il faut commander plusieurs dizaines de lances supplémentaires si l'on veut que les remparts de la ville soient gardés par suffisamment d'hommes. Je pense confier cette commande à Isidore. Y voyez-vous une objection ? Peut-être pensez-vous à quelqu'un d'autre ? Quelqu'un qui forgerait un acier de meilleure qualité ?

Il s'était préparé à entendre une remarque sur le métier de son père, mais sire Raphaël se contenta de sourire et de secouer la tête.

— Je suis d'accord avec vous, capitaine. Isidore sera le meilleur pour ce travail.

— Très bien, répondit Arthus en lui faisant signe qu'il pouvait partir. Vous pouvez aller passer commande auprès de lui.

Il attendit que sire Raphaël ait quitté l'armurerie avant de se tourner vers Yves.

— Quand est-elle arrivée ?

— Il y a moins d'une demi-heure. Elle est accompagnée de sa sœur et d'une escorte digne d'une princesse.

Arthus se précipita vers la porte. Il n'avait pas connu un seul moment de paix depuis que le comte Henri avait mentionné — en passant — que Claire allait séjourner un moment à sa cour. Il avait pensé que Claire venait voir comment Hélène s'en sortait depuis qu'elle était orpheline. Il s'était dit qu'il était bien trop tard pour qu'elle ait découvert qu'elle attendait un enfant de lui. L'idée qu'elle puisse porter son enfant le fit sourire. C'était possible, mais peu probable. Son sourire disparut. Elle lui avait déjà dit que ce n'était pas le cas.

Il s'était aussi dit qu'il était encore plus improbable qu'elle soit venue pour témoigner contre le Véronais et son complice, même si le comte Henri semblait curieusement heureux de cette visite…

Une question, plus insistante que les autres, émergeait de ses spéculations. Hélène était-elle la seule raison de la venue de Claire à Troyes ? Il devait le découvrir. Tout de suite. Parce que ces trois semaines sans elle qui avaient été un enfer l'avaient aidé à prendre conscience de quelque chose.

Il l'aimait. La vie sans elle n'était pas la vie. Il l'aimait, et ils étaient faits l'un pour l'autre.

Quelle que soit la raison du séjour de Claire à Troyes, il était heureux qu'elle soit venue. Sans cela, il aurait dû retourner à Fontaine pour demander de nouveau sa main. Peu importait leur différence de statut, elle était la femme qui était faite pour lui. Elle ressentait quelque chose pour lui, et il espérait que ce n'était pas seulement de l'amitié, mais il ne pouvait en être sûr. Cependant, elle n'avait donné son corps qu'à un seul homme. A lui.

Peu importait qu'elle ait des réserves à propos du mariage, il l'aiderait à les balayer. Il l'aimait et ne voulait pas la perdre. Ses parents ne s'étaient jamais mariés et son père l'avait regretté toute sa vie. Il n'allait pas commettre la même erreur.

Chapitre 15

Vaguement conscient qu'un homme n'avait pas besoin d'être en cotte de mailles pour faire sa cour, Arthus s'était arrêté un moment à la caserne pour la retirer et passer une tunique verte bien moins martiale. Il avait du mal à croire ce qu'il s'apprêtait à faire, songea-t-il en bouclant sa ceinture. Il était sur le point de demander sa main à Claire. Une nouvelle fois. Incrédule, il secoua la tête. C'était quelque chose qu'il n'aurait jamais imaginé faire une fois. Alors deux…

Les appartements que le comte Henri avait mis à la disposition de dame Claire de Fontaine et de sa sœur étaient faciles à trouver. Mais lorsqu'il y arriva, il s'entendit dire que ces dames étaient en ville. Il savait exactement où les trouver. En quittant le palais, Claire était allée droit chez Aimée, il en était certain.

La vue de deux hommes du comte Myrrdin postés comme des sentinelles devant la porte d'Aimée lui confirma qu'il avait vu juste.

— Bonsoir, sergent, dit-il en frappant à la porte.

Le sergent lui adressa un signe de tête.

— Bonsoir, sire Arthus.

La flamme des chandelles vacilla quand Arthus passa la tête sous le linteau de bois et entra.

Claire était assise sur un banc, avec Hélène sur les genoux, près de l'âtre où brûlait un petit feu. Elles n'étaient pas seules dans la pièce. Arthus salua distraitement Aimée et la comtesse Fanny mais, en vérité, il n'avait d'yeux que pour Claire. Elle était richement vêtue d'une robe topaze et d'un voile léger comme de la dentelle. Elle paraissait fraîche et dispose, ce qui était surprenant pour une femme qui venait de traverser tout le pays.

Elle écarquilla les yeux.

— Sire Arthus ! Je ne m'attendais pas à vous voir si vite.

— Ma dame.

Il inclina la tête, atterré par l'impression d'avoir soudain perdu l'usage de la parole. Il se sentait timide et gauche, ce qui n'était pas dans ses habitudes. Il chercha son beau regard, l'esprit tourmenté. Lui avait-il manqué autant qu'elle lui avait manqué ? Il voulait la serrer dans ses bras et l'embrasser à perdre la raison, et ne pas pouvoir le faire était une torture indicible. Surtout, il voulait qu'elle prenne conscience de ce qui était l'évidence même : ils étaient faits l'un pour l'autre.

D'un bond, Hélène quitta les genoux de Claire et se mit à sautiller autour de lui en essayant de prendre sa main. Avec stupéfaction, il se rendit compte qu'il serrait les poings. Il se détendit et laissa faire l'enfant.

— Sire Arthus, mon chevalier ! dit-elle en balançant sa main dans tous les sens. Bienvenue.

— Salut à toi, Hélène.

Arthus était incapable de détacher son regard de Claire. Il eut l'impression de distinguer de légers cernes sous ses extraordinaires yeux, mais la lumière dansait presque autant qu'Hélène.

— Je…

Il s'éclaircit la voix et essaya d'ignorer son cœur qui battait à tout rompre.

— Dame Claire, si cela était possible, j'aimerais vous parler.

— Je vous en prie, faites, messire, dit-elle en désignant la pièce d'un mouvement de la tête qui fit frémir son voile. Nous sommes entre amis.

La comtesse Fanny secoua la tête.

— Claire, je crois que sire Arthus préférerait s'entretenir avec vous seul à seule.

En souriant, elle se leva et tendit la main à Hélène.

— Viens, Hélène, tu voulais me montrer ton ancienne maison. Aimée, vous avez la clé, je crois. Voulez-vous bien nous accompagner ?

Il y eut un moment d'agitation tandis qu'Aimée cherchait la clé puis quand elles mirent leurs capes. Puis la porte s'ouvrit, la flamme des chandelles vacilla de nouveau, puis Claire et lui se retrouvèrent seuls.

Arthus avança d'un pas vers le banc et, Dieu merci, retrouva l'usage de la parole.

— Tout va pour le mieux, à Fontaine ? demanda-t-il alors qu'il sentait le feu réchauffer l'arrière de ses jambes.

— Oui, je vous remercie.

— Et votre père ? Vous vous inquiétiez pour lui, si je me souviens bien.

— La situation n'a pas évolué. Papa — elle soupira — a de bons jours et d'autres moins bons.

Ses yeux brillaient dans la lumière du feu. Arthus avait du mal à mettre de l'ordre dans ses idées ; il sentait son esprit comme embrumé. Il s'approcha encore et tendit la main vers elle.

— Claire, fit-il d'une voix si étranglée qu'elle le surprit lui-même. Claire, pour l'amour de Dieu, venez ici.

Saisissant son poignet, il l'attira à lui, et elle se leva sans opposer de résistance. Son esprit enregistra vaguement qu'il n'avait pas eu besoin d'insister. C'était comme si elle attendait qu'il la serre contre lui. D'ailleurs ce fut elle qui se jeta dans ses bras et tourna son visage vers lui. Alors qu'il effleurait ses lèvres, il se sentit gagné par une sensation de triomphe. Le sentiment d'accomplissement était tel que ses genoux se mirent à trembler.

— Claire…, susurra-t-il en prenant son visage entre ses mains.

Il essaya d'écarter son voile tant qu'il le put afin de pouvoir glisser les doigts dans cette splendeur qu'étaient ses cheveux. Ses beaux yeux vairons s'assombrirent, ses joues rosirent. Et il semblait incapable de dire quoi que ce soit hormis son prénom.

— Claire.

— Arthus…

Elle le saisit fermement par les épaules, passa un bras autour de son cou et le serra fort.

Alors ils s'embrassèrent. Sa douce senteur féminine l'enveloppa, et le ramena au dortoir du monastère où il l'avait faite sienne. Elle piqua ses lèvres de petits baisers puis chercha sa langue et se serra davantage contre lui. Arthus essayait de se contrôler depuis qu'il était entré dans la pièce, mais ses défenses étaient en train de faiblir. Le désir prenait possession de son corps.

Il gémit. Il ne se souvenait plus pourquoi il était si important qu'il la voie. Il avait quelque chose… quelque chose d'important à lui dire. Non, quelque chose d'important à lui demander…

— Seigneur, Claire…

Sa respiration était rapide et irrégulière, et les petits gémissements qu'elle poussait étaient une incitation au péché. Laissant libre cours à son instinct, il la plaqua contre le mur situé près de la porte et, en la caressant, redécouvrit les délicieuses courbes de ses fesses, de sa poitrine voluptueuse…

Il attrapa le bas de sa robe qui, il le reconnut à son extrême douceur, semblait bien être de soie. Il l'avait soulevée jusqu'à mi-cuisse, lorsqu'il recouvra ses esprits.

Non, ils ne pouvaient pas faire cela ! Pas ici. Les autres pouvaient revenir à tout moment, et les gardes de son père étaient postés juste de l'autre côté de la porte.

— Claire, ma mie.

La soie bruissa quand il lâcha la robe. Il recula d'un petit pas et posa son front contre le sien en souriant.

— Cela devra attendre. J'ai quelque chose à vous dire, d'abord.

— Ah ?

Ses beaux yeux rêveurs — l'un gris, l'autre vert — se posèrent sur lui et lui firent une fois de plus perdre la tête. Il inspira profondément et se reprit.

— Claire, il faut que je vous demande…

Elle le regardait en se passant la langue sur les lèvres. Sa poitrine se souleva, et Arthus ne put que remarquer le léger contour de ses mamelons. Cela ne l'aida pas. Il n'en pouvait plus de désir.

— C'est important.

— Mmm ?

— Claire, vous avez rejeté ma demande en mariage une première fois, mais vous devez bien voir que je suis obligé de vous la présenter de nouveau. J'espère que cette fois vous allez changer d'avis. Epousez-moi. Je vous en prie.

Elle se figea et ne dit rien. Arthus retint son souffle. Il avait horriblement mal à la poitrine. Le sentiment de triomphe qu'il avait éprouvé plus tôt était en train de se dissiper. Il vivait un pur moment de torture. Lorsqu'elle lâcha ses épaules et recula, le cœur d'Arthus se serra. Elle s'était refermée sur elle-même, il le voyait, et son visage était devenu blême.

Elle allait l'éconduire, il en était certain.

Claire cligna des yeux, surprise. Le bonheur coulait à flots dans ses veines. Arthus voulait toujours d'elle ! Il n'avait pas parlé d'amour, mais cela viendrait.

Arthus lui avait demandé de l'épouser !

Cependant, il ne devait y avoir aucun secret entre un mari et sa femme. Le moment était venu de lui avouer les charges qui pesaient sur elle dans les Pouilles. Arthus était le capitaine de la garde du comte de Champagne, mais il la protégerait certainement. Ces accusations étaient fausses, et il la croirait. Elle lui faisait confiance et priait pour qu'il ne doute pas de sa parole. Elle remit ses jupes en place, croisa les bras devant elle et se raidit.

Claire semblait sur le point d'être conduite à la potence.

Le cœur d'Arthus se mit à saigner. Elle allait l'éconduire. Elle allait lui dire que son père avait trouvé un grand seigneur pour elle.

— Arthus, j'ai quelque chose à vous dire d'ab…

— Claire, il est impossible que vous ne soyez pas d'accord ! Nous sommes faits l'un pour l'autre.

— Vous me coupez la parole ? demanda-t-elle en souriant.

Ses anciennes peurs refirent surface. Il n'était pas certain de vouloir entendre ce qu'elle avait à lui dire. Dieu qu'elle était belle ! Une véritable héritière. Dame Claire de Fontaine, la bien nommée. Belle à couper le souffle. Debout dans la lueur dansante des chandelles, elle resplendissait et sa robe topaze avait l'éclat de l'or. On aurait dit une reine. Elle était loin, loin au-dessus de lui. Il n'était qu'un bâtard, et elle la fille légitime du comte Myrrdin. Il ne voulait pas l'entendre dresser la liste de toutes leurs différences. Il l'avait entendue toute sa vie, et la connaissait par cœur.

— Toutes mes excuses si j'ai parlé quand ce n'était pas à moi de le faire, dit-il d'une voix glaciale. Je ne vous importunerai plus.

Elle se mordit la lèvre, l'air préoccupé.

— Arthus ? Quel est le problème ?

Il agrippa la poignée de son épée. Il avait un goût amer dans la bouche. En ce moment précis, il aurait aimé être n'importe où plutôt qu'ici avec Claire. Quoi qu'il en soit, bien que déçu, il ne pouvait oublier qu'il était le capitaine de la garde. Son devoir lui commandait de lui demander son aide dans l'affaire des marchands d'esclaves.

— Je me demandais si vous aviez changé d'avis au sujet de votre présence au procès du Véronais.

— Arthus…, fit-elle en posant la main sur sa gorge, en paraissant avoir du mal à comprendre ce qu'il voulait dire. Vous voulez que je témoigne au procès ?

— Ce serait très utile si vous le faisiez.

Elle secoua la tête.

— Pas cela, Arthus. Je ne puis.

Claire savait qu'il voudrait qu'elle témoigne. Néanmoins, c'était irritant de l'entendre soulever le sujet juste après qu'il eut fait sa demande. Pensait-il qu'elle changerait d'avis s'ils étaient fiancés ? Etait-ce pour cela qu'il lui avait demandé de l'épouser ?

Les doutes l'assaillirent. S'il avait demandé sa main uniquement pour qu'elle témoigne, comment pouvait-elle espérer qu'il se montrerait compréhensif si elle lui parlait de Sandro ? Le ton glacial avec lequel il s'était exprimé résonnait dans sa tête.

« Toutes mes excuses si j'ai parlé quand ce n'était pas à moi de le faire. Je ne vous importunerai plus. »

Terrifiant…

De toute évidence, qu'elle refuse de témoigner le décevait beaucoup, et il ne cherchait pas à le dissimuler. Son visage, si ouvert quand ils s'étaient embrassés, était fermé. Dur.

Il ne lui ferait aucun mal. Elle savait qu'Arthus ne lui ferait aucun mal, même s'il était déçu.

Arthus, je suis désolée.

Elle prononça les mots dans sa tête, aussi fort qu'elle le put, en espérant qu'il la comprenne. Il était hors de question qu'elle se rende au tribunal et témoigne devant tout le monde.

— Arthus, laissez-moi vous expliquer pourquoi je ne peux pas témoigner.

— Je n'ai pas besoin d'explication. Tout ce dont j'ai besoin, c'est de votre réponse.

— Je ne peux pas.

Et il n'y avait aucun autre moyen de lui faire comprendre pourquoi s'il ne voulait pas l'écouter. Sa tête était mise à prix dans les Pouilles. Elle était recherchée pour tentative de meurtre et ne voulait pas que tout le monde le sache.

— Très bien, conclut-il d'une voix cassante. Je ne vous le demanderai plus.

Elle réussit à esquisser un petit sourire, qu'il ne lui rendit pas. Elle frémit. Elle s'en voulait de le décevoir, mais que pouvait-elle faire d'autre ? Elle ne pouvait pas témoigner.

Fanny semblait penser que son père accepterait l'idée qu'elle avait été esclave, mais Claire n'en était pas persuadée.

— Quand le procès aura-t-il lieu ?

— Dans trois jours.

Elle se frotta les avant-bras. Elle avait froid, soudain, très froid. Ses sentiments pour lui étaient-ils évidents au point qu'il ait pu croire qu'un baiser suffirait à la faire se plier à sa volonté ? C'était une pensée horrible. Elle se dirigea vers le feu, mais elle était si glacée intérieurement qu'elle ne sentit aucune chaleur.

— Je suis sûre que tout va bien se passer, Arthus. Je suis sincèrement désolée de ne pas pouvoir témoigner. J'ai bien conscience que votre position serait renforcée si vous présentiez un témoin issu de la noblesse, mais je ne peux pas faire cela.

Il lui adressa un regard impassible.

— Je comprends vos réticences, ma dame.

« Ma dame. »

Elle ressentit un grand vide, mais Arthus allait sans doute lui pardonner d'un moment à l'autre. Il oublierait sa déception, lui sourirait de nouveau, et il se souviendrait qu'il voulait l'épouser.

Elle lui adressa un regard plein d'espoir, mais le visage d'Arthus était de marbre, et son expression distante. Un grand tremblement intérieur la saisit.

— Arthus — messire — mon témoignage changerait-il à ce point les choses ?

Il esquissa un hochement de tête.

— Les récits affluent de toute part, ma dame. Et, à peu de chose près, ils racontent votre histoire. Apparemment, ces trafiquants d'esclaves sévissent depuis longtemps, en Bretagne, en Champagne, partout en France. C'est triste à dire, mais pour beaucoup de nobles, c'est un problème qui ne concerne que les pauvres. Et ils ne voient pas l'intérêt d'éradiquer ce fléau.

— Vous voulez dire qu'ils ferment les yeux sur ces pratiques abjectes ? demanda-t-elle, consternée. Mais c'est horrible, Arthus ! Les seigneurs ne peuvent pas vouloir laisser prendre leurs vassaux.

Il plongea son regard sombre dans le sien.

— Les trafiquants d'esclaves ont été malins, en n'enlevant jamais plus d'une ou de deux personnes dans le même village. Ils s'en sont surtout pris aux enfants. S'il se sait que la fille du comte Myrrdin est tombée entre leurs mains, je suis sûr que certains commenceront à changer d'attitude. Cela dit, je respecte votre point de vue, ajouta-t-il en inclinant la tête. Et maintenant, si vous voulez bien m'excuser, ma dame, le devoir m'appelle.

Claire hocha la tête et il tendit la main vers la poignée de la porte.

— Arthus, je m'excuse de vous décevoir. Mais sachez que je suis heureuse de vous revoir. Et je vous remercie de vous être si bien occupé d'Hélène.

Il se tourna et sa bouche dessina un rictus.

— Je vous en prie, ma dame. Avez-vous tout ce dont vous avez besoin, au palais ?

— Oui, je vous remercie.

Il s'inclina.

— Alors je vous souhaite le bonsoir.

Dès que la porte se referma derrière lui, Claire voulut le rappeler. Elle voulait sentir ses bras forts et protecteurs l'enserrer. Et, surtout, elle voulait le voir lui sourire avec tendresse comme il l'avait fait un peu plus tôt.

Arthus disait qu'il comprenait son refus de témoigner, mais, de toute évidence, c'était un mensonge. Son refus l'avait mis en colère. Elle croisa les bras autour de son buste et regarda le feu. Les flammes dorées dansaient comme les pennons des chevaliers. Sa gorge se serra et les yeux se mirent à piquer.

Si seulement il avait bien voulu l'écouter ! Aurait-ce été trop demander ?

Leur histoire allait-elle se terminer comme cela, après tous ces moments de tendresse et de chaleur ?

Elle serra les dents. Ce n'était pas du tout ce qu'elle avait espéré.

Non, cela ne pouvait pas se terminer ainsi ! Elle allait empêcher cela, coûte que coûte.

Si son témoignage était à ce point important pour lui, elle allait devoir se montrer plus forte qu'elle ne l'avait jamais été. Fanny avait vu juste : elle allait devoir se battre pour lui. Elle allait devoir prendre la parole en public au tribunal devant le comte Henri.

Elle l'avait repoussé une nouvelle fois. Maintenant, il devait l'oublier.

Arthus sortit en bousculant les gardes du comte Myrrdin sans même leur accorder un regard. Il fila droit au château. Vers l'écurie. Il allait galoper. Cela lui faisait toujours le plus grand bien. Et s'il devait chevaucher jusqu'à minuit pour apaiser la douleur qui lui vrillait le cœur, qu'il en soit ainsi.

Il sella Acier, demanda en criant aux gardes de la porte de Preize de le laisser passer, et se retrouva hors les rues avant même que les cloches de la cathédrale ne sonnent l'heure des vêpres.

Elle ne voulait pas de lui. Pourquoi ? Elle se jetait dans ses bras, répondait à ses baisers avec une fougue qui valait bien la sienne, et quand il lui demandait sa main, elle le regardait comme s'il venait de lui demander de se jeter au fond d'un puits !

Son père lui avait-il trouvé un mari ? C'était possible. Si le comte Myrrdin lui avait trouvé un époux, il devait ressembler en tout point au comte de Iles. Il devait posséder des terres, des revenus en son nom propre, et du sang noble. Le fils illégitime d'un armurier ne pouvait en aucun cas rivaliser avec un tel prétendant. Il avait été ridicule de penser que Claire et lui pouvaient partager leur vie.

Le ciel formait une voûte noire piquetée d'étoiles, et la lune brillait si fort que, sous son éclat, la route ressemblait à un serpent blanc. Il faisait assez clair pour qu'il laisse

Acier faire à sa guise. La cadence était effrénée et les sabots du cheval grondaient sur le sol comme le tonnerre. Rapides comme l'éclair, ils dépassèrent un moulin et un hameau constitué d'une poignée de maisons. Sous le clair de lune les sillons des champs dessinaient des rayures noires et blanches semblables à celles qui ornaient l'écu de Tristan le Beau.

Elle ne veut pas de moi, se répétait-il encore et encore.

Il fit une grimace amère. Ce qu'il ne réussissait pas à comprendre, c'était la facilité avec laquelle elle s'était jetée dans ses bras. Ni sa passion. Si elle n'avait pas voulu de lui, elle n'aurait jamais répondu avec autant de fougue à ses sollicitations. Et elle ne l'aurait certainement pas laissé l'embrasser si son père lui avait choisi un époux.

Ah ! les femmes ! Les comprendrait-il jamais ?

Il laissa faire une grande boucle à Acier jusqu'à ce qu'il le sente fatiguer, puis il le fit ralentir et prit la direction de la porte de Paris.

Les moments passés avec Claire avaient été un songe, un songe merveilleux, et il voulait être capable de s'en souvenir avec plaisir. Il ne devait pas laisser l'amertume gâcher ses souvenirs sous prétexte que ses rêves de mariage avaient été déçus.

Il grinça des dents. Sa colère ne s'était pas tout à fait dissipée, reconnut-il avec honnêteté. Il aurait pourtant pu l'aider, si seulement elle avait bien voulu le laisser faire. Il n'était pas un si mauvais parti, après tout. Il avait plusieurs années d'expérience comme régisseur. En tant que tel, il avait servi le comte Luc à la Corbelière avec dévouement et application, et il s'était occupé seul du domaine en l'absence du comte et pendant la maladie de la comtesse Morwenna. Cela n'avait pas été facile, étant donné les restrictions que le comte lui avait imposées, mais quand il avait quitté ses fonctions, les terres rapportaient davantage qu'à l'époque du père du comte Luc. Et son suzerain avait été satisfait de lui au point de le recommander auprès du comte Henri.

Des lumières commençaient à briller devant lui. Il voyait

la ligne sombre que formait l'enceinte de la ville, ainsi que les flambeaux qui éclairaient la porte de Paris.

Claire allait avoir besoin d'aide au cours des jours et des semaines à venir, et il savait qu'il aurait pu lui être d'un grand secours. Tout le monde attendrait beaucoup d'elle. Lui laisserait-on le temps de se faire à tous les changements qui avaient bouleversé sa vie ? Il soupira. Elle n'aurait pas le choix, mais il avait confiance en elle : elle réussirait. Il aurait cependant aimé être à ses côtés pour la soutenir. C'était douloureux de penser qu'il ne la verrait plus.

Mais il ne devait plus y songer. Claire et son père avaient d'autres projets. Egaré, furieux et malheureux, il cria pour que les gardes ouvrent la porte. Il entra dans la ville et, tout à coup, vit le Sanglier noir. La lumière filtrait entre les lamelles des volets. Gabrielle. Gabrielle…

Il fut un temps où une visite au Sanglier noir, et à Gabrielle, le guérissait de presque tous ses maux. Ce n'était plus le cas. En se rendant compte que son vieux remède avait perdu de son efficacité, et ce peut-être pour toujours, il jura tout bas et poursuivit son chemin, jusqu'à sa paillasse à la caserne des gardes.

— Vous ne voulez pas me dire ce qui vous tracasse ? demanda Fanny alors qu'elles arrivaient en haut de l'escalier menant à leurs appartements. Vous avez à peine touché à votre repas.

Elles avaient soupé dans la grande salle du palais du comte Henri. Claire n'avait pas vu Arthus et ne l'avait pas cherché. Le capitaine de la garde soupait sans doute à la caserne.

— Je n'avais pas faim.

Les murs de leurs appartements étaient couverts de tapisseries représentant des scènes bucoliques. Le regard de Claire s'attarda sur une licorne blanche. Elle portait une couronne de fleurs et plusieurs jeunes filles formaient une ronde et dansaient autour d'elle.

— Vous semblez malheureuse comme les pierres, Claire. Qu'est-ce qui ne va pas ? Qu'est-ce que sire Arthus avait à vous dire ?

— Il m'a demandé mon aide et je la lui ai refusée.

— Que pouvait-il donc bien vouloir ?

— Il veut que je témoigne quand les marchands d'esclaves seront jugés. Il ne s'attendait pas à ce que j'accepte, mais il l'aurait souhaité.

Claire soupira. Elle décida de ne pas évoquer la demande en mariage d'Arthus. Ce point aurait inévitablement soulevé des questions auxquelles elle ne se sentait pas prête à répondre. Pas avant le procès, en tout cas.

— Mon refus l'a fort contrarié, expliqua-t-elle.

Fanny alla chercher un coussin devant la fenêtre, qu'elle installa devant la cheminée, avant de s'y asseoir.

— Cela aiderait Arthus si je témoignais, poursuivit Claire. Celui lui attirerait la faveur de son suzerain.

Fanny semblait pensive.

— Je pense que sire Arthus a déjà gagné la faveur du comte Henri. Sinon, il ne l'aurait pas choisi comme capitaine de sa garde. Et j'ai entendu dire que son suzerain précédent, Luc d'Aveyron, le tenait en très haute estime.

— Ah ? fit Claire, soudain très intéressée. Papa m'a dit que la Corbelière, le manoir champenois du comte d'Aveyron, était devenue une véritable ruine sous l'intendance d'Arthus. Je savais que papa se trompait, qu'il ne pouvait avoir raison, et je suis heureuse de vous entendre le confirmer.

Fanny lui adressa un sourire entendu.

— Vous allez témoigner, ma sœur.

— Oui.

En rougissant légèrement, Claire regarda la licorne de la tapisserie.

— Mais alors quelque chose, quelque chose de déplaisant, va sans doute éclater au grand jour. C'est ce qui me retenait. Cela va probablement modifier l'opinion des gens à mon sujet. Papa sera choqué. Vous aussi…

— Vous m'inquiétez. De quoi s'agit-il ?

Claire hésita.

— Il s'agit de… d'une chose que j'ai faite. Et… Oh ! Fanny, je ne supporterais pas de perdre votre estime !

Et si elle perdait celle d'Arthus, ce serait encore pire. Cela la désespérait déjà de l'avoir déçu. Comment pourrait-elle supporter de perdre son estime à tout jamais ?

Fanny la regarda fixement.

— Je ne peux pas croire que vous ayez pu faire quoi que ce soit qui me fasse vous détester.

Elle sourit tout en prenant la main de Claire.

— Vous le savez, n'est-ce pas ? Vous m'avez privée d'un comté et notre amitié se porte pourtant comme un charme…

Claire retira sa main.

— Me serais-je trompée à votre sujet ? Je pensais que vous m'aviez pardonnée… Je vous en prie, dites-moi que c'est bien le cas. Sinon, je ne le supporterais pas.

— Ne soyez pas stupide. Au départ, j'étais en colère, naturellement. Mais ce qui me fâchait n'était pas l'essentiel. L'essentiel, c'est que papa m'aime et que j'aie trouvé une sœur.

Fanny lui reprit la main et la pressa avec chaleur.

— Et pour parler franchement, l'idée d'en venir aux mains avec Tristan à propos de la meilleure façon d'administrer Fontaine m'emplissait d'horreur.

Claire écarquilla les yeux.

— Vous en seriez venus aux mains ?

— Si vous connaissiez Tristan, vous comprendriez ce que je veux dire. Tristan a… une personnalité très forte. Et des idées arrêtées sur la façon d'administrer un comté. A Fontaine, les traditions sont anciennes, et Tristan ne les aurait peut-être pas respectées. Je suis heureuse que cette charge vous revienne. De toute façon, Tristan possède assez de terres de son côté. Vous pouvez avoir Fontaine, avec ma bénédiction.

— Vraiment ?

— Vraiment. Claire, j'ai appris à vous aimer. Quoi que vous cachiez, notre amitié sera plus forte que tout. Et en ce qui concerne papa, il vous adore déjà. Il vous soutiendra.

Les yeux de Claire s'emplirent de larmes.

— Vous ne pouvez pas savoir à quel point j'apprécie votre gentillesse et votre grandeur d'âme.

— Claire…

— Oui ?

— Ne voulez-vous pas me dire ce que vous avez fait ? Je pourrais peut-être vous aider.

Claire secoua la tête avec détermination.

— Vous le découvrirez bien assez vite.

Le comte Henri de Champagne avait l'habitude de rendre la justice dans la grande salle du château de Troyes, assis sur un trône peint et capitonné installé sous un dais.

Le tribunal siégeait déjà quand Claire arriva. Fanny et sire Denis l'accompagnaient et elle s'arrêta à l'entrée de la salle pour se donner un peu de courage, les mains crispées comme si sa vie en dépendait sur les jupes de sa robe grise très simple. Elle avait choisi une tenue modeste pour son audition. Ses cheveux étaient recouverts d'un voile blanc uni.

Au cas où quelqu'un aurait émis des doutes quant à l'autorité du comte Henri, les couleurs de la Champagne — bleu, argent et or — étaient représentées sur deux étendards accrochés derrière lui. La structure du dais était en bois massif. De part et d'autre étaient représentées les couleurs des chevaliers du comte Henri, et celles de sa garde. D'un côté, un dragon défiait un loup, de l'autre un poisson d'argent frétillait devant un arbre vert.

Les bancs étaient entièrement occupés par des gentilshommes aux tuniques richement brodées. Une rangée de pages en livrée était alignée contre les murs, et une troupe de chevaliers se tenait prête, la main sur le pommeau de l'épée. Claire se prit à chercher un homme en particulier : sire Arthus Ferrer.

Le capitaine était debout à droite de son suzerain et lisait un parchemin. Vêtu de façon formelle, il portait un manteau par-dessus sa cotte de mailles. S'il se tenait à côté du dais et non dessous, c'était très probablement à cause de sa grande taille. La licorne représentée sur sa tunique devait avoir été brodée avec un fil d'argent, car elle étincelait quand il bougeait.

Arthus tourna la tête vers deux hommes entravés qui faisaient face à la cour. Claire reconnut aussitôt l'un d'eux. Il s'agissait du Véronais. Elle tendit instinctivement la main vers Fanny puis constata avec stupéfaction qu'elle n'avait pas besoin de soutien. Voir le Véronais aurait dû la terrifier. Curieusement, son cœur ne battait pas plus vite que d'habitude. Elle n'avait ni vertige ni sueur froide et se sentait calme. Son esprit était clair et tranquille. Elle regarda Arthus qui, puisqu'il lisait, ne l'avait pas encore remarquée. Peu importait. Elle savait ce qu'elle avait à faire.

— Ces hommes sont accusés d'enlèvements et d'esclavagisme, dit Arthus.

Il détailla les divers chefs d'accusation, parmi lesquels figuraient le rapt, le vol, le trouble de l'ordre public et la violence envers les officiers du comte.

— Mon seigneur, un certain nombre de témoins sont prêts à certifier que des enfants ont été enlevés dans les rues de Troyes.

Il s'interrompit un instant avant de poursuivre.

— Malheureusement, nous n'avons aucune preuve de ce qu'aurait été leur destin s'ils n'avaient pas été sauvés. Néanmoins, je crois fermement que ces hommes sont des trafiquants d'esclaves.

Le Véronais émit un grognement étouffé, mais Arthus continua.

— Je crois également que les enfants devaient être conduits à Vérone où ils auraient sans doute fini comme esclaves.

Un murmure parcourut l'assemblée.

— Vous mentez ! s'écria le Véronais en adressant un regard haineux à Arthus. Où sont vos preuves ?

— Pourquoi voler des enfants, sinon ? demanda Arthus avec un rictus de mépris. Vous vouliez leur faire quitter la Champagne pour les vendre à l'étranger comme esclaves.

Le Véronais ricana.

— Tout cela n'est qu'un tissu de mensonges ! Quelqu'un ici présent a-t-il été fait esclave ? Où sont vos témoins ?

En tenant le bras de Fanny, Claire s'avança lentement. Arthus l'avait vue. Elle sentait le poids de son regard, mais elle se força à fixer le comte Henri. Devant le dais, elle et sa sœur firent une profonde révérence.

— Comtesse Fanny, dame Claire, dit le comte Henri en inclinant la tête devant elles. Comme vous le voyez, la cour siège. Voulez-vous assister au procès ?

Claire avait parlé plusieurs fois avec le comte Henri depuis son arrivée à Troyes. Evidemment, elle avait voulu rencontrer le suzerain d'Arthus, mais elle avait surtout voulu le sonder sur sa réaction à la lettre que son père lui avait fait parvenir. Elle aimait beaucoup le comte, même s'il avait refusé de lui révéler s'il permettrait ou non à Arthus de quitter son service.

— Je vous remercie, mon seigneur, répondit-elle. Mais si vous le voulez bien, j'ai quelque chose à ajouter qui pourrait bien modifier le déroulement du procès. Je ne suis pas venue pour assister au procès, mais pour témoigner.

Un murmure de surprise s'éleva.

— Je vous en prie, ma dame, poursuivez.

— Comte Henri, je pense être le témoin que cherchait sire Arthus, dit-elle en s'autorisant un bref regard dans la direction d'Arthus.

Sur son visage racé, elle vit passer une foule d'émotions. La confusion, la fierté, le triomphe…

Le comte Henri pencha la tête.

— Vous, ma dame ?

Claire se redressa. Ses mains tremblaient, mais elle n'avait pas perdu son calme.

— Comte Henri, déclara-t-elle, heureuse d'entendre sa propre voix si forte alors qu'elle tendait un doigt un peu tremblant vers le Véronais, cet homme est un marchand d'esclaves. Je l'ai vu vendre de pauvres innocents comme esclaves.

— Elle ment ! éructa le Véronais.

Elle remarqua vaguement qu'Arthus se rapprochait d'elle.

— Merci, ma dame, lui murmura-t-il sur un ton très doux. Merci.

Le comte la regardait, l'air stupéfait.

— Ma dame ?

Claire prit une grande inspiration et raconta tout, depuis son plus vieux souvenir dans les Pouilles, jusqu'aux coups reçus par sa maîtresse de la part de son mari, en passant par les esclaves qui se tuaient presque à la tâche au domaine de son maître…

Le comte Henri l'interrompit.

— Où avez-vous dit que tout cela a eu lieu ?

— Dans les Pouilles, mon seigneur. Près de Trani.

— Elle ment ! Cette putain ment ! hurla le Véronais. Je viens de Vérone, et même un simple d'esprit sait que Vérone se trouve à des milles de Trani.

— Les routes commerciales nous amènent parfois bien loin de chez nous, mon seigneur, expliqua Claire sans perdre son calme.

— Elle ment !

Arthus adressa un regard mauvais au Véronais.

— C'est vous qui êtes le menteur, ici.

— Non, c'est cette putain qui ment. Il ne faut pas croire un mot de ce qu'elle dit ! C'est elle qui devrait être jugée, pas moi ! Sa tête est mise à prix. Dans les Pouilles, cette femme — les chaînes du Véronais cliquetèrent alors qu'il la désignait du doigt — est recherchée pour tentative de meurtre. Tentative de meurtre, vous m'entendez ? Elle…

— Silence !

Un frémissement parcourut l'assemblée lorsque le comte Henri se leva d'un bond.

— Vous vous adressez à dame Claire de Fontaine, la fille du comte Myrrdin de Bretagne.

Le Véronais blêmit.

— La fille du comte Myrrdin ?

— Elle-même.

Le comte Henri fit signe à un garde d'approcher.

— Sergent, ramenez ces hommes au cachot. Les débats reprendront plus tard.

Puis il se tourna vers Claire et lui offrit son bras.

— Dame Claire, si vous voulez bien m'accompagner dans mon cabinet de travail, j'ai besoin de votre avis.

Claire posa la main sur la manche du comte Henri.

— Avec grand plaisir, mon seigneur.

— Par ici, je vous prie.

Le comte Henri la guida vers l'escalier et baissa la voix.

— Je veux entendre votre témoignage en entier avant de rendre mon jugement. Et je veux le faire en privé. Sire Arthus, voulez-vous bien nous accompagner ?

Chapitre 16

Arthus observa le doux balancement des hanches de Claire pendant qu'elle montait l'escalier en colimaçon devant lui. Il était stupéfait par sa bravoure. Si ses hommes affrontaient leurs ennemis — et leurs peurs — avec autant de courage, la Champagne serait débarrassée des hors-la-loi en un clin d'œil.

Claire était accusée de tentative d'assassinat… C'était incroyable ! Et impensable. Elle n'aurait jamais pu tuer personne. Et pourtant… Apprendre qu'on l'accusait de cela dans les Pouilles pouvait expliquer bien des choses. Elle avait anticipé ce qui se passerait si elle se retrouvait face au Véronais. Et elle avait été réticente à témoigner parce qu'elle savait ce qui referait surface : la tentative de meurtre dont elle était accusée.

Mon Dieu !

Depuis qu'il la connaissait, il ne l'avait jamais vue faire preuve de la moindre cruauté. Elle était la gentillesse et la douceur mêmes. Elle s'était occupée de Nicole et d'Hélène, et son cœur généreux lui avait valu l'amitié de la comtesse Fanny dans des circonstances particulièrement difficiles.

Claire ? Une meurtrière ? Impossible. Il n'aurait jamais voulu épouser une femme qui…

Soudain, il retint son souffle. Etait-ce ce qu'elle avait essayé de lui dire chez Aimée ? De lourdes accusations pesaient sur elle. Il fouilla dans sa mémoire pour se souvenir exactement de ce qu'elle avait dit.

Il lui avait demandé de l'épouser, et elle avait dit... Non, en fait, elle n'avait pas vraiment dit quoi que ce soit...

Elle avait eu l'air stupéfaite, et inquiète jusqu'au désespoir. Sans doute avait-elle essayé de lui parler des charges qui pesaient sur elle. Elle voulait qu'il sache. Oui, ce devait être cela. Claire n'avait pas été élevée comme une gente dame, mais elle possédait son propre code de l'honneur. Elle n'avait pas voulu accepter sa demande en mariage avant de lui avoir dit toute la vérité sur son passé.

Mon Dieu ! Il n'était pas étonnant qu'elle ait dû se faire prier pour témoigner au procès. Elle savait exactement ce que dirait le Véronais.

Si seulement il avait bien voulu l'écouter !

Il suivit Claire et le comte dans le cabinet de travail et ferma la porte. Il se sentait misérable, coupable. Il aurait dû l'écouter.

— Claire ? dit-il tout bas alors qu'ils se rapprochaient de la cheminée. Je me suis mépris à votre sujet et je veux que vous sachiez que je le regrette amèrement.

Elle le regarda, l'air surpris.

— Vous vous êtes mépris à mon sujet ?

— Vous saviez ce que dirait le Véronais.

Elle déglutit et acquiesça.

— L'inquiétude devait vous ronger depuis des mois.

— Depuis des années, vous voulez dire.

Arthus serra les dents. La peur d'être à tout moment reprise et ramenée sur le lieu de ses souffrances avait dû peser lourdement sur elle. Alors qu'il aurait dû la soutenir dans cette épreuve, il avait tout fait pour la forcer à témoigner.

La culpabilité lui nouait les tripes. Il s'était trompé à son sujet. Se présenter au procès était la dernière chose qu'elle avait envie de faire, et pourtant elle l'avait fait. Pourquoi ? Parce qu'il le lui avait demandé ? En tout cas, il n'était pas près d'oublier ce geste fort. Il aimait cette femme et commençait à croire qu'elle avait affronté ses peurs pour lui. L'aimait-elle aussi ?

Il était sans conteste réjouissant d'apprendre que sa

réticence à témoigner était en fait dictée par la crainte des révélations que le Véronais pourrait faire. Elle avait eu peur de perdre tout ce qu'elle avait gagné depuis son arrivée en Champagne.

— Claire, vous n'aurez jamais à répondre aux accusations lancées contre vous dans les Pouilles. Je ne laisserai jamais faire une telle chose. Et je suis certain que votre père et le comte Henri seront du même avis que moi. Ces accusations sont infondées, j'en suis sûr.

Avec sa robe grise et son voile blanc qui lui donnaient l'air d'une nonne, Claire regardait par terre en se tordant les mains. Il ne voyait pas son visage, mais seulement le haut de son voile. Il la regardait intensément, mourant d'envie de la prendre dans ses bras et de l'embrasser pour la rassurer et la consoler.

Elle leva tout à coup ses yeux extraordinaires. Même à la lumière dorée du feu, son visage était hagard. Exsangue.

— Sire Arthus, j'ai bien peur que ces accusations soient vraies.

Impossible !

Sa lèvre inférieure tremblait, et il dut se faire violence pour s'empêcher de la prendre dans ses bras.

— Ces accusations sont vraies ? demanda sobrement le comte Henri.

Ce fut le ton du comte qui l'aida à se convaincre qu'il avait bien entendu. Claire venait d'avouer que le Véronais disait la vérité.

— Impossible ! ne put-il s'empêcher de dire. C'est impossible.

Le comte Henri leva la main.

— Un moment, capitaine. Dame Claire ?

Claire hocha la tête et tordit ses mains de plus belle. Arthus s'en empara. Elles étaient glacées.

Elle sourit faiblement, regarda leurs mains jointes, et se mit à parler.

— J'ai été esclave pendant des années. Mon maître et ma maîtresse avaient un fils, Sandro. Quand j'étais enfant, il me tourmentait presque tous les jours, c'était son jeu favori. Quand j'ai commencé à grandir, le jeu a changé. Il me faisait comprendre de façon évidente qu'il voulait faire plus que me tourmenter. Il m'épiait et me suivait partout. Un jour, alors que je faisais une course pour ma maîtresse au village, il m'a attrapée et entraînée dans un taillis. Il avait l'intention de… de me prendre par la force. Il m'a fait tomber par terre et a déchiré ma robe. Il avait mis sa main sur ma bouche, et je n'arrivais plus à respirer. Et alors… et alors…, dit-elle, la voix étranglée par un sanglot, mes doigts se sont refermés sur la poignée de sa dague. Je n'arrivais plus à respirer et, autour de moi, c'était le noir. Le noir complet.

— Dieu du ciel, Claire…

— Laissez-la finir, capitaine.

Arthus suffoquait de rage, mais il réussit à hocher la tête.

— Toutes mes excuses.

— Quand j'ai repris mes esprits, Sandro était effondré sur moi, inconscient, reprit-elle en regardant Arthus dans les yeux. Je me suis débattue pour me dégager, et il y avait du sang partout. Sur mes vêtements… sur sa tunique. C'était le sang de Sandro, pas le mien. J'ai dû le poignarder. Je ne me souviens pas de l'avoir fait, mais c'est pourtant ce que j'ai dû faire. Je l'ai poignardé.

Arthus ne put en supporter davantage. Il la prit dans ses bras. Quand elle se blottit contre lui et s'agrippa à sa tunique, il ressentit un léger apaisement.

— Arthus, je n'ai jamais voulu le tuer ! Je voulais juste qu'il me laisse tranquille.

Arthus déglutit.

— Tentative de meurtre, dit-il lentement en regardant le comte Henri par-dessus le voile blanc de Claire. Le Véronais a parlé de tentative de meurtre, mon seigneur. Ce n'est pas du tout la même chose qu'un meurtre.

— En effet, répondit le comte Henri, le visage impassible. Dame Claire, si vous avez été accusée de tentative de meurtre, c'est que le fils de votre maître est encore en vie.

Une larme resta un instant suspendue aux cils de Claire. Elle inspira profondément.

— Je voulais juste qu'il arrête. Je n'avais pas l'intention de lui faire du mal.

Arthus prit le visage de Claire entre ses mains et, sans réfléchir, déposa un baiser sur son front. Etait-ce son imagination qui lui jouait des tours ou venait-elle, de son plein gré, de se serrer contre lui quelques instants plus tôt ? Quoi qu'il en soit, il recula pour laisser un peu d'espace entre eux. Il restait encore à Claire à accepter sa demande en mariage. Ce n'était pas parce qu'elle s'était décidée à parler au tribunal qu'elle avait forcément changé d'avis à ce propos.

— C'est évident. Cet homme a essayé de vous violer et vous vous défendiez, répliqua Arthus en cherchant le regard du comte Henri. Mon seigneur, les charges pesant sur dame Claire ne résistent pas à un examen minutieux.

— Je suis du même avis que vous, sire Arthus. Pour rien au monde je ne me fierais au Véronais. Ces pauvres enfants, que leur a-t-il fait subir ? Et dire que ces horreurs duraient depuis des années ! ajouta le comte avec une moue de dégoût. Dame Claire, je voudrais vous adresser mes remerciements les plus sincères pour votre témoignage.

— De rien, mon seigneur, répondit Claire en regardant vers la porte. L'audience va-t-elle reprendre ?

— Pas aujourd'hui et, je en vous en prie, ne vous donnez pas la peine de vous présenter de nouveau devant nous. Si vous acceptiez de dicter votre déposition à un scribe, cela devrait suffire.

Les joues de Claire se colorèrent.

— Vous me croyez, dit-elle, les yeux brillants. Vous me croyez tous les deux !

Le cœur d'Arthus se serra. Cette simple constatation — « vous me croyez » — témoignait mieux que tout des horreurs qu'elle avait dû subir. Il lui prit la main et lui sourit.

— Nous vous croyons.

Claire lui sourit à son tour, craintivement, et referma

ses doigts autour des siens. Arthus adorait ce sourire qu'il avait l'impression de ne plus avoir vu depuis une éternité. C'était un sourire timide, et plein… d'espoir ?

Plein d'espoir ? Son pouls s'accéléra. Quand elle souriait, elle avait la bouche la plus irrésistible de toute la Champagne…

Le comte Henri toussota.

— Dame Claire, je suis sûr que le comte Myrrdin aimerait que je vous épargne toute confrontation ultérieure avec le Véronais. Si vous le permettez, j'irai vous trouver dans vos appartements au palais demain matin après votre petit déjeuner. Un scribe m'accompagnera. Il notera tous les détails de votre témoignage officiel.

— Oui, mon seigneur.

Alors qu'il était presque arrivé à la porte, le comte s'arrêta.

— Dame Claire ?

— Mon seigneur ?

— Concernant la requête de votre père…

Elle sembla se raidir.

— Oui, mon seigneur ?

Les yeux du comte Henri se posèrent un instant sur Arthus, avant de revenir à Claire.

— Ma dame, il vous plaira peut-être de savoir que je me suis entretenu à ce sujet avec mon suzerain, le roi Louis. Il a accepté la demande de votre père.

Le comte glissa son pouce sous sa ceinture avant de poursuivre.

— Par ailleurs, puisque vous avez passé de nombreuses années à l'étranger, il est peut-être bon de vous rappeler que la Bretagne se trouve sous la juridiction du roi Henri d'Angleterre. Vous aurez également besoin de son accord. Et de l'accord du principal intéressé, bien entendu.

— La requête ? Quelle requête ? voulut savoir Arthus, interloqué.

Occupée à adresser au comte Henri l'un de ses sourires timides, Claire ne parut pas l'entendre. Puis le cliquetis du loquet le fit se tourner vers la porte. Le comte Henri était parti.

— De quoi diable est-il question ? demanda-t-il. Et pourquoi le comte a-t-il disparu si précipitamment ? Je pensais qu'il voudrait recueillir votre témoignage le plus rapidement possible.

Cette fois, le sourire timide et craintif lui était adressé. Il le toucha en plein cœur.

— Je crois que le comte a décidé de nous offrir une chance de faire de nouveau connaissance.

— Faire de nouveau connaissance ? Claire, que voulez-vous dire par là ?

Elle baissa les yeux.

— Arthus, il sait que je… que vous… que nous…

Sous l'austère tissu gris de sa robe, sa poitrine se soulevait et s'abaissait.

— Arthus, je ne suis pas juste venue pour Hélène. Avant de quitter la Bretagne, j'ai fait quelque chose d'absolument indigne d'une dame.

— Vraiment ?

Elle se mordit la lèvre, cette lèvre si irrésistible.

— Vous vous souvenez de l'empressement avec lequel mon père voulait me trouver un mari ?

Arthus ne respirait plus.

— Oui, et ?

Elle haussa les épaules.

— Après votre départ, papa et moi avons à maintes reprises échangé nos points de vue à propos du mariage. A l'issue de ces discussions, papa a adressé une requête au comte Henri.

Les doigts d'Arthus se crispèrent sur ceux de Claire.

— Une requête concernant votre futur époux ?

Elle acquiesça et détourna le regard.

— S'il veut bien de moi pour femme… Il a juré obéissance et fidélité au comte Henri. Mon père a demandé que le comte le relève de ses fonctions à Troyes.

Le relever de ses fonctions à Troyes ? Arthus eut soudain

l'impression de flotter sur un nuage. C'était donc pour cela que le comte Henri les avait laissés seuls !

Claire avait demandé sa main et, Dieu merci, le comte Henri semblait bénir cette union.

Il essaya de conserver un visage impassible et l'observa attentivement. Elle essayait de cacher ses sentiments, mais son regard timide et plein d'espoir était impossible à dissimuler. Echaudé par le refus qu'il avait essuyé au monastère et par leur incompréhension mutuelle chez Aimée, il ne voulut toutefois pas montrer sa joie. Comme pendant les tournois, il voulait être sûr de lui avant d'entrer en lice.

Le voile blanc frémit. Elle était nerveuse.

— « S'il veut bien de moi comme femme ? », répéta-t-il, en se forçant à lâcher ses mains. L'homme en question aurait-il refusé votre proposition ?

— Il...

Deux plaques rouges apparurent sur ses joues délicates.

— Il ne sait rien encore.

— J'espère qu'il est digne de vous.

— Oh ! il est bien au-dessus de moi !

Arthus marqua un temps d'arrêt. Il était au bord de la suffocation. Une bûche bascula dans l'âtre, et des bruits de pas se firent entendre dans l'escalier. Quelqu'un était en train de descendre. Quand les pas se furent éloignés, il demanda :

— Et ?

Claire triturait le coin de son voile blanc.

— Arthus, cessez de vous moquer de moi ! Vous savez que je dois me marier, et vous devez savoir que je ne peux pas épouser quelqu'un d'autre que vous.

Le cœur d'Arthus se gonfla de bonheur, mais il prit garde à n'en rien montrer.

— Vous souhaitez m'épouser ?

Elle lâcha son voile et le regarda droit dans les yeux.

— Oui !

Il se pencha vers elle et sentit son souffle tiède caresser sa joue.

— Pourquoi ?

— Je ne peux pas épouser un étranger.

— Vous préférez savoir à quoi vous attendre, c'est cela ?

Elle fronça les sourcils.

— En quelque sorte, oui. Vous êtes mon point d'ancrage. Vous l'êtes depuis que vous vous êtes lancé à ma poursuite et que vous m'avez retrouvée dans la grange de cette auberge, dit-elle avant de lever le menton. Je voulais vous dire tout cela quand nous étions chez Aimée.

— Claire, je suis sincèrement désolé de ne pas vous avoir laissée parler, dit-il, avant de lui adresser un sourire malicieux. Mais je vous écoute, à présent…

— Si je ne peux pas vous épouser, je n'épouserai personne d'autre. C'est ce que j'ai dit à papa. Heureusement, il m'a donné son accord, même si au départ il était dubitatif.

— Ah ?

Elle eut un petit geste de la main, comme pour balayer les doutes de son père.

— Oui. Il avait des inquiétudes quant à vos talents de régisseur. Le bruit court que la Corbelière était en ruine quand vous avez quitté le domaine.

Arthus grimaça, même si cette rumeur ne l'étonnait pas. La Corbelière était en effet en piteux état quand il en était parti pour prendre la tête de la garde du comte Henri, mais il n'était pas responsable. Seule une poignée de personnes savaient ce qui s'était réellement passé. Il espérait qu'il pourrait lui dire toute la vérité un jour.

— Cela ne vous a pas inquiétée ?

Claire secoua la tête et son voile se mit à danser autour de son visage.

— Une rumeur de ce type ? Non, bien sûr. Vous êtes le plus honorable et le plus consciencieux des hommes. Mais je n'ai pas réussi à convaincre papa. Je crois même qu'il a fait allusion à la Corbelière dans sa lettre au comte Henri.

— D'après le mystérieux échange que vous avez eu avec mon suzerain tout à l'heure, dois-je comprendre que le comte Henri a répondu à votre père ?

Elle acquiesça.

— Il a expliqué que vous suiviez les ordres du comte Luc à la Corbelière. Arthus, le comte Henri et le comte Luc ont tous les deux dit qu'ils étaient certains que vous feriez un régisseur compétent pour Fontaine. Et le roi Louis vient de donner son accord pour notre mariage.

Ces yeux si rares et magnifiques le regardèrent timidement.

— Eh bien, messire, qu'en dites-vous ? Nous adressons-nous au roi Henri d'Angleterre pour lui demander, à son tour, de bénir notre union ?

Arthus ne put retenir un sourire.

— Il est assez inhabituel pour une dame de demander la main d'un homme de cette façon.

— Eh bien, il faut que vous reteniez cela, messire : je ne suis pas une dame.

Lorsqu'il voulut protester, elle lui adressa un sourire triste.

— Je n'ai pas reçu l'éducation qu'il fallait. Une partie de moi restera toujours une esclave.

Il agrippa son bras.

— Ne dites plus jamais cela. Plus jamais !

— C'est la vérité, pourtant, insista-t-elle. Mais maintenant, puis-je avoir votre réponse ?

— Ma dame… Claire, l'homme que vous allez épouser deviendra comte de Fontaine. Etes-vous sûre de ne pas préférer un gentilhomme ? Ou, demanda-t-il en grimaçant, quelqu'un qui vous écoutera quand vous essaierez de lui confier quelque chose ?

Elle lui sourit doucement.

— Mon choix s'est arrêté sur un chevalier, sur le capitaine du comte Henri. Et, ajouta-t-elle en levant un sourcil, il est plus attentif que la plupart des hommes.

— Mon Dieu, je ne suis même pas un enfant légitime…

— C'est aussi bien, car, à bien des égards, moi non plus.

— Que voulez-vous dire ? Ma mie, tout le monde sait que vous êtes une enfant légitime.

— Arthus, ne voyez-vous pas ? J'ai été élevée comme une esclave, et une partie de moi restera toujours une esclave.

J'ai besoin de vous. Vous n'êtes peut-être pas né noble, et vous n'êtes peut-être pas un enfant légitime, mais c'est aussi bien. Vous savez comment fonctionne le monde et vous en connaissez les règles. Vous avez appris à réussir, malgré des conditions de départ défavorables.

— Vous avez besoin de moi, répéta-t-il d'une voix morne.

Elle avait besoin de lui. Etait-ce déraisonnable de sa part de ne pas vouloir se contenter de cela ?

Les yeux brillants, elle saisit son bras.

— J'ai besoin que vous m'aidiez quand je commets des erreurs. Je suis une étrangère, vous non. J'ai besoin de vous à mes côtés, pour m'expliquer comment fonctionne ce nouveau monde quand il me pose problème. Ce qui, ajouta-t-elle avec un doux sourire qui le ravit, arrive malheureusement assez souvent. Et j'espère vous entendre dire que vous avez besoin de moi autant que j'ai besoin de vous.

— Pourtant, par le passé, vous avez rejeté ma demande en mariage.

— Au monastère, oui…, soupira-t-elle. Si vous saviez comme je l'ai regretté ! J'étais ignorante… J'étais incapable de reconnaître l'amour qui me tendait pourtant les bras.

Arthus prit une grande inspiration et l'attira à lui. Comme elle avançait vers lui, une mèche de cheveux cuivrés attrapa la lumière. Sa taille fine était faite pour être enserrée, et son parfum, chaud et féminin, emplissait l'air ambiant. Il s'éclaircit la voix.

— Vous avez dit « l'amour » ?

La main posée à plat sur son torse, elle baissa les yeux. Chez n'importe quelle autre femme, Arthus aurait qualifié cette attitude d'aguicheuse. Mais Claire n'était pas une aguicheuse. Elle frotta sa main contre sa poitrine, et si bien qu'il sentit sa peau se réchauffer, même s'il portait une cotte de mailles. Seigneur, il n'avait qu'à penser à ses doigts fins sur son corps pour s'embraser aussitôt.

— Oui, j'ai parlé d'amour. Je vous aime, Arthus. Et je suis désolée d'avoir mis tellement de temps à m'en rendre compte.

— Claire, je…

Sa voix était rauque et, de toute façon, les mots semblaient inadéquats. Alors il pencha la tête et leurs bouches se rencontrèrent. Celle de Claire était douce, chaude, aimante. Il entendit un murmure de plaisir, celui de Claire, suivi du sien. Leurs langues se mêlèrent et une vague de désir monta en lui. Avec ferveur, il parcourut ses courbes enchanteresses, et la plaqua contre son corps, en espérant qu'elle sentirait le désir qu'elle avait fait naître en lui, puis il se rendit compte que toutes les questions n'étaient pas encore résolues. Un petit doute persistait encore dans son esprit.

A contrecœur, il releva la tête. Un œil gris et un œil vert le regardèrent, surpris mais souriants.

— Que faites-vous donc ? Revenez par ici.

— Dans un instant. Je veux que vous sachiez à quel point je regrette de ne pas vous avoir écoutée chez Aimée.

— Cela m'a contrariée, en effet, mais c'était peut-être aussi bien.

— Ah ?

Elle le regarda droit dans les yeux.

— Après votre départ de chez Aimée, je me suis sentie horriblement malheureuse. Je voyais bien que mon refus de témoigner vous avait déçu.

Elle passa ses bras autour de lui et le serra.

— Cette idée m'était insupportable, alors je suis revenue sur ma décision. Mon amour pour vous m'a donné la force d'aller de l'avant. Voilà, vous m'avez poussée à affronter mes vraies peurs. J'avais bien plus peur de perdre votre estime que d'apparaître au tribunal. Et c'est tant mieux, car justice sera faite quand le comte Henri rendra son jugement.

Elle marqua une courte pause et reprit, d'une voix devenue hésitante.

— Vous savez tout, désormais. Voulez-vous bien de moi, alors ?

— Je veux bien de vous…

Il lui sourit. C'était comme s'il s'était libéré d'un fardeau. Il ne sentait même plus le poids de sa cotte de mailles.

— … même si je ne sais pas pourquoi j'accepte d'épouser une donzelle mal élevée qui prend des initiatives déplacées, comme celle de demander la main d'un homme.

— C'est parce que vous m'aimez.

Il ricana.

— Comment pourrais-je aimer une femme qui m'insulte ?

— Moi, vous insulter ?

— Dans cette horrible auberge, vous avez dit que je ressemblais à une gargouille !

Ses remarquables yeux étincelèrent.

— Je pensais que vous auriez oublié.

Il posa la main sur son cœur.

— Je garde comme un trésor chaque mot que vous m'avez dit.

Elle le regarda en battant des cils d'une façon qui lui fit penser que, une fois encore, il s'était trompé à son sujet. Elle était tout à fait capable de se montrer aguicheuse.

— Très bien, fit-elle à voix basse. Maintenant, dites-moi que vous m'aimez, Arthus.

Il posa son front contre le sien.

— Je vous aime, Claire. Je vous aimerai toujours. Je vous chérirai, et…

Elle fit remonter ses mains le long de son torse et tira sur son manteau. Elle paraissait contrariée de sentir, en dessous, sa cotte de mailles.

— Pensez-vous que le comte Henri a donné des ordres afin qu'on ne nous dérange pas ?

Arthus n'avait aucun mal à suivre le cours de ses pensées. Son beau regard qui s'était assombri provoquait des tiraillements insupportables dans son bas-ventre. Réprimant un sourire, il regarda autour de lui. Bien qu'un peu étroit, l'espace situé devant la fenêtre pourrait convenir, avec tous ses coussins.

— Voyons Claire, ce ne serait pas digne d'une dame.

— Vraiment ? Oh…

Elle saisit sa main et le conduisit jusqu'à la fenêtre.

— Eh bien, peu importe. Vous finirez de m'apprendre

comment me comporter en dame plus tard. D'abord, je dois vous aider à vous dévêtir. Cette cotte de mailles est gênante pour ce que j'ai en tête.

Arthus entendit des voix dans l'escalier qui lui firent brusquement tourner la tête vers la porte.

— Ma mie, je crois qu'il serait mieux que je vous accompagne jusqu'à vos appartements au palais. Yves pourra monter la garde pour nous. Nous serions davantage à notre aise…

Elle lui adressa un regard pénétrant. Elle avait pris des couleurs, et une lueur de détermination brillait dans ses yeux.

— Arthus, je ne me suis pas sentie une seule fois à mon aise depuis que vous avez quitté Fontaine. A dire vrai, je ne me suis pas sentie une seule fois à mon aise depuis que nous avons quitté le monastère. Je vous veux. Tout de suite.

En riant, il posa la main sur sa délicate nuque et secoua la tête.

— Qu'y a-t-il ? demanda-t-elle, les sourcils froncés.

Cette robe vous fait ressembler à une nonne, mais votre attitude… Non que je m'en plaigne, notez bien.

Il tendit la main vers son voile et chercha les épingles qui le maintenaient en place.

— Seigneur, je déteste ces choses !

— Les voiles ?

— Ils cachent vos cheveux.

Tandis que le voile blanc tombait par terre, il sentit de petits doigts agiles tâter la boucle de sa ceinture.

— En ce qui me concerne, murmura-t-elle, je n'aime guère les cottes de mailles. La première chose que vous allez devoir m'enseigner, c'est la façon de les retirer. Tout à l'heure, nous pourrons monter à mes appartements. Le lit y est moelleux et très grand. Vous ne pourrez résister à l'envie de l'essayer.

Arthus ricana.

— Le comte Henri serait abasourdi, s'il vous entendait. Dame Claire de Fontaine ne devrait pas se comporter de cette manière. Nous ne sommes pas encore mari…

Elle secoua la tête en souriant avec chaleur.

— Vous aurez tout le temps de m'enseigner les règles plus tard. Pour l'instant, j'ai des choses plus urgentes à apprendre.

— Ma dame, je ne suis là que pour vous obéir et vous servir.

Vous avez aimé ?
Découvrez prochainement la suite de votre série
« Chevaliers des terres de Champagne »,
dans votre collection Les Historiques.

Le naufragé sans passé, d'Elisabeth Hobbes - N°897

Bretagne, XIVe siècle

Lorsque Jack ouvre les yeux, le souffle vient aussitôt à lui manquer : au-dessus de lui se tient une femme d'une beauté époustouflante. Une inconnue au visage délicat et aux lèvres si charnues qu'il rêverait d'embrasser. Seulement voilà, Jack ignore tout de cette dernière et de la raison pour laquelle il se trouve alité dans son château. Pis encore ! Il est incapable de se souvenir du moindre événement de sa vie passé. Et lorsque son hôte, la Blanche Tanet, lui révèle qu'il a réchappé de peu au naufrage d'un navire, il tombe des nues. Que lui est-il arrivé ? Et pourquoi a-t-il le pressentiment que la douce Blanche ne lui révèle pas toute la vérité ?

Trilogie intégrale « Les sœurs Shelley », de Louise Allen - N°898

France et Angleterre, XIXe siècle

Meg Shelley doit regagner l'Angleterre au plus vite. Aussi saisit-elle l'occasion d'embarquer à bord du Rose Falmouth, quand l'équipage sauve de la noyade un officier blessé – officier dont elle prétend aussitôt être l'épouse. Mais une fois face au ténébreux major Ross, Meg mesure les conséquences de son audace…

Enceinte d'un homme qui l'a séduite puis abandonnée, Bella Shelley n'a plus qu'une idée en tête : exiger réparation. Mais elle apprend vite que son séducteur a disparu. Son titre et ses terres sont désormais la propriété de son frère, Eliott Calne. Une surprise qui en cache une autre, car Eliott ordonne à Bella de l'épouser quand il découvre son secret…

Accusée à tort d'être une voleuse, Lina Shelley fuit Londres et se réfugie chez un ami de sa tante, l'honorable lord Dreycott. Mais voilà que ce dernier disparaît, léguant sa fortune à son neveu, Quinn Dreycott. Et le désarroi de Lina est à son comble lorsqu'elle fait la connaissance de Quinn, car le beau libertin ne semble pas s'encombrer de convenances…

Le secret d'Elise, de Carol Townend - N°899

SÉRIE : CHEVALIERS DES TERRES DE CHAMPAGNE - TOME 3

Champagne, 1 173

Lorsque Gauvain apprend qu'il est le père d'une petite fille, il peine à y croire. Pourquoi la belle Elise, avec qui il a eu une aventure brève et passionnée, ne lui a-t-elle rien dit ? À présent, elle se tient devant lui, affirmant qu'elle peut s'occuper seule de la petite Perle. Et dire que cette révélation tombe au moment même où on annonce les fiançailles de Gauvain avec dame Roxane, la pupille du roi ! En tant que comte, il sait qu'il doit tenir ses engagements et que les nobles n'épousent de toute façon pas les roturières. Mais comment pourrait-il s'unir à Roxane, quand il est déchiré entre les devoirs de son rang et ses responsabilités de père ? Et, surtout, quand le souvenir d'Elise ne cesse de le hanter ?

Composé et édité par HarperCollins France.

Achevé d'imprimer en octobre 2020.

BLACK PRINT

Barcelone

Dépôt légal : novembre 2020.

MIXTE
Papier issu de sources responsables
FSC® C108412

Pour limiter l'empreinte environnementale de ses livres, HarperCollins France s'engage à n'utiliser que du papier fabriqué à partir de bois provenant de forêts gérées durablement et de manière responsable.

Imprimé en Espagne.